戦争詩

四國五郎

四國光 編

藤原書店

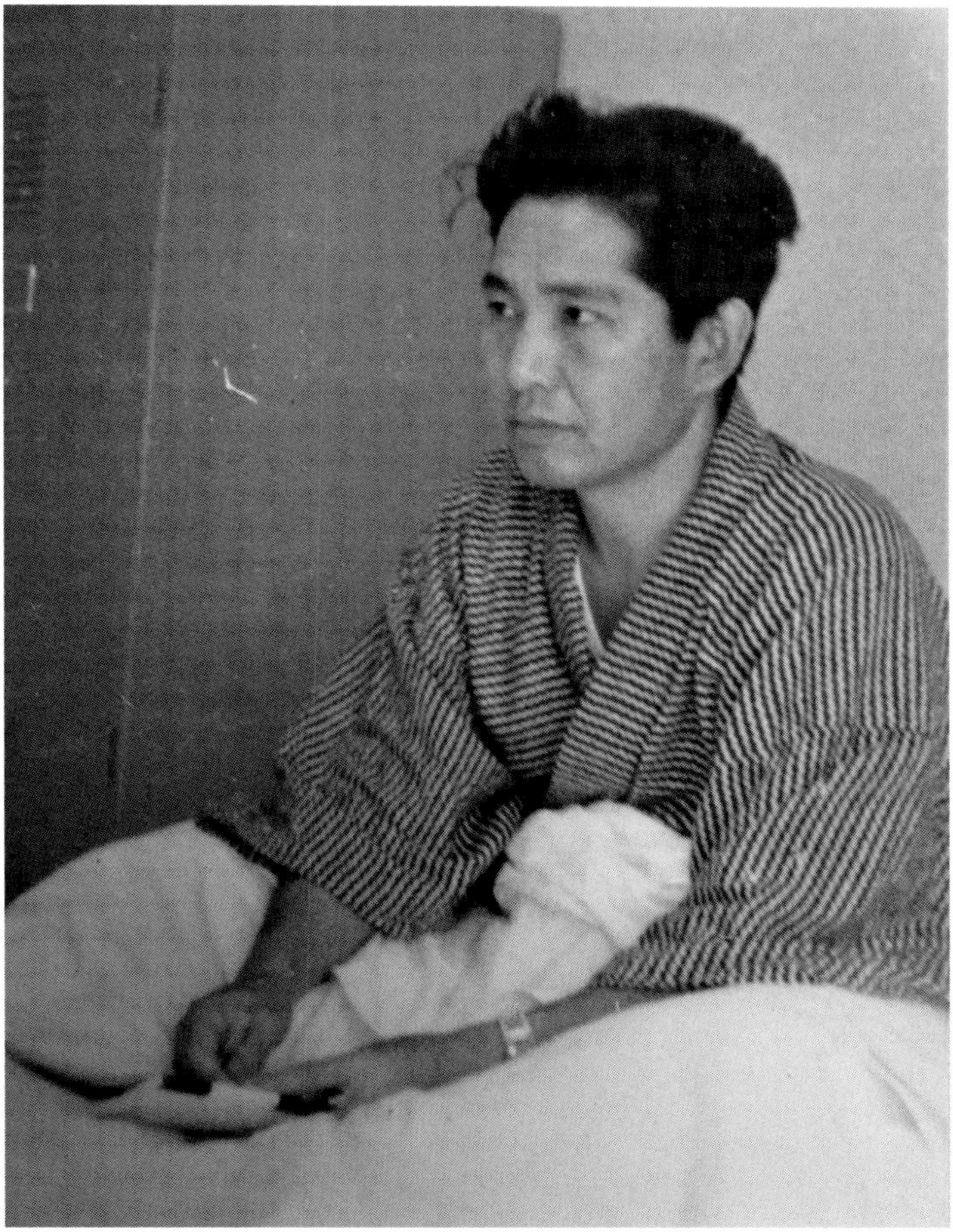

四國五郎（1924-2014）
広島大学附属病院に入院し、『戦争詩』草稿を執筆していたとき。手にしているのが草稿ノート。（1966年、42歳）

(33)

開戦

急げ
実戦だぞ！ 実戦だぞ！
夜襲はかねて日本軍の得意とするところなれど
ソ連軍は未明 どとうのごとく国境をこえて信入
ちいさき茶舎の中に 思いまどえるは
弾薬をとり 銃をあらため
万葉とアナトールフランスと 歳事記と
そのいづれを すつるや

狂気せる将校うわずりて
実戦だぞ！ 実戦だぞ！
と走り去る

戦友よ
されはゆくか
昨夜食べ残したる豆麺の なべしたたかに蹴上げ
されはゆかん
次々に すべて蹴散らし茶会の支柱踏み折り
大声に笑いありつ

開戦

急げ
実戦だぞ！ 実戦だぞ！
夜襲はかねて日本軍の得意とするところなれど
ソ連軍は未明 どとうのごとく国境をこえて侵入す
弾薬をうけとり 銃をあらため
茶舎のなかに思いまどえるは
万葉とアナトールフランスと歳事記の
そのいづれを捨つるや

狂気せる将校
実戦だぞ！ 実戦だぞ！
夜気をうわずり
走る

戦友よ
されはゆくか
昨夜食べ残したる豆麺の鍋したたかに蹴上げ

『たいがあ覚え書き』（未公刊）

詳細は不明だが、シベリア抑留からの帰国後あまり間を置かず、記憶が鮮明なうちに満洲とシベリアでの体験を描き残したと思われる（1949年？）。結果的に『わが青春の記録』（次頁）の挿画の下書きとなった。冊子の大きさはおよそ縦19センチ、横18センチ。本書でも何か所かで挿画を掲載。

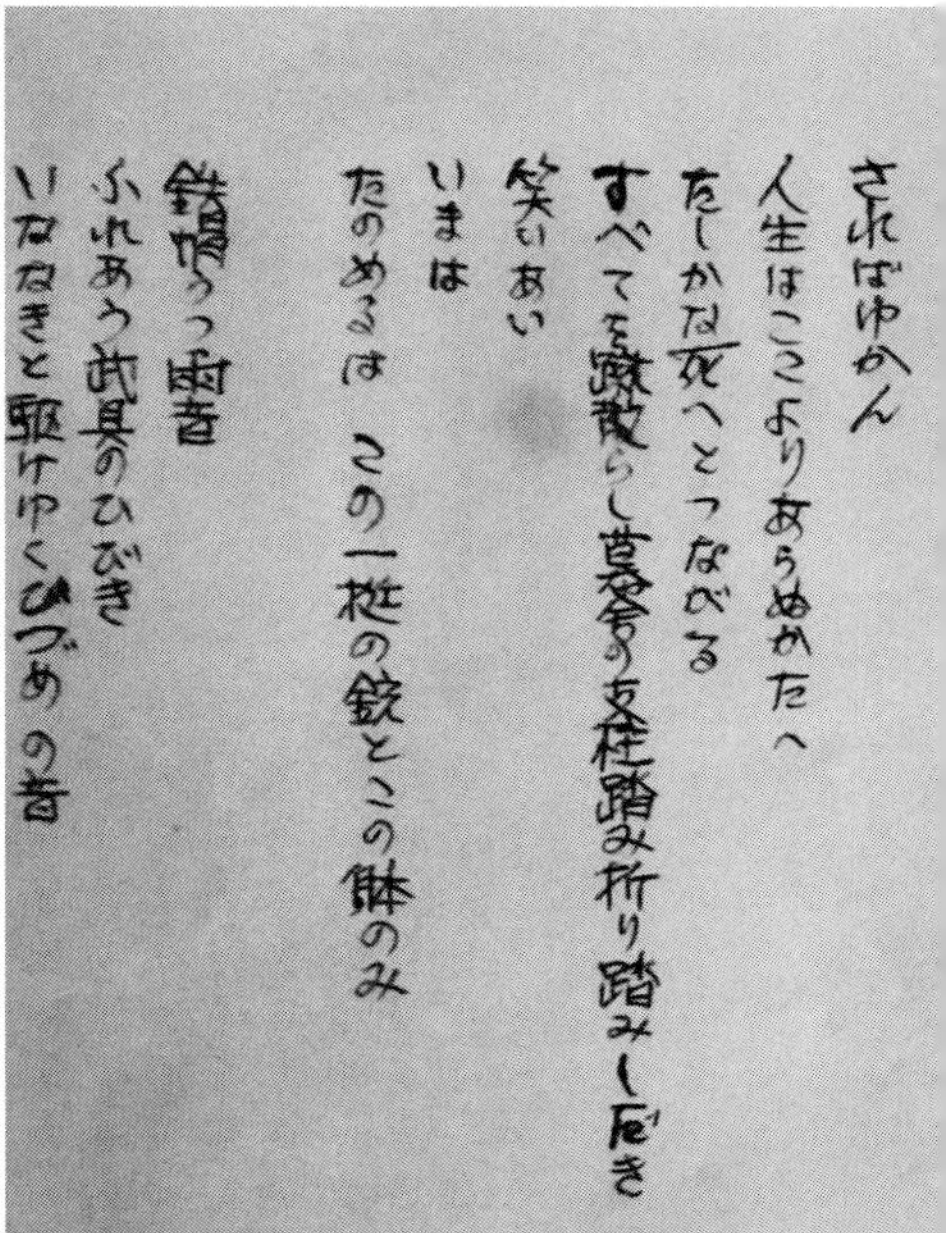

「開戦」（本書123頁に掲載）**の草稿ノート**（右上）**と清書**（右下）

草稿ノートに添えられた○付きの番号が、四國五郎が想定した詩集の中での配列を示すと考えられる。

『豆日記』と『わが青春の記録』

左がシベリアの収容所の中で、軍隊とシベリアの体験を極秘裏に書き記した『豆日記』（クレジットカード大で約 90 頁）。シベリアでは記録を付けることも持ち出すことも厳禁とされていたが、これを靴の中に隠し命懸けで日本に持ち帰った。帰国後すぐに右の『わが青春の記録』と題した約 1000 頁の私的画文集（1950 年）に、その記憶を約 1 年がかりで絵と文章と詩で復元した。（本書「附」の 222 頁参照）

『わが青春の記録』より

（ともに撮影：鹿田義彦）

編者まえがき

父四國五郎が逝った後、アトリエを整理していると、スケッチブックや原稿がうず高く積まれた小山の中から、一冊の草稿ノートが見つかった。表紙には、父にしては珍しく、何かを訴えるような野太く荒々しい文字で一言『戦争詩』とあった。「やるぞ」という父の息遣いが聞こえてくるような文字。

そこには、四國五郎の「戦争」がぎっしりと詰まっていた。

一九二四年に広島に生まれた四國五郎は、二十歳で一九四四年十月に広島の第五師団輜重《しちょう》兵隊に入営し、満洲で従軍、敗戦後に三年強のシベリア抑留を経て帰国するが、そこで最愛の弟の被爆死という事実に直面する。以後、四國は「反戦平和のために」表現を創る人生を生きることを強く心に決め、言論統制下にあった占領期から、時にゲリラ的な反戦反核運動に全力を尽くし、詩と絵画の両輪を駆使して反戦平和を訴え続けた。その生涯については、拙著『反戦平和の詩画人　四國五郎』をご覧いただきたい。

父が体験した満洲における日本とソ連の戦争は、帝国主義国家日本が戦った最後の戦争であり、日本の十五年戦争の敗戦を決定付けるだけでなく、戦後の日本のあり方にも大きな影響を与えた戦争だった。その戦いの中でも、最大の激戦地である満洲東部に四國五郎はいた。

この草稿ノートには、広島での入営、満洲での軍隊生活、ソ連との死闘を経て敗戦に至り、武装解除からシベリアに連行される直前までの約一年間の戦争体験が、あたかもドキュメンタリーのように、詩だけで綴られている。その数六〇編（未完成作品含む）。一兵卒が地べたから見た戦争という巨大な暴力を、詩という表現形式だけで再構成する試み。日本の詩の歴史の中でも、あまり類例のない作品群ではないだろうか。

このノートは一体いつ書かれたものなのか。一九六六年の父の日記に、その手がかりが記されていた。

「軍隊から捕虜時代の詩を書くことにして10ばかりできる。記録風に退院するまでに40篇くらいを書き上げ、かえって、記録や日記で修正もし、今までの全作品を、一冊にまとめることにする。」

（一九六六年九月二十五日　四國五郎日記）

「退院するまでに」とあるように、この時父は広島からの移動中に、内臓疾患の悪化のため横須賀の病院に緊急入院し、安定すると、急いで広島に帰り広島大学の附属病院に転院した。

入院により戦争体験を振り返り、作品に昇華させる時間的な余裕ができた、という理由もあったのだろう。シベリアの収容所で極秘に書き記し、靴の中に隠し命懸けで持ち帰った約九〇ページの『豆日記』と、帰国して一九五〇年に『豆日記』を絵と文章で再現した、約一〇〇〇ページの私的画文集『わが青春の記録』などの資料を母に持って来てもらい、病室のベッドの上で、静かに記憶のページをめくりペンを走らせた。病室の白い天井を眺めながら、走馬灯のように巡る満洲の戦場の記憶に浸る父の姿が目に浮かぶようだ。

当時はアメリカによるベトナム北爆が激化し、父は油絵と詩で、ベトナム戦争を糾弾する作品を集中的に創っていた時期でもあった。日本の敗戦から約二〇年を経たが、ベトナム戦争の勃発により、戦争への怒りと危機感が再び急激に高まったことが、『戦争詩』に取り組む主要な動機になったのだと思う。

戦場で原案を練り暖めた作品もあれば、復員直後に記憶を頼りに書いた作品、そして、病院のベッドの上で戦争の記憶を辿りながら新たに書いた作品。制作時期は様々であろうが、全ての作品が自分の体験に沿って時系列的に並べられ、まとめる時の目安だろう、鉛筆で順番を示す番号が振られていた。

この作品群はゆっくりと時間をかけて書き進められたと言うより、長くない入院生活中に「退院するまでに40編くらい」を書く、と日記に宣言しているように、否応なく心に刻印された戦争の記憶を、一気に吐き出すように綴ったようだ。一旦書き始めれば、記憶の圧に押し出されるように、言葉が溢れ出る自信もあったのかも知れない。いずれにせよ父にとって、戦争の記憶はいつかは言葉として吐き出さずにはおれない、大きなしこりだったことは間違いない。

父の死後、展覧会や出版などに忙殺される中、いつかこのノートを公表に向けて整理しなければと思いつつ、なかなか手がつけられなかった。そうこうしている内に、今度は、別の書類の山の中から、この作品群を自らが清書したB4の原稿の束が出て来た。あらためて日記を確認すると、ノートを書いた翌年一九六七年に清書を進めている。

清書原稿は父らしい実に丁寧な書きぶりで、ノートの作品の中から四〇編を選び、構成し直したものだ。しかし戦場の残虐をより生々しく描写した詩など、まだ二〇編がノートに残されており、清書を更に書き継ごうとした途中であったのではないか、と私は思っている。

草稿ノートと清書原稿。この度、判読の難しい文字を含む作品も記録としてあえて含め、六〇編の全てを掲載した。本来草稿、清書のどちらにも、挿画も注釈も解説も添えられてはいない。しかし、特に若い方にとっても、少しでも読みやすい形にしたいとの思いから、詩集としてまとめるにあたって若干の変更を加えた。『戦争詩』と同じ体験が詳細に綴られている、前述の一〇〇〇ページに及ぶ私的画文集『わが青春の記録』を始め、父のいくつかの作品の中から、詩の理解に繋がると思われる文章および挿画を添え、若干の私の解説も加えた。注や解説として加えた文章に、もし相応しくない記述や間違いがあれば、その非は全て私にある。ぜひご指摘頂きたい。

四國五郎にとって、「戦争」とは一体何であったのか。

ぜひ、頭から順を追って、四國五郎の「戦争」を追体験して頂きたいと思う。

四國　光

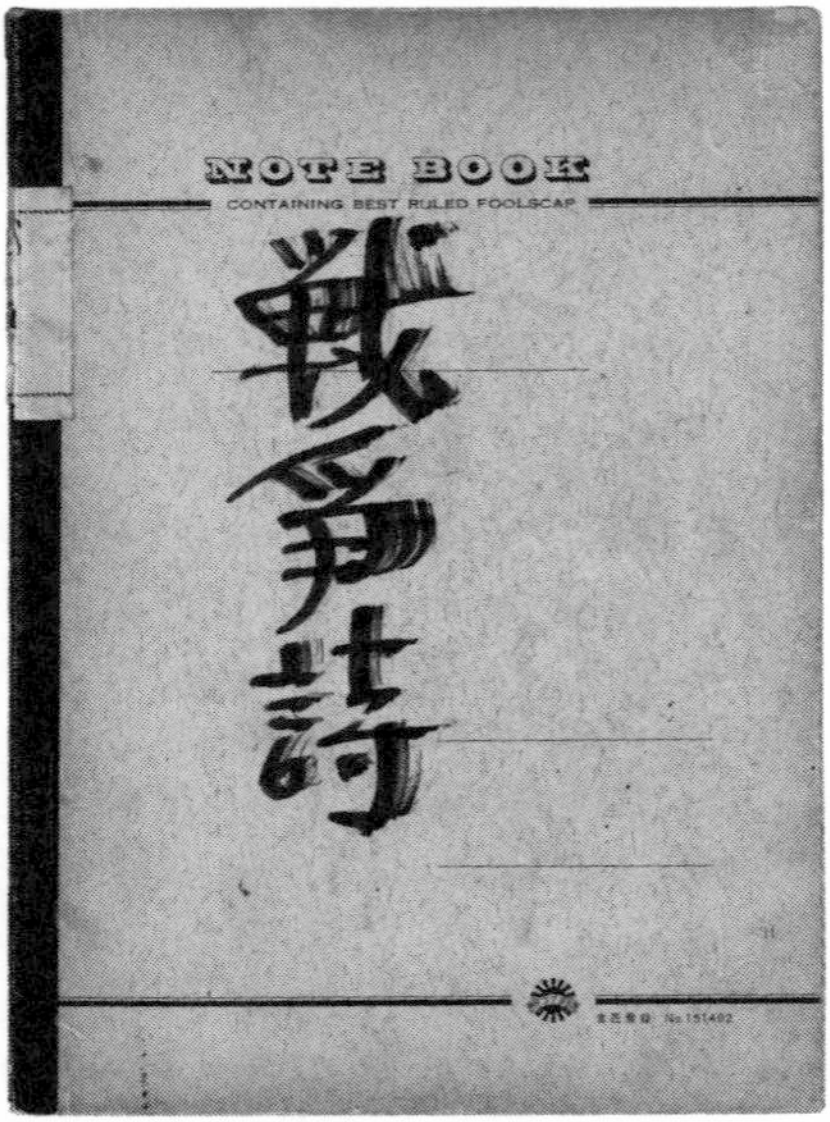

『戦争詩』草稿ノート

戦争詩　目次

戦争詩

凡例

一　草稿ノートの各詩に添えられた番号の順に配列した。番号が記されていない詩、及び記された番号が内容的に不自然な場合は、編者が推定して配列した。

一　漢字・仮名遣いとも、原則として原文の表記にしたがった。あきらかな誤字は訂正した。振り仮名は必要に応じて補った。

一　語彙の説明は各作品の末に注として付した。作品の文脈・背景の説明は巻末の「編者解説」に記した。

一　挿画は原本にはなく、本書のために著者自身の作品の中から編者が選んで配置した。挿画は主に『わが青春の記録』から取ったが、それ以外は左記。

・四一頁、五七頁、七九頁、九〇頁、一二二頁、一三九頁、一七〇頁、一七二頁、一七五頁はシベリアから帰国して『わが青春の記録』の前に描いた私的スケッチ帳『たいがあ覚え書き』（一九四九年？）から。

・三九頁、一四四頁は『四国五郎詩画集　母子像』から。

・二九頁、三八頁、五五頁、一三四頁、一九〇頁、一九三頁は新聞の挿画（高橋大造「シベリア抑留史」、『日本とユーラシア』連載）及び作品として描いたペン画／水彩画から。

占

ある日
秋の陽が街にしろく
人足がとだえて
らう屋の笛が横町へ曲って消えた

青年は
はにかみながら　つと掌を出し
小さきことのみ考えごととして老いたるごとき
占い者はものうげに掌をまさぐった

さしだす掌のうえ
ゆくては　淡くかすみやがて消え　とばりはしまり
そのとばりのややすきまより
占い者のまなこしばたきつ
確信ありげに伝えた

兵隊に行ったら頑張れよ
生きてかえって二十七才で結婚する
いいおくさんだ　子宝にはめぐまれる
そうだ
五人だ

青年は
生きて　人生の後半があるだろうか

先づはあるまい　あるはずはない
青年は六十銭を見台に　ならべた
あ　そうだ　逡巡《しゅんじゅん》はいけない
やりすぎるほど　やってよろしい
占い者は　ひとりでうなづき
はづかしげに見台をはなれる青年のうえに
柿紅葉が　ひら　とおち
秋の陽に　はえた

・**らう屋**　キセル（煙草を吸う用具）の修理や手入れをする専門の職人。ピーと笛の音のする小さなリヤカーを引いて営業していた。

おふくろよさようなら

おふくろよ
見送らないでくれ
そわそわとしながらも
決して死にはしないからねと言ったのを
それだけを信じて
もう見送らないでくれ

コノ度ハ
カクモ多数オ見送リ下サイマシテ
マコトニ有難ウゴザイマシタ

不肖私入隊イタシマシタ暁ハ
粉骨砕身、幾多護国ノ英霊、特攻隊勇士ノ方々ニ続キ
一死モッテ君国ニ報ユル
覚悟デゴザイマス
皆様ニオカセラレマシテモ
ゴ自愛ノウエ
銃後ノ護リニ
一層邁進サレンコトヲ
オネガイ致シマス

オ見送リアリガトウゴザイマシタ
オ見送リアリガトウゴザイマシタ

四国五郎クン　バンザーイ

四国五郎クン　バンザーイ

おふくろよ
さようなら
げんきで　な

真木柱ほめて造れる殿のごといませ母刀自面変りせず　坂田部首麻呂

・真木柱……『万葉集』防人《さきもり》のうた。「さきもり」とは、飛鳥時代から平安時代に主に関東から派兵され北九州を防備にあたった兵士のこと。うたの主旨「立派な柱をほめ称えて造った御殿のように、母様はいつまでもお変わりなくいらして下さい」。

さようなら

兵営をめぐり
からたちの荊棘は
頬を刺し
頸を刺し
遂に胸を刺す

荊棘に囲繞されて
もはや声はとどかない

もの言いたげの唇の

おふくろの
追いすがるまなざしを
おしへだて

弟のうちふる手は
からたちのとげの織りなす
その綾の彼方で消え

まつげを臥せたまま
千人針を手わたしてくれたひとも
いまは見えぬ

もはや私は
死を

声をたてない笑顔で
うけとめてもみせるが
よりさかしく
この荊棘のなかを
胸をかばいつつゆこう

さあ
兄よ
面会時間は　おわった
衛兵詰所前を
ふりかえることをせず
かえってくれ

水鳥の発ちの急ぎに父母に物言わず来にて今ぞ悔しき　有度部牛麻呂

・**荊棘**《けいきょく》　棘のある低木の総称。
・**水鳥の……**　『万葉集』防人のうた。うたの主旨「水鳥が発つような急ぎの中で、父母にものをいわずに来たことが、今更にくやしい」。

褌のうた

男なら
褌の紐は締めろ
襦袢をつけ　袴下を穿け
裾紐は外まわしに巻いて結べ
六粁行軍で脚絆のゆるまぬよう外まわしに結べ
きんたまは左に入れろ
忘れるな
血マメで泣きたくないなら
沓下の皺は伸ばせ
軍袴　軍衣の袖をとおし

保革油の足りた編上靴をはき
巻脚絆は四度巻き二度折りかえし
末端は軍袴の縫目にそろえておわれ
帯革は
第四　五釦の中間に
剱垂り釦を忘れるな
軍衣の脇裂きで皺をそろえ
戦闘帽は目深に耳上指二本

よろしい
肛門を締めろ
下腹に力を入れ胸を張れ
眼をにらめ
貴様それで

日本帝国軍人になったつもりか

陸軍二等兵　四国五郎
本日ヅケヲモッテ西部第一〇部隊ニ
集結ヲ命ゼラレマシタ
ココニツツシンデ申告イタシマス

・**襦袢**《じゅばん》　下着。
・**袴下**《こした》　ズボン下。
・**粁**　キロ。
・**軍袴**《ぐんこ》　ズボン。
・**巻脚絆**《まききゃはん》　小幅の長い布で足首から脚を巻き上げるゲートル。
・**帯革**《たいかく》　ベルト。
・**釦**　ボタン。
・**剱垂り釦**　剣吊釦か。軍刀を吊った帯革を固定するために軍衣の腰部に設けられた剣吊のボタン。

わかれ

ここはひろしまの街か
蜻蛉をとり
河で泳ぎ
露地　露地を走りまわった　ひろしまの街か

比治山のうえで
いつの日か股のぞきをした
眉の上で唇がわらい　家なみがひろがり
童話と化学が分解した

誰も我々を注目しない
注目してくれるな
皮革のすえた臭いと
帯剱のガチャツキに包まれた集団が
夕闇せまり人足とだえた路をえらび
サイレント映画はパンして駅となる

駅は
ひとびとを送り　迎え
手をふり　追いすがり　最後の指をからませ
いちばん大切なことを言葉すくなに語り
汽笛が
リリシズムの頁を音をたてて閉ぢるところ

これが　ひろしまの駅か
盛られたひとすじの土塁に
よろい戸をかたくなに　おろし
眼かくしされた列車
戦闘帽のひさしまぶかに股のぞきすれば
隠密に
送られず　送らず
ひろしまの街が横すべってゆく

もはや
ふたたび私は　この街に立てまい
これがたたかう者の出発だ
ひろしまよ　恋しい人たちよ

・**比治山**《ひじやま》　広島市内の標高七一メートルの丘。四國の家の近くにあり子供の頃の遊び場であった。

さようなら

日本をはなれて
日本をみたと思った
日本の山なみは　とう突で　異様で
胸をゆさぶった

こんなはずはない
私にとってこんなはずはない

兵士を乗せた軍用船は
骨をきしませては

水平線を押しあげ押し下げし
舷側を蹴あげられ　悲鳴をあげ
皮革と重油のくすぶりをこめ
船底ふかく火薬のくすぶりをこめ
日本を遠ざかりゆく

日本は遠ざかりゆく　と日記にしるし
左手の拇指で帯剱の鯉口をゆるめ
ぱちりと締めれば
胸底かすかに
私をのぞきみる窓がぱちりと閉ざされる

うねりの
ゆくてにもしりえにも

はるか
島かげもない

大君のみことかしこみ磯に触り海原渡る父母を置きて　丈部造人麻呂

・**鯉口**《こいくち》　刀の鞘の口の部分。
・**しりえ**　後ろの方。
・**大君の……**　『万葉集』防人のうた。うたの主旨「天皇のご命令はおそれ多く、磯づたいに海を渡ってゆく、あとは父母を残して」。

玄海

浪は巨きくねがえりし
ねがえりし
またねがえりし

舷側は
腕もてかきなす
子らのたわむれるごと泡だち
ふりもぎるごとよぢれ

ふりかえれば　澪標ひとすじに

消え去りて一本の線となる
見えるものは
鞘ばしりきらめく飛び魚のみ

見えざるものは
哨戒機の機影
わだつみの底ふかく走る米国潜水艦

私を　らっして
玄海灘をゆくは
すめらぎの男の子のさだめ

・**澪標**《みおつくし》　航路を示す標識。
・**鞘ばしり**　刀身が自然と鞘から抜き出ること。
・**哨戒機**　敵の来襲などを見張る軍用航空機。特に対潜水艦の探知や攻撃を行う。
・**らっして（拉して）**　無理に連れて行って。
・**すめらぎ**　天皇のこと。

釜山

海峡の彼方
樹々もなければ
草もない
夕陽は断崖を塗りかえ塗りかえ
兵士らの船を拒否した

夕やみが来れば
急にやさしくなって夜光虫が足もとに群れた
黒いたゆたいが身うちに
いまはもう異質となっているはずのものをよびさまし

命ずる
吐け　四国五郎よ

無電塔の灯のまたたきにも
朝鮮たばこ「みどり」を売る少年の裸足にも　よみがえるな
眸だけで悲しみを伝え
眸だけで約束することさえない約束をかわし
ふりかえることさえも耐え
そむけた顔だけに悲しみをたたえ
え言わぬことばの数々に
背を向け

もう
二度とふりかえらぬと背を向け

釜山の埠頭の重油におう海の
夜光虫くだけるそのまん中に
玄米のライスカレーの不消化物と一緒に
吐け

今はもう吐きすてよ
四国五郎よ

初年兵

おい　戦友
腹でも痛いか

腹は痛うないが　さえんのう
山の色が、違うけんのう

ここは
内地じゃないけんのう

・**初年兵**　軍隊に入営して一年未満の兵。
・**内地**　日本国内地。
・**さえんのう、～けんのう**　広島弁。

死えとつながる

京釜線を
貨車は　北上する
約七百の初年兵と
戦塵によごれた古兵とをのせ

貨車から身をおどらせ
マリの如く躰がはね
蒸気を吹きあげ急停車すれば
兵士は頭をくだき　硬直する
もちろんそのような兵士はいない

見てろよ
九九式短小銃の銃把を握りしめ握りしめ
弾丸をうちつくし
銃剱をガチャリと着剱し
機銃座に匍匐前進し
刺突する手ごたえにほくそ笑む
もちろんそのような兵士もいない

貨車の車窓は
ポプラ並木がすぎる
まっ赤な唐辛子屋根いっぱいに
涙腺を刺せど
貨車に手をふる人もなく

初年兵ら黙し
鉄路はのびて
名誉ある死えとつながる

・**京釜線**《きょんぷせん》　京城（現在のソウル）と釜山を結ぶ鉄道。
・**古兵**　二年兵以上の兵士。
・**九九式短小銃**《きゅうきゅうしきたんしょうじゅう》　四國たちに支給された小銃。七一頁注参照。
・**唐辛子屋根**　乾燥させるために唐辛子を並べた屋根。屋根が赤く見える。

メンタイのうた

汝　スケソーダラと
メンタイの相違を知れるや

大いなる桶に
なにやらん野菜の如きものと
メンタイの　ぶつ切りと
塩からき濁れる汁と

忠清南道太田市
兵站部のまかないなり

皇軍勇士は質素を旨としおれば
幾十百万の兵士ら
ここを通過し
みなこのメンタイのぶつ切りを食す

凡質素を旨とせされは文弱に流れ輕薄に趨り驕奢華靡の風を好み遂には貧汚に陥りて志も無下に賤くなり節操も武勇も其甲斐なく世人に爪はしきせらるゝ迄に至りぬへし其身生涯の不幸なりといふも中々愚なり此風一たひ軍人の間に起りては彼の傳染病の如く蔓延し士風も兵氣も頓に衰へぬへきこと明なり朕深く之を懼れて曩に免黜條例を施行し畧此事を誡め置きつれと猶も其悪習の出んことを憂ひて心安からねは故に又之を訓ふるそかし汝等軍人ゆめ此訓誡を等間になな思ひそ

新義州　ハルピン　牡丹江　東満　北満

ノモンハン　山海関　北京　中支　南支
佛印　シンガポール　ビルマ　ガダルカナル

メンタイを食せる兵士の
こころざし　とみにけだかく
武勇すぐれたれば
たたかい　たたかいて　果てる

「めしあげ！」の号令一下
初年兵われら
メンタイのぶつ切り満てる大いなる桶を
ホームより搬び来り
メンタイとスケソーダラの
違いを論ず

・**メンタイ**　スケソウダラの別名。タラの韓国語。
・**凡質素を〜**　「軍人勅諭」の一節。現代語訳は「編者解説」一九八〜一九九頁参照。
・**めしあげ**　食事の準備。初年兵に割り当てられる業務。

咸興

ここまできたら
もうゆく手に向って
進むだけだと思った

うそ寒い顔で初年兵は
風に吹かれた

そうだ
これはもう冬の風だった
貨車は

咸興という街に停車していた
朝鮮の少女たちは
林檎の籠を頭にのせ
だまってホームにやってきた

少女たちの歩みは　みやびて
初年兵にとって
その香りは気はずかしく
花のような色に歯がたをつけると
沁みてきた

ひきかえすよりも
ゆく手が近いと思った

肌なじまぬ風は
初年兵の外套の裾を
吹きぬけた

・咸興（かんこう、ハムン）朝鮮民主主義人民共和国の都市。

リンゴ

咸興という街で
リンゴをたべた
駅はしずかだった

まだ帯剣が腰になじまぬ
初年兵のわたしたちは
一つ星を襟に
街をながめた

海を渡って

ここまできたら
もうだめだ……
みんな家のことをかんがえていた

北鮮の街は
ものめずらしく
リンゴが稔り
籠を頭にのせて
少女たちが売りにきた

ちょうど夕陽が照り
貨車は北へ向いたまま
水を補給していた

リンゴはすっぱく
さくさくと
初年兵たちは
駅の風に吹かれていた

・一つ星　最下級兵士である二等兵の襟章のこと。

墓

あれは墓だ
きのこが土地をもちあげるように
小さくふくれあがる

おびただしい死が
おびただしいふくらみが
兵士の眼前を飛び去る
われわれの死は
地表でのたうちはてるが

ここの死は
躰をまるめている
ふくらみのなかは
あたたかいか
あたたかいに違いない

日本海のしはぶきは
北鮮の岸辺を
嚙み
はがみして送迎する
こちらは走りゆき
あちらは去る
墓だ

・しはぶき　咳。
・はがみして　歯を嚙みしめて。

国境

枯れ草に燃えていた夕陽は
ゆるやかに
やがて　突然燃えつきた

貨車はひねもすをうごかず
輓馬は　まぐさを積み兵舎と貨車を往復した
初年兵らは
ションベンをがまんして貨車で待った

国境の監視哨では

赤軍《クラスナヤアルミ》の兵士《サルダート》が
馬糧貨車五輌到着輓馬三十頭で搬送
と報告した

ソ連兵のガルモーシカの音は
ここまではとどかず
夕靄がすべてをへだてた

夕靄につつまれると初年兵は
われさきにとながいションベンをした
先ず
大陸の大地をうるおしたのは血ではなかった

行進の

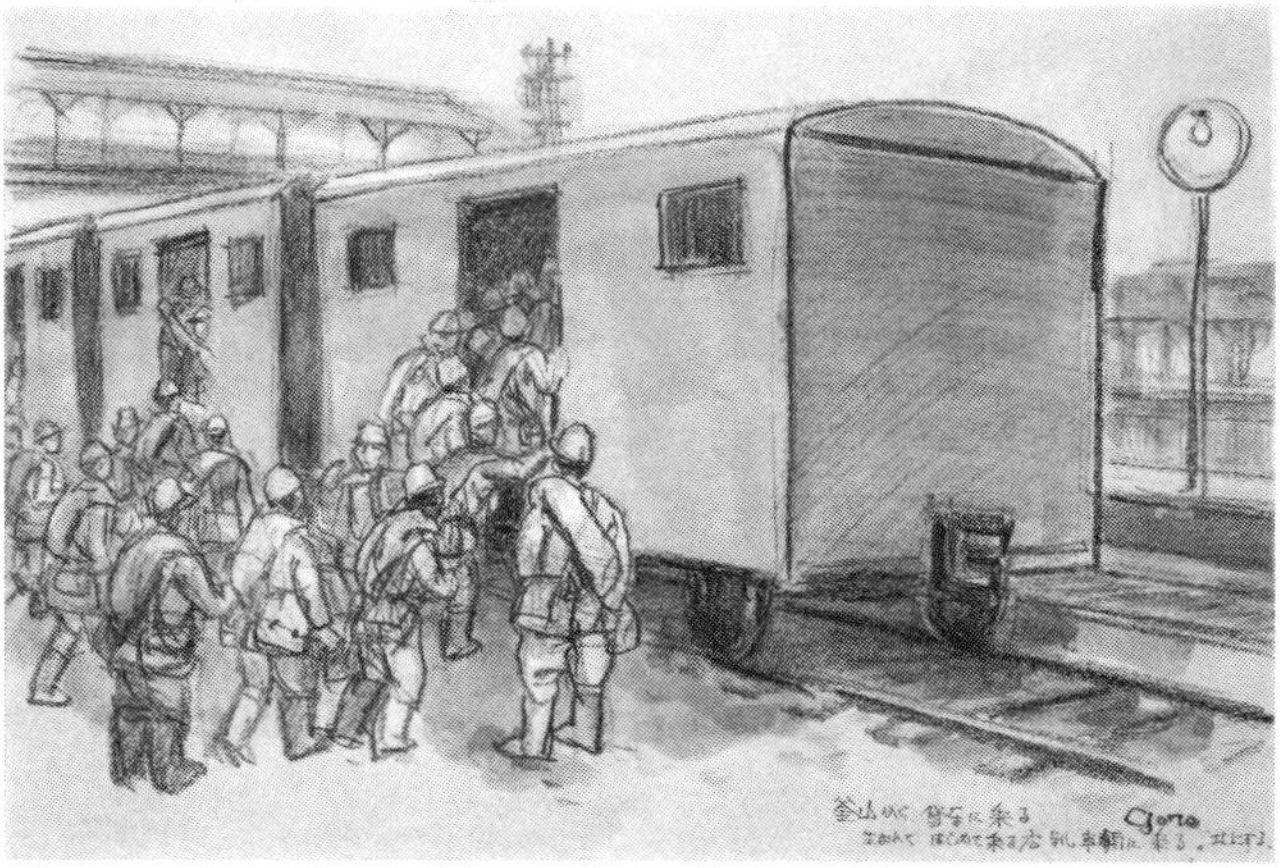

行手には
関東軍
満洲第一三一二五部隊があるはずだった

あとには
落日と冷えとが
急速に入れかわり
かすかに
ションベンが湯気をたてていた

・**ひねもす**　終日、一日中。
・**赤軍**　ソ連軍。
・**輓馬**《ばんば》　車両や橇をひかせる馬。
・**ガルモーシカ**　ロシアのボタン式アコーディオン。
・**関東軍満洲第一三一二五部隊**　四國が満洲で配属された部隊。

申告

陸軍二等兵　四国五郎　マイリマシタ
直立不動
声帯と胸部と腹筋と
粗陶土を焼きあげた煉瓦積みの兵舎と
二重窓と　上官と
そこを占める空気に投げつける
陸軍二等兵　四国五郎　参リマシタ

練兵

日本の百姓が耕した土なら
こんな色ではない
日本の百姓が踏みかためた泥なら
こんな土肌ではない
穂草を蹴散らし
枯れよもぎが　かおる

喋ることを　やめ
吐く息　吸う息だけ
頬をぬらし

頸をぬらし
横顔は怒り
ただ　駆けるだけの
戦友よ
私よ

このとてつもない大地のうえで
ためすのか
こころでも　いのちでもない
筋肉の収縮の反復をためすのか
駆けて　駆けて
そのことでこの躰が
大陸のきりかけてくる空気に
切りかえせるか

乾いて乾いて
金属音をたてる　この軍靴の下に
麥《むぎ》が芽吹く日が
ふたたびあるか

ふと鍬の手を休め
吸いつける煙草のけむりたゆとう日本の秋の
その空気ではない
その空気ではない

・**練兵**　戦闘の用に耐えるように兵士を訓練すること。

優しい色

どうしてこんなに　優しい色なのだ
体感温度零下30度
頬を切り
防寒大手袋の中の指を噛み
防寒脚絆のなかの脛から
矢つぎばやに血管をひきぬいて去る
風速十米
この砂まじりの雪を吹きあげて去る風のうえ
どうして
こんなにも優しい空なのだ

エメラルド・グリーン
私は
セルリアンブルーにジンクホワイトをたっぷり加え
ほのかにレモンイエローをまぜたものだ
それでも夢が不足すると
ローズ・マダーをだんだんとそそぎこみ
二人を結婚させたものだ
どうしてその空がここにある
どうして優しい色で
私のうえに　かむさる

防寒帽の毛皮の　つららごしに
血走る眼で　照尺と照星をつなぎ

撃鉄を　やくした指先のけいれんする瞬間
みはるかす彼方
どうしてこんなにも優しい空だ
ソ連国境の山なみは
稜線がどこまでも起伏して
われわれの前にある

砂雪と氷片の吹きまく彼方
かいまもの悲しくも優しく
そこにある

・**セルリアンブルー**　わずかに緑がかった濃い空色。
・**ジンクホワイト**　やや青みがかった白色。
・**ローズ・マダー**　深紅色。
・**照尺**　銃の狙いを定めるために、銃身の手前の方につけた装置。照星に合わせて用いる。
・**照星**　銃の狙いを定めるために、銃身の先につけた突起物。

・**撃鉄**　弾丸の発射薬を発火させるために雷管を強打する部分。
・**やくした（扼した）**　強く握った。

九九式短小銃

左掌に銃身をささえ
槓桿をあげ　遊底をひく
遊底覆いをとれば
おまえは裸になって　はずかしげに
私の右掌のなかにある
おまえのすべてが
毛すぢほどの疵も　うつろうかげりも
肌をぬめる脂ののりも
そして
おまえのいのち　撃針が

処女の気づかわしさで
ひそ　とみえかくれする

私は　兵隊
おまえはなぜ
私の掌のなかにある

弾倉を覗き
指先に弾倉発条のはずみをたしかめ
欠かすことなく毎夜
身をよぢて螺旋の銃孔を
突きぬける
適度のふくらみと　つめたさと
瞬きさえかえさないで

死のふかみにつながる小さな孔を
おまえは　私に擬する

いかに
銃把が心地よく握りこまれ
恋人のよせてくるうなじのように
床尾鈑が　私の肩に
しっとりと身をゆだねようと

握り拳と
鞭のうなりと
日本刀のこじりと
脇腹を蹴上げる長靴の　ひずめが
うみだしたつながりに

いまは　はや
据銃する私の腕とおまえの体重に
やさしくもとけあって
ものなれた舞踏のごとくあろうと

頬ずりで　おまえをたしかめ
腹筋で耐えて数をよみ
照尺に
照星が　ちかい　と笑みかけるとき
ごう然
私の喉もとから　叫びたくて叫びえぬものが
抛物線をひいて
消え去る

おまえは
恋人でもなければ
私の分身でもない
傀儡のごとき私の腕が
弾倉にこめる
槓桿をひき薬室に弾丸を送り薬莢を飛ばす
硝煙は吹き　銃身は焼け
薬莢はとび　弾倉はみたされ
一五〇〇米の有効射程のなかで
若きウエルテルが
ジャン・クリストフが
ゴッホが眉間を撃ちぬかれ
阿Qが　ゲオルギ・グロッスがくずおれ

私になにかを期待したまま早逝した父と
おふくろと
ながい髪をまきあげて三つ編みにした
眸まどかなるひとと　私と
やがて
すべてを重ね合わせて　串刺しに
径7・7粍の銃弾は貫通するのか

さ、さく杖をやわらかくぬき去る
ウエスは　かすかな脂をおびて
おまえの化粧は　おわる
45度の仰角　私の心臓の位置に銃身をささえ
右差指で撃鉄を空うちすれば
おまえが

私を守ってくれると信じなければ
すべてが停止する
おまえと私の悲しいつながりの
それが
明朝までの　さようならの合図だ

・**九九式短小銃《きゅうきゅうしきたんしょうじゅう》**　一九三九年に採用された小銃。日本の陸海軍において主力小銃として使用された。
・**槓桿《こうかん》**　銃の遊底を操作するための握り。
・**遊底《ゆうてい》**　銃の部位で、薬室への弾薬の装塡、撃発、発射後の空薬莢の排除などをおこなう。
・**撃針**　銃の撃発装置の一部。引き金のバネの力で発火装置の雷管に衝撃を与えるもの。
・**発条**　バネ、ぜんまい。
・**擬する**　銃口を向ける。
・**銃把**　銃床の一部。射撃の際に引き金を引く手で握る部分。
・**こじり**　刀のさやの末端。
・**据銃**　照準のために銃を構えること。
・**床尾鈑**　銃床の末端部で射撃のとき肩にあてる部分。
・**照尺／照星／撃鉄**　六三〜六四頁注参照。
・**早逝した父**　四國の父才吉《さいきち》は四國が十六歳の時、五十七歳で病死。多才な人物で、「人間が自らの手で物を創り出すことの大切さ」を、四國が子供の頃から良く語ったそうだ。考え方や生き方など、四國は父から大きな影響を受けた。

・**若きウエルテル**　ゲーテ（ドイツ）の小説『若きウエルテルの悩み』の主人公。
・**ジャン・クリストフ**　ロマン・ロラン（フランス）の小説『ジャン・クリストフ』の主人公。
・**ゴッホ**　フィンセント・ファン・ゴッホ。オランダの画家。
・**阿Q**　魯迅（中国）の小説『阿Q正伝』の主人公。
・**ゲオルギ・グロッス**　ドイツの画家、風刺漫画家。ナチスを避けてアメリカに亡命し帰化。ジョージ・グロスと改名。
・**さく丈**　小銃の腔内の手入れに用いる細長い金属棒。
・**径7・7粍**　口径7・7ミリ。
・**ウエス**　機械の油、汚れ、不純物などを拭きとるときに使う布。

愛馬

私の愛馬よ
白竜よ
のろまな馬よ

岩手か福島か知らねど
おまえは　やさしすぎる
めんごい白竜よ　たっしやでなと
頬ずりされて送られた　わかれの悲しみが
そのまつ毛ながい眸にうるみ
満州の空を映さで

みちのくの空のあおのまま
私の頬に　すり寄るか

馬糞をかきとり
まぐさを敷き
蹄洗をおわり
金ぐしをかけ
飼付をすませ
ゴクリゴクリと飲む水を
頸にあてた指先でかぞえながら
おまえと私は　つながる

大きな図体で　のろまな　白竜よ

やさしい私の馬よ
たてがみを振り
群馬の先頭をきることをせず
機銃の点射をもおそれ
速射砲や野砲の斉射に
身ぶるいしふりかえりもの言いたげの
私の白竜よ

やがて
ふたりがためされるそのとき
おまえの青い眸に
私は
こころの底をあかそう

・**蹄洗**　馬の蹄鉄を洗うこと。
・**点射**　一回の操作で所定の発射回数が発射される機能。
・**速射砲**　短い期間で続けざまに発射可能な火砲。
・**野砲**　野戦部隊の大砲。
・**斉射**　一斉射撃。

兵士

泥柳だけは　やさしい
手折れば　生命をふかくひそめ
その芯だけで
生きている

丈たかかった穂草も
枯れよもぎも　名も知らぬ雑草も
凍りつき　凝固してしまった

はるか

みはるかす街なみの煙突の林立には
あたたかいペチカと
人間の　たつけ　がある
恋もあれば　悲しみもあろう

ここには
なにがある
ぢりぢりとにじり寄るものを
ただ待つだけの
男の集団がある

・**泥柳**《どろやなぎ》　ドロノキ。成長が早く、満洲では防風林として街路樹に多く使われた。
・**ペチカ**　ロシアの暖炉兼オーブン。
・**たつけ**　たつき。生活。

無題

おく歯かみしめ
股ひらき呼吸止め
腹筋はりつめ

倒るるは男の子の恥なれば
がっと頬の鳴るを耐え

関東軍独歩の気合なれば
関特演のガンのふるう鉄拳なれば
上官の命を承ること実は直ちに

朕が命をうけたまわる義なりと心得おれば
次ぐ頰の鳴るを待ち
さらにおく歯かみしむ

- **独歩**　他に並ぶものがない程優れている。
- **関特演**《かんとくえん》　「編者解説」二〇〇頁参照。
- **朕**《ちん》　天皇の自称。

銃剱術

垂れをつけ
胴をつけ
肩あてをつける

面紐ひきしめ
小手のかがりをひけば
聴覚は去り
皮革にこもる汗の香が
獄舎の鉄格子のごとく
視線を分断し

お互は
雄牛に変身する

頭をひくくかまえ
半身に木銃の切先もて心臓をふたぎ
獣叫びを　さけび
跳ぶ
一瞬たじろげば　突き倒されるが故に
ひたすら突き突く

やがて
かっての日病院の壁にみた解剖図が
貫通され
木銃は一本の

恋人をひきよせる白い杖になり
めくるめく直突に
飜転して銃架の下に飛ぶ

横ざまになぎ払い
刺突を避けてたてば
したたか胴をうち木銃が鳴る

「ようし　それまで」
面をとり　戦友よ
汗しとど腫れし頬見合わせ笑むか
眼だけで

兵士

看護婦さん
私の脈搏を　かぞえてください
病院の窓ごしに　いくさの技をねる兵士らの
叫びがきこえ
私はそこへ帰ってゆくのです
素早く駆けて臥せ　小銃を発射する技術が
私の生命を守るのです

他のみちはないのです
息つくひまもなく五発　発射するために
私は　帰ってゆきたいのです

殺すために生きる人間でない
生きるための人間の　やさしい掌で
私の脈搏を　数えてください

正常に脈うつことを
あかしだててください

・**五発**　九九式短小銃は一度の装塡で五発射てた。

暉春

ふるさとの街に
似ても似つかぬ街なれど
たつけの煙たちこめ
家なみのかさなりの
淡いひろごりに

ふるさとの街を眺めんと
小だかい丘へのぼる
白衣の襟かき合わせ
ひとめ見はるかして丘をくだる

内海の潮の香と
きよらなる流れがまじわり
のどかな人々のなまりにみつ
ふるさとの　街をしのび

はてしなく畑は荒れはて
まばらなる樹は針のごと天を刺し
垢光る綿包衣の下に
光る目と
言葉通ぜぬ人ら住む街を

病める兵士
白衣の襟かき合わせ

似ても似つかぬ街なれど
ふるさとの街を眺めしごと
心なごみて　丘をくだる

・**琿春（こんしゅん、フンチュン）**　四國は大体「ホンチュン」と表記していた。四國が所属した関東軍満洲第一三一二五部隊の駐屯地。
・**ひろごり**　ひろがり。
・**内海の潮の香ときよらかな流れ**　故郷広島の瀬戸内海と河のこと。

ペチカ

ぬくもりに
頬をよせる
やさしさをこめて

戦友よ
さりげない顔で読まなくてもよい
恋人からの便りは
くりかえし
笑みをたたえて読みたまえ

おそらくは
月の数で死が数えられるがゆえに
え言わずして別れた
いとしいひとよ
空想のなかではすべてを語り
不吉なやさしさをこめた眸のまたたきに
よろこびをこめてくれたものを

なみださえ凍てつくこの地に
ただひとつ身をよせ
いてた頬をゆるめ
まぶたの裏をぬらし
凍傷をときほぐし

ここだけが
ぬくもりにみち
ここだけに
やさしさがある

軍隊内務令

整列である
前である後である
絶叫である
こころのひだひだに泥炭をつめ
氷結させ
鞭うつのである

なめし革のたおやかにしなう鞭はノーブルな童話である
営内靴の
上靴の

または弾薬盒をぬき放ってしごく帯革である
屈辱は
鋲底を嚙みしめる唇に
心なくも吹きつける香水である
頰は
笑みもいきどおりもただよわぬ
古兵に向いてならんだ
まさしく皮膚である

三本の朱線の通過は
愛情の変形開始の
手旗信号である

番号！　列外一

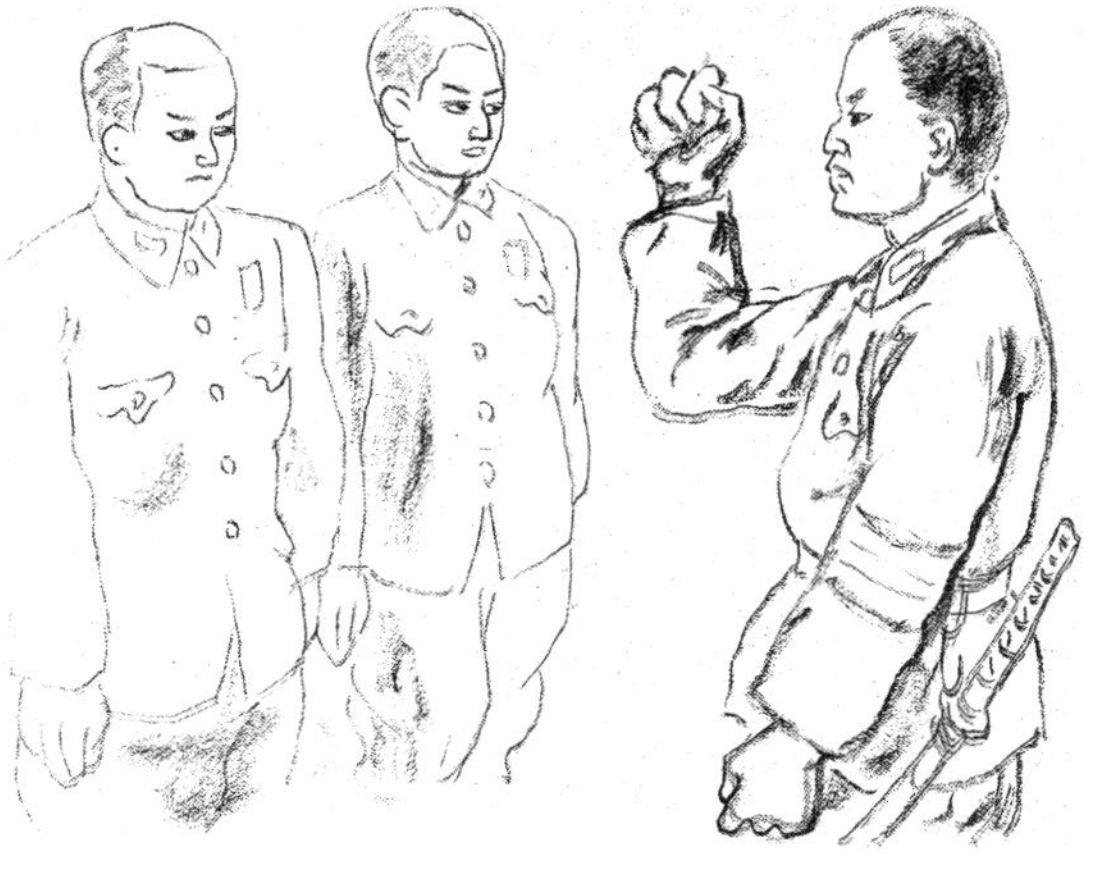

現在員三十八名　事故三名
事故三名は衛兵勤務二入院一
異常ありません

無表情で
あばら骨のあいまに銃剱を刺しつらぬける精神を
涵養するるつぼである
名誉は
おのれの体温と等しくある認識票の
ぬくもりの　うつろう日である
消灯ラッパは
すめらみことの
統率したまう
すめらみいくさの

讃歌である

・**軍隊内務令**　陸軍の平時における最小単位である内務班の行動規範を細かく定めたもの。
・**営内靴**《えいないか》　兵営内で履く革靴。
・**上靴**《じょうか》　革製のスリッパ。営内靴と同様、靴底に鋲が打たれており殴打の際の衝撃が増した。
・**弾薬盒**　小銃の弾薬を携帯するための小型の容器。
・**三本の朱線**　将校の階級章。朱三本は将校の中の佐官（少佐、中佐、大佐）。
・**愛情の変形**　しごきのこと。
・**銃剣**　銃の先端部に装着して、槍のような機能を持たせる剣のこと。

戦闘訓練

いつの日か
空っぽの私が　おふくろの前に還る

雑嚢水筒をすて
すべて身がるになる
アナトール・フランスと万葉の文庫本もすてる
いまは銃と五十発の弾丸と
二個の手榴弾だけ

斑雪を蹴る

利き鎌のごとき氷片を蹴る
三〇米を一気に駆けて死角に身を投げる
敵は
照準する射つ　はずれる
照準する　射つ
さらに一〇米を駆けて氷塊に臥せる
照準と照準のあい間を
かけぬけて積雪に埋没する
匍匐前進しつつ
弾倉をみたし　着剱し
おのれに向って叫ぶ
突撃に前！
駆ける
腰だめで射つ

私の前方には赤軍兵士
またはアメリカ軍兵士
私には弾丸はあたらぬ
手榴弾も　自動小銃も
迫撃砲の散弾さえ
手ごたえなく私を通過する

やがてショーロホフとヘミングウェイに
私はうち倒される
軍人勅諭と戦陣訓を入れた
胸ポケットを貫通して倒れる

やがて日の丸の小旗うち振るなかを
空っぽの私がおふくろのもとに凱旋する

・**アナトール・フランス**　四國は入営にあたって、フランスの作家アナトール・フランスの『少年少女』（岩波文庫）を一冊密かに持って行った。なぜこの文庫本を忍ばせたのか、との家族からの問いに「戦争とは対極の世界の話だから」と答えている。『万葉集』の文庫本も持って行った。「編者解説」二〇四～二〇五頁参照。

・**迫撃砲**　主に歩兵が操作する火砲。高い射角を取り比較的近距離を狙う。

・**ショーロホフ**　ミハイル・ショーロホフ、ロシアを代表する小説家。『静かなドン』他。ノーベル文学賞受賞（一九六五年）。

・**ヘミングウェイ**　アーネスト・ヘミングウェイ、アメリカを代表する小説家。『老人と海』『武器よさらば』他。ノーベル文学賞受賞（一九五四年）。

・**軍人勅諭**　「編者解説」一九八～一九九頁参照。

・**戦陣訓**　軍人として取るべき行動規範を示した文書。一九四一年に示達。「生きて虜囚の辱を受けず」という一節が、戦中において軍人・民間人による玉砕や集団自決を強制する原因となった。

不寝番

北斗星のうえを踏む
営内靴の鋲音をころし
星の数を踏む

闇の中から寒気は
背後から接近するので
ふりかえっては敷き石を踏む

安らかにねむるか
おふくろよ
大陸の夜明けは　まだ遠い

めしあげ

「初年兵めしあげ出ろ！」
「週番上等兵殿　まいりました」
ガタコン
ガタコン
「歩調とれ！」
「かしら　右！」
「第一大隊本部　まいりました」
「食缶みせろ
　やりなおし　食缶かぶれ」
天秤棒をうけるには

歯を噛みしめ額でうけよと承知しあれば
ガン
ガン
ガン
「週番上等兵殿　すまないであります」

・めしあげ　四五頁注参照。

火葬

トラックの荷台を
吹きまく風を
防寒帽の頬垂れをあげて
たしかめてみる
春の気配がはやしのんでいないか

膝で支えてやろうか
ゆれがすくないように
この軽い　ひつぎを
春を待たで死んでしまった戦友のひつぎを

車のゆれがはげしいので
たれも喋らず
砂塵を　さける
怒り顔のまま

優しい眼をして
躰が弱かったからなあ

徴兵検査で
裸の尻を平手うちされ
第二乙種合格
とさえいわれなかったならなあ

さえぎるものとてない
なだらかな起臥のはて
屯はずれはかなしく
楊柳の梢が泣き
煙突一つが待つ

やがて吹きまく風に
きみは煙にからだをゆだねる
「一人へったな」と誰かがつぶやく
「うん一人へった」誰かがこたえる
決して風には
春の気配はない

軍事郵便

おかあさん。
寒さがはげしいこのころですがお元気ですか。小生もしごく元気で軍務にはげんで居ります。戦争は、だんだんはげしくなりますが、けっして病気などしないよう体に気をつけ長生きしてください。五郎も元気で頑張ります。それでは、さようなら。

先日は、お便りをありがとうございました。たいへんなつかしく拝見しました。同封の人形はマスコットにして大事にします。ありし日のことが昨日のように思い出されます。銃後の守りをかためてください。私も軍務に精励しています。さようなら。

弟よ。元気か、いろいろ大変なことだろう。お母さんをたすけてしっかりやってくれ。本を読め。私の蔵書を、できれば全部読め。今は、役立たずとも、いつかは役立つことがある。こちらは、元気一杯はりきって軍務に励んでいる。お母さんをたのむ。便りをくれ。

お母さん。
五郎は、元気一杯軍務に励んでいますゆえご安心ください。いつまでもお元気で。さようなら。

兄さん。
いよいよ決定的な段階、お母さんや弟たちをたのみます。こちらは、最善をつくします。お元気で。

死が接近する
飢渇の躰を　爆砕する死が接近する
おふくろは
ひたいの巻毛やわらかき　きみは
山ふところ深くのがれ
地中深く眼をとぢて　すぎ去るものを待て
兄よ
あなたの弟はさかしくも
最後まで生きることを
うたがわずあれ
弟よ
おまえのそばに馳せかえれるなら
押し臥せてその背に銃を据えるものを
海をへだつわれは

ただひとり弾丸うちつくして
去る

無題

氷原は解け去れども
春風に芽吹くは湿地坊主
笑むことを知らず見かえす目

ベルリン・ブランデンブルグ門を兵士らよぢ
翼裂けたる大鴉のごとく
ハーケンクロイツ地におち
硝煙はれやるところ
瓦礫のうえ
赤旗ひるがえる

ニミッツもマッカーサーもはるかなれど
かちどきの号砲ここにひびき
迫る
東満間東省琿春
歩兵第二四七連隊第一大隊本部
陸軍一等兵四国五郎に
ひびき迫る

関東軍百万が山へ入り
陣地構築のうえ
スターリンの軍隊を迎えうつのか
夜ともなれば
国境近く照明弾を飛ばし

なにやらん合図をおくる
ソビエト社会主義共和国連邦

迎え撃つのか

逆か垂りして果てたベニト・ムッソリーニと
ベルリンの地下深く自殺したアドルフ・ヒットラアと
陸軍一等兵四国五郎はなぜつながる
できるなら
稲穂そよぎ松籟わたり
さくらもみぢたんぽぽ茅花さき清水わく国に
おふくろを背にかばい
黒髪ながきを編めるひとに目くばせかわし
笑まい消えぬまにテキサスよりきたれる男らと

弾丸うち交わして死にたい

・**ベルリン・ブランデンブルグ門〜** 独ソ戦の結果、ナチス・ドイツがソ連軍に敗れたことの描写。
・**ニミッツ** チェスター・ニミッツ、第二次世界大戦中のアメリカ太平洋艦隊司令長官兼太平洋戦域最高司令官。
・**マッカーサー** ダグラス・マッカーサー、アメリカ陸軍元帥、戦後、連合国軍最高司令官。
・**陸軍一等兵** 一九四五年四月一日付で四國は一等兵となる。
・**ベニト・ムッソリーニ** ベニート・ムッソリーニ、イタリア国家ファシスト党の独裁者。一九四五年四月、射殺された後、みせしめのためにミラノ駅前広場で逆さつりにされた。
・**アドルフ・ヒットラア** アドルフ・ヒットラー、ナチス・ドイツの総統。独ソ戦に敗れ一九四五年四月、ベルリンの総統地下壕で自殺。
・**松籟**《しょうらい》 松の葉が風に揺れる音。

いとこ

われに二人のいとこありき
齢等しくして　すべて男の子なり

ひとり武夫といえる
少年航空兵として霞ヶ浦より
遠く南瞑に飛び
九六式艦爆にて二五〇粁爆装せしまま
名も美しきブーゲンヴィルの島にて
消ゆ

ひとり松夫といえる
徴兵ま近にして
いずくに行きたるや
絶えて沙汰なければ
親ら悲しみ
友ら　いぶかり
憲兵ら血眼して追及せしも
あっぱれ
ようとして不明

ひとり五郎といえる
追いすがることもせで思慕を
パレットのうえにときなし
風のうつろうをうたいきて

うたがいと　むらぎもはげしきさがなれども
いま
九九式短小銃を磨きて
待つ

・**霞ヶ浦**　霞ヶ浦海軍航空隊の所在地。
・**南瞑**《なんめい》　南方の大海。
・**九六式艦爆**　日本海軍の九六式艦上爆撃機。
・**二五〇粁爆装**　二五〇キロの爆弾を搭載すること。
・**ブーゲンヴィルの島**　パプアニューギニアの島。この島の上空で連合艦隊司令長官山本五十六が撃墜され戦死。
・**むらぎも**　体内の臓腑、「心」を導く枕詞。

蛸壺やはかなき夢を夏の月　　芭蕉

山々の
高みからたかみ
尾根から　おね
えんえんつながりて
半裸の兵士ら
壕を掘る

ねじあやめ
つつじ
ひめゆり

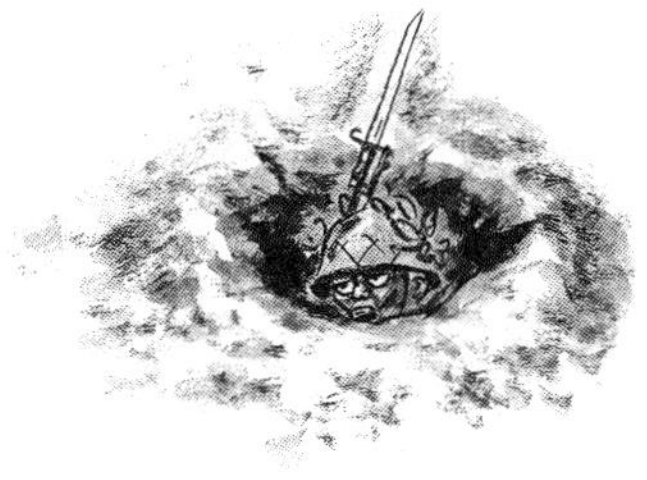

たこ壺《つぼ》

しゃくやくさえも咲ける山の
岩肌を
カッ　カッ　火花散らし
半裸の兵士ら
壕を掘る

歩兵らの掘れるを
蛸壺と称し
われらの
奥津城なれば
やさしき花咲き乱れたるを
いたわりつ
兵士らは掘る

・**蛸壺**　爆雷を持って隠れるための穴。ソ連軍戦車が真上に来たら、爆雷を戦車の腹にぶち当てて自爆する。
・**奥津城**《おくつき》　墓場。

のろうち

あおば　わかば　かけぬけて
たちどまり
おまえはなぜ　ふり向く

ふりかえり
わかばの揺れをみ
白雲の流れをみ
いぶかしむとき

しいの実のごときもの
つらぬく

・**のろ**　小型のシカ。
・**しいの実のごときもの**　銃弾のこと。

李花屯

土もてつくれる家　十戸
牛　豚　山羊　鶏らひねもすなき
小さく清らなるせせらぎ流れ
李花の咲く

豊かなる大地うねりて
きびの葉そよぎ
朝はしとど露にぬれ
夕べは陽にあかく映え
農夫ら家路にかえる

屯をつきぬけ
砂塵まきあげ
しっ走するは爆薬積める車
大地ゆすり地ひびきしすぎるは十五榴
火花して蹄鉄の蹴るは
日本刀ぬきはなち
しったする将校

革具きしませ
ひたすら眼すえねめて
歩きつぐは　われら兵士
ものうごかば　がばと臥せて
射ち　剱ひらめかせておどりかかるわざ

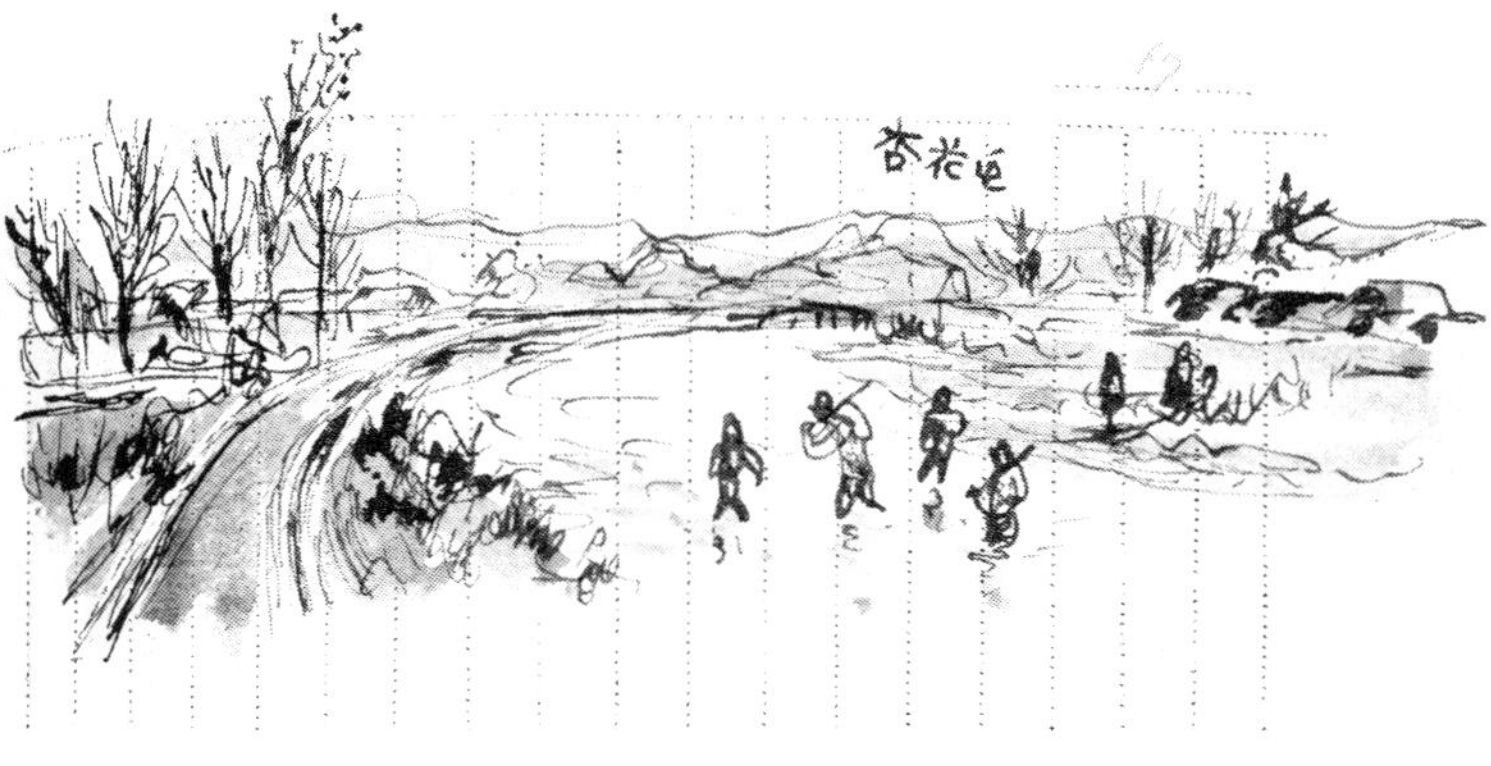

ねれにねれるわれら兵士
李花咲く屯のただなかをすぎる

しかれども
ながき日を
あくびせるごとく牛啼き
鶏よべる児らの声に
李花はらはらとこぼれ
土塀ふかく
光れるまなこあるごとき
李花屯

・**李花屯**《りかとん》　満洲の村の名前。李花は「すももの花」、屯は「むら」。
・**十五榴**　砲口径十五センチの榴弾砲。榴弾とは内部に火薬が詰められ炸裂した破片によって攻撃する砲弾。
・**ねめて（睨めて）**　にらんで。

開戦

急げ
実戦だぞ！　実戦だぞ！

夜襲はかねて日本軍の得意とするところなれど
ソ連軍は未明　どとうのごとく国境をこえて侵入す
弾薬をうけとり　銃をあらため
幕舎のなかに思いまどえるは
万葉とアナトール・フランスと歳時記の
そのいづれを捨つるや

狂気せる将校
実戦だぞ！　実戦だぞ！
夜気がうわずり
走る

戦友よ
さればゆくか
昨夜食べ残したる豆麵の鍋したたかに蹴上げ
さればゆかん
人生はここよりあらぬかたへ
たしかな死へとつながる
すべてを蹴散らし幕舎の支柱踏み折り踏みしだき
笑いあい
いまは

たのめるは　この一挺の銃とこの躰のみ

鉄帽うつ雨音
ふれあう武具のひびき
いななきと駆けゆくひづめの音
兵士らは　もだし
あやめわかぬ闇を　ただひたすら急ぐは
岩山に掘りぬける
陣地
われらの奥津城

空があおいので見ほれることがある
裸の山と山に切りとられた丸い空も
眸をこらせば縦横に孔を掘りめぐらした山肌も

待っているのである
朝まだき地平をゆるがせた砲声が
気違いめいて時のふりこをひき千切り
兵士らは配備につき
師団長は　ストップ・ウオッチを押した

兵士らは戦車の時速で距離を割ってみる
発射音と弾着の間隔をかぞえ
結論が出ないので　あおい空に見ほれる
やにわに日本刀をぬきはなち
ヒステリックに切り口から樹脂が飛び散り
言葉は精神訓話となり
たよりになる将校とならぬ将校を
敏感にかぎわけて兵士らは

片手と唇だけでキャラメルの皮をむく
「戦車八百台　琿春街道を西進！」
馬鹿め！　うろたえるな！　官姓名を名乗れ！
「戦車八十　自走砲　トラック約五百台　西進中！」
秒読みがはやまる
稜線に草いきれがむせる

国境陣地の戦友たちは
ひとたまりもなく消え
胃と心臓の中間にさし込まれた風船が
ふくれあがる
たこ壺からのり出して爆薬箱をかぞえ
銃に問いかける

こたえが待てぬ
ゴボウ剱逆手に乾パンの缶を切り裂き
男か？
切先は風船をさしつらぬき
放屁のようにぬけ去る

それ弾があお空に張るテープの　のび切ったその先で
岩山が火を吹き　さく裂する
待つ身はつらい
砲声は膀胱にひびき
たこ壺を出ては　はにかみにみちた放尿をし
畜生！

・**自走砲**　大砲を自走可能な車体に射撃可能な状態で搭載した兵器。
・**もだし（黙し）**　沈黙し。
・**ゴボウ剣**　銃剣のこと。長さと黒い色がゴボウに似ていることからこのように称された。

夏草やつわものどもが夢のあと　芭蕉

不敗ノ関東軍ノ伝統ヲ守リ
特攻隊勇士ニ続キ
断ジテ生キテ還ルト思フナ
玉ト砕ケテ君恩ニ報イヨ

訓練ト思へ
相手ハソ連軍戦車ニシテ
抱クハ一〇kg破甲爆雷ゾ
満ヲ待シテ近接ヲ待テ
行ケ！

直進シ
機銃ニ射タルルトモ
キャタビラノ下ニ突入セヨ
我ガ身モロトモ戦車ヲ爆砕セヨ
又ハ
路上ニ穴ヲ穿チ
草ト泥トヲカムリ息ヲ殺シテ待テ
進行シ来ル戦車ニ逆上シヒキョウナル行動スルハ
日本男士ノ恥辱ゾ

戦車頭上ニ来ラバ
爆雷ヲブチ当テ爆破セヨ
一人モテ戦車及ビ敵兵五名ト

刺シ違エヨ

名もなき草花　咲きこぼれ
夏草ふかく茂れるかげに
チチロ　哭く牡丹江街道
戦車十数台　かく座し
日本の若き兵士らの屍体
しぼりたる洗濯物投げすてしごとく
はてしなく路上に散らばう
うつろなる眼あけしまま

・**チチロ**　コオロギの別名。
・**一〇kg破甲爆雷**　主に自爆攻撃のための対戦車用爆雷。通称「アンパン」。「編者解説」二〇五頁参照。

棄馬

馬よ
走れ
鞍もなく　あぶみもなく
鞍下毛布もなく
手綱も　くつわもなく
走れ
お前たちは自由だ

夜明け前の
満州の尾根づたいに丘をこえ野をこえ

高粱畑を　かけぬけてゆけ

お前たちを藁の上から
ほほずりして育てた
みちのくの農民と
同じ手と同じ眼とおなじ心をもつ
満州の農民のふところまで
かけぬけてゆけ

馬よ
走れ
第一大隊は全滅し
第三大隊の兵士らも多く傷つきたれば
お前たちは

もはや
裸馬にかえり
弾丸の下を避けてゆけ
二度と弾丸の下に来るな
硝煙と血の臭う
男たちを
ふりかえることをせず
馬よ
走れ

・**あぶみ**　騎乗時に馬の脇腹にたらして足を乗せる道具。
・**高粱**《こうりゃん》　中国東北部をはじめ世界でよく栽培される穀物。日本名「モロコシ」の中国名。

犬

くち笛にさとくも身ひるがえしてはせより
やわらかなるのどをさしのべ
まなこほそめ
たちあがりほほずりし
舌の感触にこたえて背を撫し

そのような時間は　おわった
わが腕はこん身の力をこめ　彼の腹をえぐり
彼はあおき眸みひらきて
わが胸をきり裂く

血潮もておまえの毛なみはぬれ
とびちる肉片は歯ぐきにしたたり
硝煙にめしいて
骨をかみしだき

ゆるせ
槓桿をひくを　いぶかしくみるな
照準する　照星ごしに
われをみつめるまなこをそらせ
額の毛うずまきたるそのまなか
われも眼つむれば
ごうぜんとして
おわる

・**さとくも**　聡しくも。
・**槓桿**《こうかん》　七一頁注参照。
・**照準する**　銃の狙いを定めること。

全滅

一こ中隊の兵士ら全滅す

おみなの胸のごと
やわらかき起臥もつ山なれば
丈ひくき樹々は
かろやかにまといたるけっとのごとく
谷間ぞいに肌湿みて
百合　しゃくやく　萩　ききょう
夏と秋の花々　一度に咲ききそい
かおる

山々より流れ出でたるひとすぢ
岩をけずり
ここに断崖相対峙してあれば
たけきおのこの胸板のごとく
銃砲声をはじきかえして
こだまして
巌　飛び散る

大いなる姿勢もて迫るは赤軍
ましらのごとく岩肌かすめて飛ぶはわが軍
すなわち第三大隊第六中隊の兵士ら
ごう然火を吹くは赤軍迫撃砲
断続せる斉射は　わが軽機

あかるきまひるの陽ざしのもと
樹々のしげみをぬい
なぎ倒され放棄された花々
セコンドが停止する
もはや兵士らすべて
雄叫びもあげ得ざれば
やわ草に頬なかば埋め

・**おみな**　女性の雅語的表現。
・**けっと**　毛布。
・**ましら**　猿。
・**赤軍**　ソ連軍。
・**セコンド**　秒針のことか。

機首

機首が私を向く
径20粍の機関砲が
発火信号をおくる
散れ　散れ　散れ

こいきなかもめ
水冷式エンジンの機首は
スピットファイヤー　バッファロー

手ばやにめくる

わが記憶のまなかいを
大いなるあかき星の過ぐる

いけすの魚のごと反転し
陽を背にまたも来れば
鉄帽まぶかに
安全装置をはずし
標尺をたおし

にくしみとてなけれど
飛びくる機関砲の砂塵のなか
息をひそめ
撃ちに撃つ

・**径20粍**　口径二〇ミリ。
・**水冷式エンジンの機首**　水冷式は機首が尖る特徴がある。
・**スピットファイヤー**　イギリスを代表する戦闘機の名称。ソ連軍が運用していたか、同機に似たソ連軍の戦闘機を指しているのかは不明。
・**バッファロー**　アメリカ製戦闘機の名称。ソ連軍が運用していたか、同機に似たソ連軍の戦闘機を指しているのかは不明。エンジンは水冷式ではないので四國の記憶違いか。
・**まなかい（目交）**　両方の視線が交わってできる空間。
・**標尺**　九九式短小銃の水平を読むための尺。

蛸壺掘り

夜霧寒いか
さみしいか
ひとりごちして
穴を掘る

ひるは銃うち
夜は円匙もち
三尺掘れたら
朝がくる

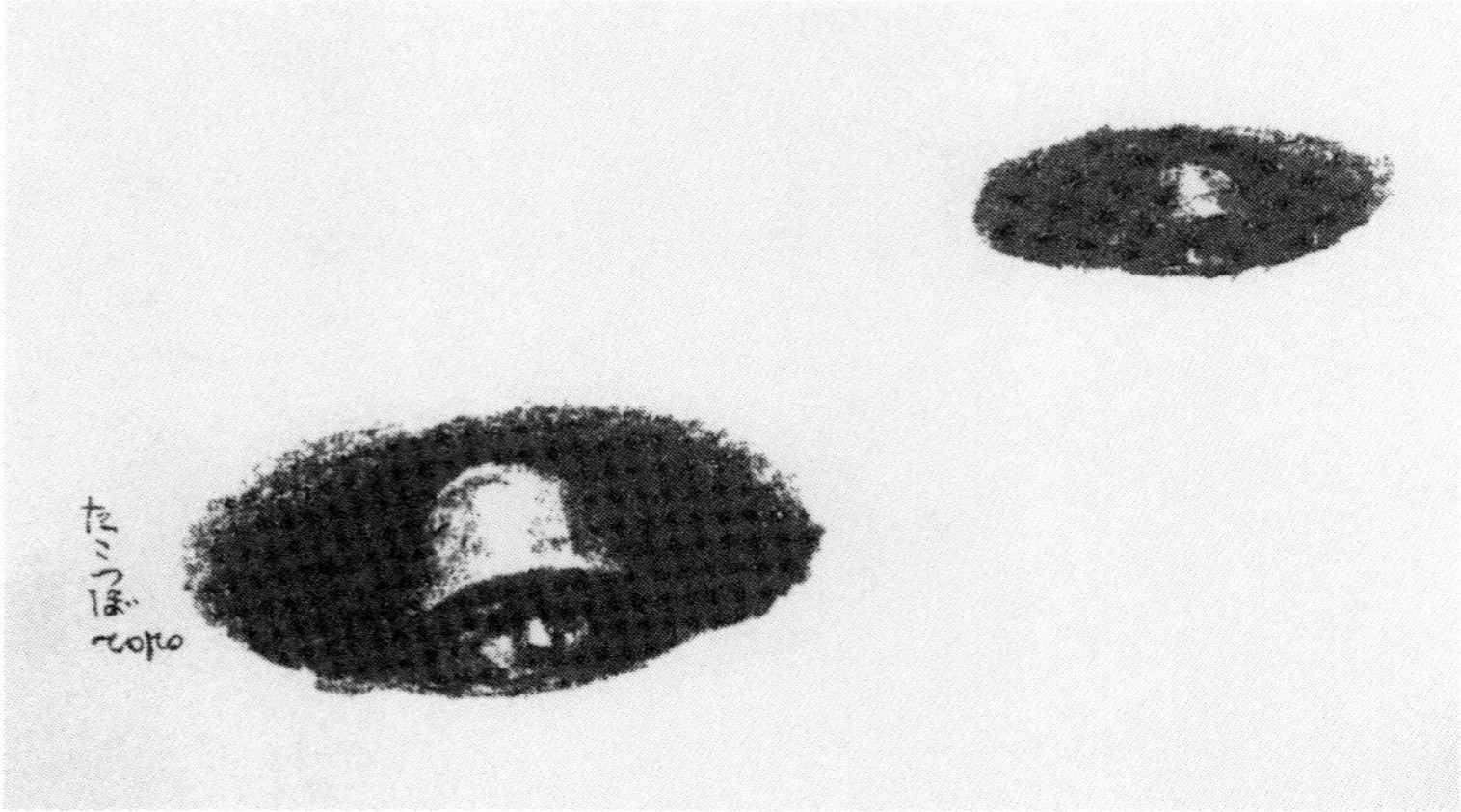

岩うつ火花に
手を休め
夜霧すかして
とも呼べば

ともかくも
墓は掘れたと
言うている

・円匙《えんぴ》　土掘り用の小型のシャベル。
・三尺　約九〇センチ。

臓腑

ここに肘つき
ここに膝支え
ここを靴底もてがっしと踏まえ

まなこかすかに　うかがえば
彼方のしげみ　三百
彼方の岩　五百
彼方　芝枯れたる斜面すべて八百
戦車走り歩兵ら散開しうる平地八百
山ふところひらけ

とおくかぎろい　たつあたり千

前薬盒に　六十発
後盒に　四十発
雑嚢に　五十発　手榴弾三発
手にするは　九九式短小銃　帯剱ひと振り
水筒に水四合　乾麺包一袋
羊かん　キャラメル

ここにこそ　わが真実ありと
日記帳　胸ふかく収め釦にて封し

ましばし

われやまと男の子にしあれば
武士のたしなみありと

咲き垂れる萩の花
二かかえ三かかえ四かかえ切りとり
鉄帽にさし
背にさし
たこ壺ふかぶかと翳《かざ》し
花の香にむせて
死を待つ

ねがわくば花の下にてわれ死なん

やせさらばいて

人肉喰いし兵もあるに
花に死すわれは
めでたくもあるか

・**かぎろい**　かげろう。
・**前薬盒**《ぜんやくごう》**・後盒**《こうごう》　弾薬を収納する小さな容器。体の前部に二つ、後部に一つ、ベルトに通して携帯した。通常兵士は一二〇発の銃弾を携帯するが、理由は不明ながら、四國は少し多く一五〇発携帯していたようだ。
・**雑嚢**《ざつのう》　雑多なものを入れる布製のバッグ。肩からかける。
・**釦**　ボタン。
・**ねがわくば花の下にてわれ死なん**　西行の句。正しくは「春死なん」だが、敢えて自分の死を強調するため、「われ死なん」としたか。

戦友

戦闘帽のうしろ
白きハンカチ垂れるは
斬込隊の目じるしにして
我が戦友なり

地下足袋に足おとをひそめ
今宵決死の斬り込みなれば
「さらば」と一言いわんがため
わが　たこ壺に来れるなり

「遂にゆくか」
生きろとも死ねともえ言わず
「手榴弾は　あるか?」
物入れ垂れるほどあるをニヤリと示し
「もはや　われに必要なし」とて
大いなる羊かん一本を　われにくれる

ひるま　陣地を失えば
戦友ら　夜斬込みて奪回し
また失いては
斬込みゆくなり

宵闇にふりかえりふりかえり
白きハンカチ消えゆけば

そのあたりより霧雨きたる
ふつ暁雄叫びと銃声さく裂音
伝わるそのときまで
我は　羊かんを抱きしまま眼を閉づ

無題

歩調とれ
部隊長殿に敬礼
かしら　右

部隊長殿は白い馬
はるか彼方でもすぐわかる
欠礼したれば
重営倉

されば兵らは
やけくその大声はりあげ

部隊長殿に敬礼
かしら　右

白馬は敵機の
目標になると
陣地に入れば
部隊長どのは鹿毛に乗る

兵ら
鹿毛を見送りて
ソッポをむく
あれは部隊長殿ぢあねえだろう
「鹿毛だ……」

・**重営倉**《じゅうえいそう》　寝具を与えない等、営倉に長期間拘禁する重い懲罰。
・**鹿毛**《かげ》　茶色の馬。

無題

石を積み野花を手折り
〇〇一等兵の墓としるしたのは一週間前だ
死体をずるずるとひいて後退したのは三日前だ
今日は　たおれた兵士の弾丸をつかみとり
私は壕から壕を移動するだけ

さく烈音　悲鳴のあとで
発射音が　太鼓を　叩いている
輜重兵は　赤軍の後方から弾薬をはこびあげ
砲身は焼け　軽機は砂を嚙み　ねむった

スターリン戦車は　ほぼ包囲を完了した

こんな奴らに負けるはずはない
自動小銃を奪いとらねばと　兵士はかんがえる
ウクライナ、ベルリンを　たたかってきたイワーノフは　かんがえる
ヤポンスキーの夜襲は　やがて消耗すると
しかし　宵闇とともに　後退をくりかえす

日数をかぞえてみる
片手の指をすべてまげるまでもなく　全滅がやってくる
玉砕とよぶさまざまの死を咀嚼してみる
いまは　悲しみも　いかりも　ものおぢも　ましてよろこびもないが
たしか私の記憶には
西洋史の教科書に　ペトログラードで片手をさしあげ

叫ぶレーニンの姿がある
柳瀬正夢の大きな腕と鎚と鎌がある
太陽のない街　蟹工船があり
×××と×××のために×××××しよう
たしかこれに　つながっているのだ

それがどこでつながり　どこで　たち切られている

私の周囲には
兵士の　かばねが　散らばり
うそ寒げに　そそけだった赤毛の
捕虜の赤軍兵士は　後手に縛され
眼かくしして壕内にある
「可愛そうに　やっこさん　まだ子供だ」

どこでつながりどこで断ち切られてしまったのか
しかし包囲がせばまれば
死角も減少するので
今は考えることを止めて　生きのびるため壕を移動する

・**イワーノフ**　ロシア人男性の代表的名前のひとつ。
・**ヤポンスキー**　ロシア語で「日本人の」。
・**柳瀬正夢**《やなせまさむ》　一九〇〇〜一九四五年。四國が敬愛した画家、漫画家。治安維持法により検挙され拷問を受ける。一九四五年五月、新宿駅で空襲に遭遇し死亡。戦後、柳瀬の遺族と四國は交流があった。
・**『太陽のない街』**　徳永直の小説。一九二九年発表。
・**『蟹工船』**　小林多喜二の小説。一九二九年発表。小林多喜二は一九三三年、警察に逮捕された上拷問を受けて虐殺される。
・**かばね**　屍。遺体の雅語的表現。
・**そそけだった**　恐怖で身の毛がよだった。

天佑

霧のなか
「天佑」と誰何すれば
黒き影
「神助」とこたえる

これすなわち　われらの合言葉なり

着剱し
利き剱ひらめかし
爆薬を背負ひたる黒き影

霧のなかを　這《は》いまわりつ
「天佑」とよび
「神助」とこたえる

無題

長さ一間余の生木の棒に
ごぼう剱くくりつけたるを
てんでに　かつぎたる　兵士らの一団あり
その姿戦国時代の野武士のごと野盗のごとし
大声にて　笑い合いつ
戦車来れる街道えと　下りゆけり

そはわらえじ
我等とて　たのめるは　アンパン三ケからげたる地雷

背負いたる爆雷
歯ぎしりせども
マンドリンのまえには　まどろこしき短発銃のみ

なにごとぞ
武器と爆薬と屍体散乱せる宵やみより
おみならの声あり
重き背負袋　負える男「地方人」あり
たたかいを避けて続々とこの死の谷に来る
人馬のかく集れるは　占ない　凶《きょう》なり

あした咲き垂れる萩に　露しとど光るとき
15糎榴弾先づ彼方の岩壁をくだき
逐次　谷の中心に迫り

るつぼくつがえしたるがごと　火をふき
双発の　攻撃機
谷間を縫いて　反復投弾せん

戦闘帽のうしろに
白きハンカチ縫いつけつつ
いずれにしろ　我が生命あますは十時間
すてすてて
いまは一冊となれる万葉集をみやれば　感慨もなし

天地のいづれの神を祈らばか愛し母にまた言問はむ　大伴部麻与佐

・**ごぼう剱**　歩兵銃などに着剣する銃剣。刀身の長さと黒い色が、ごぼうに似ていることから、ごぼう剱と通称された。
・**アンパン**　対戦車用の爆雷。円盤状の形状から通称された。

・**マンドリン**　マンドリン銃。ソ連軍が使用した代表的な短機関銃。連射が可能なドラム型の弾倉を備えており、恐らくその形状からマンドリンと称されたと思われる。戦闘において圧倒的な力を発揮した。
・**おみな**　女性の雅語的表現。
・**地方人**　旧軍隊用語で軍以外の一般社会の人間のこと。
・**双発**　双発エンジン。
・**天地の……**　『万葉集』。うたの主旨「天の神、地の神、どの神に祈ったら、いとしい母に、また話ができるのでしょうか」。

戦い終わる

くろき山々の中腹に
灯ともり
大いなる声あがりたり

兵士ら異状を直感す
煙草さえ身をふせ帽をかざしてのむに
点々と灯のあがるを

小隊長以上集合
下士官以下その場に待機せよ

下士官の一人　軍属よりのニュースとて
声ひそめ伝える
日本は既に十五日に無条件降服したりと

国境よりソ連軍一歩も入れじと
戦い続けたるは我らのみなりしと

やがて将校らかえり来り告ぐ
日本は無条件降服したり
師団長閣下は軍旗と共に自決せり
我ら明朝
武器弾薬をすべて携行し
密江峠に集結す

兵士ら黙して語らず
涙見するは恥なれば
幕舎を出てながめやれば

山腹に
あかあかと灯もえ　つらなり
大いなる祭りのごとし

・**下士官**　軍隊の階級の一つ。将校（士官）の下、兵（兵卒）の上。下士官は下から伍長、軍曹、曹長。
・**軍属**　軍人以外で軍隊に所属する者。

無題

一大隊の戦友よ
きさまら　全滅したのではないか
まっ黒けの顔に銃を杖にし
戎衣は硝煙に焼けこげ
たたきつぶし　掘りかえされた山の
ひだの中から　手品のように　よろけ出ては
そう簡単には　死なねえさ

二大隊の戦友ら
手に手にソ連軍の自動銃をもち

腕まくりして
携帯燃料を溶かしたあやしげなる
アルコールをのみ
おまえら　だまされるなよ
考えてみろ関東軍がまけるわけがねえ

生きることは
死えの接近であったこの数年
生きることは
そのまま生きることにつながるかも知れない
そうだろうか
そうなるかも知れない
腰間にずしりとした弾丸よ
九九式短小銃よ

叢ふかいせせらぎを覆うそのふかみめがけ
私の手からはなれて消え去れ

いまはただ
生きることに賭けよう
ただひたすら

・戎衣《じゅうい》　戦場へ出るときの衣服。

無題

突然拳銃が
鳩尾をゆびさす
反射的に両手があがる
うす暗い映画館で
南京豆をかじりながら　眺める
こっけいではないか
憎しみも　勝利感もなく
さいぎとおく病にあおくかすれた眸が
「……」叫ぶ
ぶざまな

中途半端なこの両手は
突然西部劇のヒルムが切れ
まるでこれは
キャラメルの
「グリコ」の絵ではないか
戦友よ
しかし
笑ふには　ほどとおく
小突かれる銃口からは
怒り悲しみより

クラスナヤ・アルミの
サルダートよ
気ちがいのように死に急ぎする

カントーグンの　ミカドの兵士の
悲しむでも
笑うでもない顔を見ておきたまえ

小突きうながす銃口の先で
口の中でなにやらん　ひとりごとする
ヤポンスキーサムライを

無題

巨大なスターリン戦車に群れ
ガルモーシカを弾き唄うロシア兵たちよ

武器をすてうつむき歩く　われらに
語りかけるな

「……ラボーチィ……クリスチャーニイ……」とよびかけるな
「ワイナ……コンチュ……」笑ひかけるな
両手を握りあわせ　握手の真似をするな

たたかいがおわった　うれしさの入口で
死んだ人　死ななくてすんだ人のことがふしぎでならず
それらと　まったく無関係な人々が
どこかにいて
「ヤポンスキ　サルダート……
フセタワリッシ……」
大声で語りかけてくるな

・**ラボーチィ……クリスチャーニイ……**
労働者……農民……。
・**ワイナ……コンチュ……**　戦争……終わる……。
・**ヤポンスキ　サルダート**　日本の兵士。
・**フセタワリッシ……**　皆同志。

無題

ニュースカメラの
レンズが　私をなめる
なにを面をふせることがあろう
しかし　堂々と胸をはることもない
いくさで　たたきのめされた
数多い歴史のなかの　ひとりだ

硝煙と垢でよごれた私からカメラはパンする
「好戦的日本軍国主義の
関東軍は　ここに武装解除されました」

ロシア語の　ナレーションがはいる

琿春飛行場は
はや赤い星のマークアザヤカな戦闘機がならび
翼に小いきな飛行兵がならび
自動銃でなぎ払うまねをする
こいつらに　まけるはずはないんだがと
まる腰の日本軍捕虜がつらなってとおる

昼の最後のあかりが去ると
交替に夢がやってくる
闇が胸にしみ入ってくれば
疑惑が穂先をみせてくる
手榴弾を靴の中からとり出し

ナイフは革脚絆のさやを払い
凹地を囲む堤の上を
機銃が一つ二つ三つ四つ五つ
馬鹿な
斉射で全滅してたまるか

とらわれの兵士を
生きて　かえしてくれると思うか
「見てろよ　今夜があぶねえぞ　気をつけろ」
中支からまわされてきた兵士は　耳うちしては　這う

闇がすべてをかき消し
立哨するソ連兵のタバコが点々とし

疲労が日本軍捕虜を大地に
ひきこむ

火箭が　夜気を裂く
金属音と濁音が　狂気のさけびを叫ぶ
「畜生！　やられた」
日本刀をわしづかみに　大隊長が這う
ねがえりして畑の窪みを追う

兵隊のかなしいさが
一歩でも敵によぢ
杖ひと振りでも　迫り
せめて手榴弾　とどくまでと
畑土に頬うずめしままに　にじる

朝がくる
闇と朝霧が抱擁を解く
凹地の堤を背に
おびただしく　くずおれ
よぢれ　虚空をつかみ
はがみし　睨み

どんよくに吸いつくす大地のしめりのうえを
むらがる蝿
耳鳴りだろうか　なりやまぬもの
反乱と
暴動と
謀殺と

かんちがいした男たちの
殺りくしかえ知らぬ男たちの
くりひろげた　空しい　殺りく

闇が消え去れば
血潮吸いたる蝿の
夢のごとき耳鳴り

・革脚絆　脛の部分に巻く革製のゲートル。
・斉射　一斉射撃。
・火箭《かせん》　火をつけて射る矢。

無題

みろ
えんえんと　つらなる
関東軍勇士らの行進
傷つきたるあり
意気けんこうたるあり
しかれども
いずれも飯盒、　缶詰あき缶を腰にぶらさげ
黙し
まいを含みて進む
されど

ひとたび口をひらくや
故国にかえりたる日
腹いっぱい喰《くら》わん話のみ

・まいを含みて　声をたてず、息を凝らして。

無題

雑布のごとく
よぢれ　ちぢこまりて
うごかぬ兵よ

手足千切れ
眼のみ空ろにあけ
われを見送る兵よ

地雷抱きしまま
大地に頬よせ

去りゆくわれらの靴音をきく
兵よ

われら
捕虜にして
前よりしりへより銃擬せられし身なれば
一つぶの乾パンを兵のまえにおき
空ろなる眼に
背をさしつらぬかれつつ
顔そむけ
歩むのみ

いずこえとも知らず

・しりへ　しりえ。うしろ。
・銃擬せられし　銃口を向けられた。

無題

すすきの穂が夜露にぬれ
月がのぼるなあ
予告もしないで　ぽかっと出るなあ

刈りとった稲田を
子供らが走るなあ
笛太鼓やのぼりがよびよせる鎮守の森へ

たわわに柿がみのり
黒くゴマをふいてなあ

おふくろの　手づくりの　ぼたもちは
もち重りしてなあ

「秋祭りまでに　かえれるかなあ」
「かえれるさ　秋祭りは　内地だ」
「だいじょうぶだろうなあ　おい」

大荒溝

樹々は老い
靄のごときもの樹間より垂れ
天を覆いて翳し
地は丈たかく下草茂りこけむし
曲り曲りて小径は
渓をつたい峯をめぐる

腐臭ただよい来り
兵士ら小声にて語りあへば
やがて一小隊あまりの兵士

たたかいたおれ黒く乾きたるまま
ねむる

この深き密林のなか
なにごとぞ
キャタビラ　岩を嚙み
あおきこけを搔きなし
散乱せる九三式防毒面

はろか
こだましてくるは　せせらぎ
御影石の岩はだ
根もてからみ
枝もちあげ　もたげ

幹支えて繋れるは
松　せせらぐは清水

ほう　突如あらわれたるは　これぞふる里
兵士ら声あげて
喉うるおし
洗い、すすぎ、素足をひやし
しかし
躰なかば漬し　なかば浮かびただよい
まなこ白く頰骨洗われたる屍体
葦のしげみに　あれば
兵士ら
言葉なく　岸辺によぢ
歩みをはじむ

生くると死すると
肩よせて歩く身なれど
この大いなる
この深く地の果のごときにさえ
かなしきたたかいの死あれば

捕虜ら
はてしなき原始林を
黙してひたゆくのみ

・**大荒溝**　琿春北方の密江上流域の村落。原生林の密林を抱く山岳地帯。
・**九三式防毒面**　ガスマスク。

無題

高粱畑の高粱は
銃弾で半分なぎ倒されたので
風がよく吹き抜けるね

きみたちは
オネエチャンと弟だったかね
それとも　おともだち　だったかね

握り合った小さな手と手は
けっしてはなさないでね

きみたちの
草履《ぞうり》の足でこえてゆくには
とてつもなく　ひろくて

灰色にかわいてひろがる　この土を
ひと鍬ずつほりかえし
そのほりかえした土に血を注ぎつくして
うごかなくなったお父さんを
きみたちは見はしなかったね

ひと眼でもと
へだてられる距離を　眸でおいすがり
小さな二つの影を最後に網膜にのこして

つれ去られたお母さんを
きみたちは　見はしなかったね
どうしてこのような

編者解説

●占

・一九四四年六月、四國は徴兵検査で「第一乙種」合格となる。その後、入営の数日前、人生で初めて占い師に手相を占ってもらっている。場所は中島本町。現在の広島の平和公園の中だが、原爆で壊滅する以前は、広島きっての繁華街であった。その上空に原爆が投下され、繁華街は一瞬にして廃墟となり、その後平和公園となった。

・四國は満洲での敗戦の後、三年強にわたる過酷なシベリア抑留を体験し、極寒、栄養失調、過労で吐血し臨死状態にまで陥るが、一九四八年の十一月、占いの通りに「生きてかえ」り、そして、一九五二年三月、お見合いにより「二十七歳で結婚」する。妻は被爆者であった。子供は「五人」ではなく男女二人を授かった。

●おふくろよさようなら

・一九四四年十月一日、四國は第五師団広島西部第一〇部隊輜重兵第五連隊に入営する。

・この時の母（コムラ）との別れについて、このように書き残している。

「お母さん、元気でいてくれ　私は決して死なないで生きて必ず帰るからと本当の言葉を母にかたる。（中略）母をだきしめて別れのなごりをおしむことは、天皇制軍隊ではできない。心とは丸反《（ママ）》対の表情でそっけなく別れねばならない。私は便所の中で、餅を全部たべてしまった。母の手になるもの、これが最後の食事になるかも知れないと思いながら……」（『わが青春の記録』一九五〇年。全二巻で三人社より二〇一七年公刊）。

●さようなら〔兵営をめぐり……〕

・一九四四年十月作。『四国五郎詩画集　母子像』(広島詩人会議、一九七〇年）にも収録。

・「千人針を手わたしてくれたひと」当時の四國には一歳年下で、同じ職場の陸軍被服支廠の同僚で思いを寄せていた女性がおり、日記や詩を交換していた。

「別れるとき元気でやれよ！と云った兄の目がチカと光ったのがいつまでも忘れられなかったが、それが永久に私と兄の別離となった。愛すべき弟であり無二の親友である直登とも三十分ばかり。それでそれが最後となる。」(『わが青春の記録』)

・四國は男ばかりの五人兄弟で三番目だったが、三歳下で最愛の弟（直登《なおと》）は、もし四國が戦争から生きて帰ってきたら一緒に絵を描いて行こう、と誓いあうほどの仲だった。しかし、警備召集で兵にとられ、市内で原爆に遭い被爆死。挿画にある長兄（政一）は、召集され大陸で足を負傷し復員していたが（だから自転車で見送りに来ている）、この約半年後、足のケガが原因で広島で事故死。バスに轢かれ即死だったという。二番目の兄（満）は、召集され南方に渡り、この当時行方不明。挿画にある小さな少年は五人兄弟の一番下の弟（克之）で、母と二人広島に残され共に被爆した。

四國曰く「なんのことはない、おふくろは苦労して、五人の息子を育て、育てるはしから兵隊としてもぎとられてしまったのである。そうして、とどのつまりが残された一家の上に原爆を見舞われることになるのである」(『原爆と文学』一九七三年)。母は窮乏の戦時と原爆を乗り越え、八十歳まで気丈に生き延びた。

●褌のうた

・四國は西部第一〇部隊輜重兵第五連隊に入営する。輜重とは兵站、すなわち、全国から運搬および広島で生産された軍事物資を、前線へ運搬し供給することを主な役割とした。「輜重輸卒が兵隊ならば、電信柱に花が咲く」という揶揄の歌があったほどで、軍隊の中では軽視されていた。軍国青年として育った四國は配属が輜重隊と知り、「がっかりした気持ちである」と日記に記している。

それまで絵と詩で抒情の世界に生きて来た四國は、入営により、いきなり容赦のない暴力の世界に放り込まれることになる。

「ヒゲのいかめしい将校が、

〝お前たちは死にに来たのだ。よいか！〟と云う。なるほどその通りである。（中略）

〝はやくシャバの気持ちを忘れて死ぬ準備をしろよ！〟（中略）

朝夕の黙呼で一〇部隊の初年兵は靴で蹴られ、後列にならんでいる二年兵に鞭でひっぱたかれるのを見るのは、それがこれからの私らの運命でありリツゼンたる気持ちである。」（『わが青春の記録』）

●わかれ

・「隠密に　送られず　送らず」　軍隊の移動情報を漏らさぬために、夜陰に乗じ家族にも内密で、列車の窓も鎧戸も閉め切り、まるで囚人列車のように、見送るのは憲兵が点滅させる懐中電灯のみ、という夜逃げのような淋しい出発だった。

・「ふたたび私は　この街に立てまい」　前述のように四國は敗戦後シベリアで三年強の過酷な抑留を何とか生き延び、一九四八年十一月に再び広島に戻って来る。その時広島は原爆により既に廃墟となっていた。最愛の弟直登は被爆し、原爆が落とされた八月の末に、母親の懸命の看病の甲斐も無く、放射線障害に苦しみながら死んだ。髪は抜け落ち、口の中は真っ黒に焼けていたという。

●さようなら〔日本をはなれて……〕

・下関で夜が明け、四國は下関から連絡船に乗り、いよいよ日本を離れる。

「八時間もたてば朝鮮だという。もはや自分の気持ちや欲望、個人の自由、そんなものはどうなるものでもない。船の方向えすすむままについて

ゆかねばならない。それより仕方がない。それしか許されない。（中略）

　この鉄の船のようにがっしりと大きなものにかたく抱かれて、一つの方向え持ってゆかれる。もはや、どうすることも出来ない。目の前に拡げてみせられるみちをただそのまま進むより、ほかはない。」（『わが青春の記録』）

●初年兵

・『四国五郎詩画集　母子像』にも掲載された詩と絵。主に詩人・峠三吉たちと共に作った、反戦反核を街なかで訴えた「辻詩《つじし》」に代表されるように、四國は絵と詩を、それぞれを単独で捉えるのではなく、「絵と詩（言葉）を有機的に結合」させる表現手段を生涯にわたり追い求めた。この作品はその表現理念を具現化した一例。

●死えとつながる

・四國は七百人の初年兵と古兵と共に、初めての異国の地である釜山で貨車に乗せられ、どこに向かうか知らぬまま大陸を北上する。

・「日本人の住む家は巨大であり、朝鮮人の住む家は小さくわらで葺かれその上に並べてある唐辛子が印象的である。徴兵令が制かれて若者は軍隊え引っ張り出され植民地的圧迫にうちへしがれた感じの農夫が白いひげを垂れ長いきせるを吹かして列車をながめている。」（『わが青春の記録』）

●メンタイのうた

・ここに挙げられているのは、『軍人勅諭』五か条の中の一部。『軍人勅諭』とは、明治天皇が陸海軍の軍人に下賜した勅諭。軍人精神の根本として、二七〇〇字の長文ながら、陸軍では全文暗誦できることが当然とされた。出来ない兵は容赦なくビンタなどの制裁を受けた。

　現代語訳「およそ質素を心がけなければ、文弱に流れ軽薄に走り、豪奢華美を好み、ついには貧官となり汚職に陥って志もむげに賤しくなり、節操も武勇も甲斐なく、人々に爪はじきされるまでになるのだ。その身の一生の不幸と言うも愚かである。この風潮がひとたび軍人の中に発生すれば、伝染病のように蔓延して武人の気風も兵の意気もとみに衰えることは明らかである。朕は深くこれを危惧し、先に免黜条例を施行して此の点の大体を戒めた。しかしなおこの悪習が出る事を憂慮し、心が静まらぬため又この点を指導するのである。汝ら軍人は、ゆめゆめこの訓戒をなおざりに思うな。」

・貨車で移動中に支給された弁当には、判で押したようにメンタイの煮物が入っていたという。

●リンゴ

・一九四四年十月作。『四国五郎詩画集　母子像』にも、少し手を加えて収録。印象が強かったのだろうか、前掲の「咸興」と同じ情景を詠っている。

●申告

・貨車で琿春に到着。関東軍満洲第一三一二五部隊に入隊する。挿画の列の右端が四國。

●愛馬

・「将校、下士官、馬、兵隊」というざれ言があったように、軍隊の中では、いくらでも替えがきく兵よりも、「生きた兵器」である軍馬の方が大切に扱われた。馬は主に東北の農家から多く徴収された。輜重兵として軍馬の世話は大変重要で、生まれて一度も馬に触ったことすら無かった四國も、早朝薄暗い極寒の中で、何頭もの軍馬の世話を課せられた。作業の苛酷さを詳細に書き残している。

まずは厩《うまや》の馬糞掃除。次いで「一番こまるのは蹄洗である。厩当番のいる小屋でチョロチョロと出る湯を小桶にもらって来て、足を一本ずつもち上げては洗うのだが、その辛さと云ったらなかった。先ず雑巾を湯に入れて、その凍っているのをとかしてやわらかにし、それで蹄を洗い、鉄ベラで蹄鉄と蹄の間につまって凍っている馬糞をほじくり出し、すっかり綺麗にしてしまうのだが、零下何十度という寒さは　すぐ湯をつめたくしてしまう。蹄鉄はおそろしく凍っているので油断すると素手がピタリと蹄鉄に凍りついてとれなくなってしまう。それを湯であたためながら四本洗ってしまうのである。」（『わが青春の記録』）

複数頭の世話をこなした後、厩の周辺を掃除し、大急ぎでカルキ臭い水で顔を洗い歯を磨き、内務班に戻りながら「四國厩動作より帰りました！」と叫び、その後慌ただしく高粱の朝飯を流し込む。これが朝の日課だった。

●兵士　〔泥柳だけは……〕

・兵士について、四國はこのように書いている。

「立派な兵隊とは軍隊ではよく動く兵隊のことである。よく動く兵隊とは、コマねずみのようにうごき、班長に食事のお茶をくんでゆき、古年兵の靴を手入れしてやり、下士官室の班長の床をとってやり、上等兵のゲートルを巻いてやり、靴下を洗ってやり、つまりこれがよく出来た兵隊であり、立派な兵隊であり、服従精神を体現した兵隊なのである。つまり天皇、上官に対する奴隷根性、このために死をもいとわないのが神兵であり、忠勇なる理想的な皇軍兵士なのである。」（『わが青春の記録』）

●無題　〔おく歯かみしめ……〕

・軍隊では上官による下級兵士への私的制裁（しごき）が常態化していた。

・「関特演《かんとくえん》」「関東軍特別演習」あるいは「関東軍特種演習」の略。一九四一年七月に決定された、対ソ連開戦に向けた武力準備であり大動員。ソ連を刺激しない、あるいは欺くためにあえて「演習」の名称を使った。一か月前に勃発した独ソ戦により、ソ連の兵力が手薄になった時を狙いソ連に攻撃をかける目論見だったが、結局実現することはなかった。

・草稿ノートの原稿に、四國はこの鉄拳をふるう兵士について「関東軍特別大演習による召集者の四年兵」とメモ書きしている。

「その時大挙召集された者たちのことをカントクエンとよび、いわゆる関東軍の神様としての存在であり、自身も関東軍の神様を知らねえか！と云った調子で幹部候補生あがりの将校などにけむたがられている人たちだった。その中には、いわゆるカントクエンのガンと言われる、飲む、けんかをするという兵隊ゴロと云った形の者もいた。」（『わが青春の記録』）

●銃剱術

・銃剣訓練について四國はこのように書いている。

「人間と人間が突き合う殺リクの練習。私は本能的な嫌悪から銃剣術がきらいで下手なまま入隊したのだが、東満の凍てついた荒れた土地で、荒々しい毎日の内務班のせまい床の上で、野牛のように突き合う練習の中で、やがて私にも動物的な闘争意識と言うか、狂暴さがめざめてきて、銃剣術もうまくなった。狂ったように突き合うときは皮膚が破れて血がながれても痛みは感じなかった。誰かがみてるとか、スタイルとか、そんなことはもう念頭から去って、相手になっている者はそれは戦友でもだれでもない。ただ一人の敵であり、怪異な防具を身につけた甲羅をもつ猛獣である。（中略）そのようになって、私は人を刺す練習が上手になった。」（『わが青春の記録』）

●兵士〔看護婦さん……〕

・『四国五郎詩画集　母子像』にも収録。

・四國は満洲の琿春で急性中耳炎が悪化した上に吐血し、琿春陸軍病院に入院する。この詩は、その時の体験を背景にしている。「耳が痛く頭痛がして聴力が半分なくなっているのに私はそこでいわゆる初年兵としてのつとめをせねばならなかった。」（『わが青春の記録』）

●琿春

・「病める兵士」　前述のように、四國は琿春で中耳炎を悪化させて部隊内の病院に入院している。その時の、病院の裏の小高い丘へ登った時の望郷を描いている。「この似ても似つかない大陸の町が私にはなんとなく比治山からみおろしたひろしまの街に似ているとみえて、ひたぶるになつかしさがこみあげて来た。」（『わが青春の記録』）

●軍隊内務令

・内務班に蔓延していた、初年兵に対する私的制裁（リンチ）のことを比喩的に描写している。

　四國は後年家族に苛烈な戦場の話をすることはあまりなかったが、一番話をしたのは、軍隊内のこの私的制裁のことだった。四國は比較的小柄だったため、いつも殴られると体が吹っ飛び、また立たされる。歯を喰いしばる。また殴られる。その繰り返し。毎日のように、「顔の形が変わるほど殴られた」と語っていた。

●めしあげ

・「食缶かぶれ」　食事の後、初年兵は食缶を洗わねばならないが、飯粒ひとつでも残っていたり粗相があると、水の入った食缶を頭から被せられびしょ濡れになるか、食缶を被り、その上から上官により天秤棒で殴られるなどのしごきが待っていた。

●火葬

・四國たちが極寒の中で「耐寒訓練」を行っている間に、外から帰ってみると、ひとり兵舎に残っていた仲間が病死していた。広島から渡って来た仲間のうちで最初の死者だった。

・「乙種合格」　旧軍隊の徴兵検査で、体格など甲種合格には劣るが、現役の兵役には適するとされること。第二乙種合格は、現役は免除されるが、補充兵（欠員を補充したり必要に応じて召集される兵）には適するとされること。ちなみに、前述のように四國は第一乙種合格だった。

●軍事郵便

・「軍隊の生活で、それも内地をはなれた外地にあるとき、しかも初年兵である者にとって、便りを受け取ると云うことは、なんとも云えぬうれしいことであった。演習がおわり夕めしをすませ、点呼の嵐（?）がおわると、兵隊は一日のうちの自己の時間を与えられる。その時下士官室から〝オーイ　これから呼び上げる者は便りが来ているから　ハンコを持って取りに来い！〟と云って、それから次々と名前がよびあげられる。兵隊たちは、宝くじの番号をきくよりも、もっと期待とかすかな不安とをもって目を光らせて躰をのりだす。名前が次々とよびあげられるたびに〝ハーイ！〟と云う威勢のよい返事や〝来たッ！〟とか、〝しめたッ！〟と云う声があがり、その兵隊は皆の躰をつきとばすようにすりぬけて、ハンコを持って下士官室に走る。他の者はその者をせんぼうの眼を持って見送る（中略）便りをにぎりしめて帰ってきて、大急ぎで一通りよみ、又、ベッドの中に入って消灯迄の時間を、ひとりで反芻するように一句一句味わいながら讀むときのうれしい気持ちと云ったらなかった。」

・思いを寄せる人からの手紙もあったようで「やさしい言葉　こまごまとしるされた職場の情況　そしてはなれ去ってしまったことがさせる　より近づいた言葉。可愛い紙の人形が入っている。その丸く太った紙人形がわたしによく似ているから、と便りには書いてある。」（『わが青春の記録』）職場とは、入営前四國も勤務した広島陸軍被服支廠のこと。

・検閲を意識した前半部分のあたりさわりのない手紙と本音を表わした後半の対比が興味深い。

●いとこ

・特に少年航空兵で海に消えたいとこは、まるで双子のように風貌が四國と瓜二つであったという。

●蛸壺やはかなき夢を夏の月　芭蕉

・四國は俳句を好んだ。この詩集にも出てくるように、本来許されない文学書を、後述のように三冊軍隊に持ち込み戦場に赴いている。その中で戦場、そしてシベリアの収容所まで大切に隠し持ち、広島にまで持ち帰ったのが、自分の体験を細かく記録した『豆日記』と、歳時記の簡易版である『季寄せ』（高浜虚子編）だった。

・戦場、シベリアにあって、小さな字でびっしりと季語と句が並んだこの辞書のような小さな本が「葡萄糖の点滴のように生き残る意欲を補給してくれた」と記している。また、後年「無人島に持って行く一冊は」というよくある質問にも、迷うことなく『歳時記』と答えている。

●李花屯

・四國が経験する、満洲で初めての春。豊かな自然と平和で静かな人々の生活。その中に闖入する異物のごとき関東軍との対比。

「満洲の春はおそい。しかし一度顔を見せると春は素晴らしい《（ママ）》足ばやでやってくる。緑の絨毯を敷きつめるように丘から丘はすっかり緑に覆われてしまい、一度に花が咲きだすのである。背丈足らぬ樹がまばらに生えており、そのほかは全て雑草で山肌は覆われるのだがその雑草の中に、紫のねぢあやめが群れ咲く。そうしてみどりの丘丘を一度にピンクに染めあげて、みやまつつじの花が咲く。

　そのピンク色が視線のとどくかぎりひろがり、そのはるか彼方は、コバルト色のかすみにつつまれ、丘から丘を吹く風の甘いかおりに抱かれて、私は日記帳に数多くの詩を書きつらねた。」（『わが青春の記録』）

●開戦

・「万葉とアナトール・フランスと歳時記」　四國が入営にあたって密かに軍隊に持ち込んだ書籍類。

前述の文庫本の『万葉集』とアナトール・フランスの『少年少女』。そして歳時記とは、文庫より少し小さい『季寄せ』（高浜虚子編）。文脈は、実際の戦闘が始まり、少しでも身軽になるために、貴重な書籍類のどれを捨てるか、ということ。

●夏草やつわものどもが夢のあと　芭蕉

・四國は実戦において、爆雷を抱えてソ連軍戦車の腹に飛び込む自爆攻撃（肉攻）を命じられ、飛び込む順番も決められていたが、決行の一～二日前に敗戦し命拾いした。

実際はT34等のソ連軍の巨大戦車は、この「アンパン」程度ではびくともしなかったという。自爆攻撃の訓練について四國は次のように書いている。

「私も鉄帽の紐を強く結びアンパンとほぼ等しい重量の石をしっかりとかかえ走ってくる戦車をねめつけた。やり損じてはならない。三十米、二十米、十五米、十米、それっ、と云う誰かのかけ声に土を蹴って飛び出す。畑のやわらかな土を嚙んでキャタビラが回転している。ウッと云うような声をあげて四五尺のキャタビラの間にダッと飛び込む。石を持った手をのばす。戦車は地ひびきをあげて躰の上を超える。鉄帽が戦車の腹にすれてガッガッと鳴る。

〝まだみんな走り方がおそいぞ！〟将校が叫ぶ。次は地面に、たこつぼ、と称する丸く半身がすっぽり入る穴を掘りその中に入る。戦車はその穴の上を全速力で通過する。兵隊は戦車が頭上に来ると、手にしたアンパンを戦車の腹にブッつけるのである。そのようにして兵隊の生命を侵略戦争のために、芥のように吹っ飛ばす練習がくりかえされる。」（『わが青春の記録』）

●全滅

・四國は死と直面した戦場を以下のように描写している。

「こんどは私の頭の上を二三発の弾丸がうなっ

て飛んだ。弾丸の音を身近にきいたのはこれが最初だった。キーンと私の躰は透明になった。その私のつい目の前に、はっと思われる近さにソ軍（ママ）の兵隊が長身の躰を大またにはこんで、どんどんかけて来るのがみられた。そうして立ち止まっては発砲した。

　その服は赤く、私には赤くみえた。腰のあたりに擬した自動小銃が火を吹いて、トロロロロと鳴り、我々の躰のそばをシャーッとブリキでも引き裂くような音をあげて弾丸が飛んだ。

　〝逃げろ！　みんな〟（中略）

必死になって走った。耳もとを弾丸の音が伐る。弾丸の音が山にこだまして、素晴らしい一斉射撃の音を再現する。走りながら、こりゃ弾丸があたるかも知れぬ。弾丸にあたりたくない私は躰をこごめて丸くなりながら、力の限り駆けた。（中略）

　ターンと云う軽快でするどいソ軍の戦車の砲の音がしたと思うと同時に頭の上の山肌の岩がぱっと砂煙をあげて飛び散る。普通は弾丸が岩をうちくだくと、しばらくして発射音が伝わって来るのだが、発射と弾着とが同時に感じられるほどソヴィエト軍はちかづいて来た。

　谷そこにいる私らの頭の上をシューッと空気にはっきりと渦のような線を曳いて（それは肉眼ではっきりみられた）カーンと岩をうちくだいた。

　しかし私は一度弾丸の下を逃げてからは全然死の恐怖がなくなり、それと云うのは、我々兵隊の一人一人にもはっきりわかるほどソ軍は優勢であり、どうせ数日のうちに完全に包囲され全滅することがはっきりしてきたからである。」（『わが青春の記録』）

・この詩は全滅を暗示するように、唐突に終わる。しかし草稿ノートには以下の言葉が「頬なかば埋め」に続き綴られている。一度は書きながらも、情景のあまりの辛さに削除したのだろうか。

　「飛び散りし右手ひとつ
　　岩肌をすべり落下し
　　せせらぎを流れ流れ

ある日
たたかいなきある日
桜咲き
柿たわわに実る国に
乙女の指をとり
誓いをゆびきりする
若者の右手には
切りさきし弾痕の
かげもなし」

●機首

・この時の空からの攻撃について、四國はこのように書いている。

「ソ軍《ママ》は琿春飛行場から連続爆撃を行った。だから小銃射撃でエンヂンから煙を出すようなことがあっても　ゆうゆうと飛行場に着陸できたのである。勿論日本の飛行機は一台《ママ》も飛ばなかった。兵隊は日本の飛行機を心待ちしたけれ共、遂に一機も飛ばなかった。それはそのはずである。開戦と同時に飛行隊では高級将校たちが家族や荷物まで積んで内地え飛んで帰ってしまっていたのである。

　爆撃の次には英国のハリケーンに似た水冷式エンヂンの戦闘機の機銃掃射である。両翼の機関銃が真っ赤に火を吹いてドドドドとうちまくって来るのだが、我々はなすすべを知らなかった。私はおもむろに照尺をたおしては飛行機を射撃した。飛行士も赤い星のマークもはっきりみえるほど降りてくるのだが弾丸はあたらなかった。山々のたこつぼから何千挺の小銃が空に向けられ豆を煎るように射つのだが戦闘機は小ゆるぎもなく飛んだ……もはや明日、明後日には完全に全滅か……」

（『わが青春の記録』）

●蛸壺掘り

・一九四五年八月作。『四国五郎詩画集　母子像』にも収録。

●臓腑

・挿画は、戦場の中にあっても日記を付けている四國の姿。

「沢山の咲きみだれている、萩の小枝を折っては頭、背、腰と、ところきらわず躰につけまるで叢がうごいているようになった。（中略）ひとまず、我々は萩の花に深くかくれて霧の切れ目をまった。霧雨が白いカーテンのように尾を曳いて、降っては去り、また降ってきた。萩の葉はしっぽりぬれて水玉を美しく光らせていた。私は胸ポケットから黒い小さな日記帳をとり出しては、たんねんに小さな文字で日記をつけた。」（『わが青春の記録』）

●無題〔歩調とれ……〕

・軍隊内階級制度の滑稽を四國はこのように記している。「天皇制軍隊の階級制度、絶対権力というものは、こっけいな人間を沢山つくりだした。（中略）部隊幾千人の親分ともなると、カンロクをつけるためまず彼は真っ白い馬に乗った。（もっとも戦闘になってからは、白馬は敵の目標になるというので、すぐに栗毛と取っかえてしまったが）

そうして、そり身になって馬を進める。兵隊たちはそれを見つけると、すかさず〝敬礼！〟とさけんで、みんな停止敬礼をしなければならない。うっかり歩いているとすぐつかまえて、俺は部隊長であるぞ、と停止させる。遠方で気がつかないでいてもこれをやる。そうして停止敬礼をしない者は営倉にブチ込まれてしまう。」（『わが青春の記録』）

●天佑

・ソ連軍との圧倒的な戦力の差にあって、関東軍の「合言葉」について四國はこのように記している。

「ソ軍はゆうゆう昼間は攻撃し、昼食にはのろしをあげて一時間あまり戦闘を止め食事をし、又戦闘をはじめる。夕方になると又のろしをあげて後方にさがって野営をすると言う無理のない戦争を優秀な兵器で戦っていたのである。

我々には、合言葉として「天佑」「神助」と云う言葉がきめてあったが、その迷信じみたこけおどしの言葉は、いたずらに霧の中でまちがえて事故をおこすだけだった。」（『わが青春の記録』）

●無題〔長さ一間余の生木の棒に……〕

「人馬の中を戦闘帽の後に白い布をめじるしにつけた斬込隊の一隊が整列しては山えのぼって出かけて行った。

兵器室や獣医室の者も斬込んで行った。おそらく経理部の私らもこん夜斬込みに行くようになる、そう云った状態にあった。

このせまい谷に、これだけ沢山の人が集まったなら、それは翌朝になると、すぐ徹底的な空襲が行われることを意味し、完全に全滅の谷となることを意味した。」（『わが青春の記録』）

●戦い終わる

・この時の情況の四國の記述。

「そのころ山の中腹本部のあるあたりにポッと焚火の灯が（中略）燃え出した。夜間火を焚くと云う事は日本軍は絶対にやらない。それなのに、あかあかと山肌に火が数カ所に燃え上ったのである。（中略）山の中腹本部あたりに何か〝萬才！〟を叫んでいるらしい。沢山の人の声が数度きこえて来た。ああ、たしかにこれは停戦だ……やっぱり停戦らしいぞ……ほっとした気持ちと共に不安な気持ちで幕舎に入った。（中略）無条件降服！敗けたのだ。これから何《（ママ）》うなる……と云うことが渦を巻いて神兵？の一人として、たたき込まれた教育の知識から出る泪がはらはらとこぼれる。伍長は階級章を急いでむしりとった。階級の上の者は捕虜になって、何《（ママ）》んなにされるかも知れない、と云う心配がそうさせたのである。」（『わが青春の記録』）

●**無題**　〔**一大隊の戦友よ……**〕

・四國たちは、部隊を離れ、翌日の朝六時までに密江屯の峠まで歩き、ソ連軍から武装解除を受けるよう、上官から告げられる。

「谷をくだるとき、私は弾丸を叢の中に投げすててしまった。どうせ武装解除で敵にとられてしまうのだから、こんな重いものはすててしまえと、初年兵当時、一寸ほこりがついていると云ってはしかられ、倒したと云ってはなぐられた小銃も、叢の中えどさりとなげすててしまう。そうして私は何か私の躰にまとわりついている、かたくなな掣肘からのがれたような気持ちになる。

　しかし、殆どみんな大切に銃はかついでいた。砲兵は馬に大きな野砲をごろごろと引かせていたし、なかにはソ兵から分捕った自動小銃を大切にかついでいる者もあった。」（『わが青春の記録』）

●**無題**　〔**ニュースカメラの……**〕

・「かんちがいした男たち〜」　武装解除後の集合地の闇夜、突然嵐のように銃声が響き、勘違いによる殺し合いが始まる。

「〝だまされたッ！〟〝とうとうやりあがった！〟私は事態をこう直感した。（中略）

　夜が明けてわかったのだが、夜中に馬がねている日本人の中に入りこみ、緊張してねているものだからおどろいて、ワッと立ち上がったところ、〝スワ！〟と一緒に沢山の者が立ったので、ソヴィエト軍の方も、これは暴動を起こしたと感《ママ》ちがいして発砲したらしく、発砲はイカクのため空に向けて射ったのだが、その音にてっきりみなごろしにされると又感《ママ》ちがいして日本兵がソ軍の方えおどりかかって行った者などがあり、こんなさわぎになったのだった。」（『わが青春の記録』）

●**無題**　〔**みろ……**〕

「食料が不足するので行く先々、畑と云う畑の芋は掘りとられ踏み荒らされてしまう。

　敗戦、捕虜の事実は、今でもある程度の自尊心のようなもので保たれていた。道徳を完全にうちやぶってしまった。どのようなあさましいことも、もはや問題ではない。畑をみつけると、われ先にかけ集って気狂いのように芋を掘る。

　敗戦し武装解除になったと云うに、いまだに鉄のような軍隊組織はそのままのこり、掘りとった芋は、まず、班長なり古年兵の腹に大分部おさまってしまう。兵隊は以前《（マヽ）》として兵隊、上級の者に芋をささげ、空腹をかかえて芋ほりをしながら行軍する。

　八月の下旬とは云え、満洲の夜は、ぞくぞくと寒さが襲って来る。」（『わが青春の記録』）

●無題　〔雑布のごとく……〕

・「路ばたには、アンパンを抱いて戦車にとび込んで死んだ死体。たこつぼのほとりに雑巾のようにのびているもの。まだかすかに息があり、わずかな生命を、そのうつろな眼にこめて空間をぼんやりとみつめている者。今にも息を引きとるかと思われる男のかたはらには、アルミの食器に水とカンパンが二つぶばかりおかれている。これらの者には妻も子もあるのだろう。或いは恋人をもつ青年かも知れない。この峠で雑布のように死んでいくのを誰も知らない。なんとかしてやりたい。思わず足がうごかなくなる。しかし、この私に何がしてやれると云うのだ。
　沢山の善良な人間が徹底的に教育されて死んでいく……何がこうさせるのか？とは誰も考えない。」（『わが青春の記録』）

●無題　〔すすきの穂が夜露にぬれ……〕

・しかし、帰国の希望は叶うことはなく、兵士たちはスターリンの指令によりそのままソ連軍により連行され、シベリアやモンゴル、および中央アジア各地の収容所に抑留されることとなる。収容所は二三〇〇以上あったと言われている。
　四國はフルムリ地区とナホトカに収容され、一時は臨死状態にもなりながらも、三年強の抑留生活を生き延び、一九四八年十一月に帰国する。最も長い抑留者は一九五六年十二月まで、最長十一年に及んだ。

合計六万人近い日本人将兵等が抑留され、飢えと極寒、強制労働により約一割の六万人がシベリアの各地で命を落とした。死者の約九割が下級兵士だった。

●大荒溝

・日本に帰ることができることを固く信じて、四國たちは、沈黙の行進を続ける。死体が散らばる腐臭の中を、ソ連兵に銃で威嚇されながら、急速に寒さを増す満洲の山岳地帯で、行軍と野宿を繰り返す。

「巨大な山の肌を異様な服装に眼を光らせ垢じみた顔にひげをのびほうだいに伸ばしている人間がそろそろと蟻のようにすすむ。（中略）

屍臭！　へし折れてあかく枯れたカン木のあるところ、蛸壺から半身をのぞかせ或は道ばたに雑布をしぼりすてたようによれよれと細って兵隊の屍体がある。鉄帽の紐が頤に喰い込みそこに表情のない頭ガイ骨がうつろになった眼孔で空を見つめている。屍臭！　屍臭！　自分の屍をそこにみ出したように、兵隊は顔をそむけて、そのかたはらを通りぬける。

死と云うことは……それは……人間の死と云うことは……歩くことに全精力をそそぎつくしている兵隊たちは、想念のまとまらぬままに、屍臭のただようあたりから遠ざかる。そして又新たな屍臭がこの墓穴からはい出したような、長い行列の行手にあらわれる。」（『わが青春の記録』）

●無題〔高粱畑の高粱は……〕

・ソ連軍の捕虜となりシベリアに連行される途上で、四國が目撃し「忘れられない」、と語っていた光景。この時の悲痛な光景が大変強く心に残ったようで、四國は戦後何度か絵に描き残している。

また、後年広島で被爆者に被爆体験を描いてもらう「市民が描く原爆の絵」のプロジェクトに四國は全面協力し、ＮＨＫの番組に何度か出演し被爆者に被爆体験の描き方を指南しつつ、絵で表現できないことは言葉で書き込み記録に残すことを訴えた。その時も、描き方の例として、この時の光景の絵を使いながら、カメラに向かって説明している。

編者あとがき　未完の『戦争詩』が訴えるもの

父がこの『戦争詩』を綴るに至った契機について書いた、興味深いエッセイがある。当時激化していたベトナム戦争への強い怒りがあったことは「編者まえがき」でも触れた。もう一つ、背中を押された「あること」があった。少し長くなるが引用したい。

Nさん〔父にラジオ出演依頼をしてきた人〕の口にした「戦後五十年間、戦争と原爆をひきずって来られた四国さんに……」という語感が気になった。原爆や戦争に縄をかけてひきずるのではなく、私の場合は、後方から影のように、着かず離れず、ずるずるとついて来るのである。

三十年ばかり前、私は横須賀市で急に腹痛に襲われた。親切な友人が、武山の市民病院に入院させてくれ、痛みは一両日でおさまった。原因不明の激痛は去り、大病後のような脱力感が残った。病室は異様に暑く、ぐっしょり濡れた病衣を脱ぎ、シーツを体に巻いて横になった。それはシベリアのラーゲリ病院の屍体置き場の死体のスタイルだった。この市民病院は、戦中武山海兵団で、漫画家や画家、作家などが徴兵され、兵士としてシゴカれたと聞いたことがあった。

なるほど、兵舎跡か……。消灯ラッパの鳴るころ急に慌しくなり、急患が私の隣のベッドに入った。肉親数人がオロオロと囲み、患者はうわごとをくちばしっていた。その一見して海で働く人らしく陽やけした中年男性は、「ハイ！　わかりました。先生のおっしゃることは……」などと切口上に喋っていたが、だんだん軍隊口調になった。「先生の言葉はぜったいだから……」が「命令は、軍医殿の命令は、絶対服従でアリマス……」「看護婦さんの命令も……」うわごとは断続的に発せられ、付添う人もなす術が無いようであった。

　消灯した病室で同室の患者は息をころし聴き耳をたてていた。若者には滑稽にきこえても、旧軍隊下級兵士の私の腹わたを、うわごとが絞りあげた。

　それでも明け方にうとうとし、気がついたときは隣のベッドは無人で藁布団だけ。それを目くばせして同室の患者が「駄目だったらしい……」とつぶやいた。

　私はそうそうに退院させてもらい、広島に帰り大学病院に入院した。知人の医師のはからいで検査兼休養をすることとなった。

　早速、軍隊とシベリア抑留時の日記をとりよせた。それを手に目を閉じれば、ゴマ粒よりも小さい文字の単語・短詩はたちまち私を「満ソ国境」の戦場やシベリアのラーゲリへ拉っして去るのだった。

（四國五郎「戦争と原爆をひきずる」『詩人会議』一九九五年八月号）

多くの戦争体験者にとって、戦争は一度巻き込まれると、逃げようのない記憶と化す。父もその例外ではなかった。父の口癖のひとつが「私は何の話をしても、最後は戦争の話になってしまう」であり、事実そうであった。

この詩集に描写された全ての光景が、父にとっては、敗戦から二〇年以上経っても「後方から影のように、着かず離れず、ずるずるとついて来る」記憶だったのだろう。恐らく死ぬまで執拗について回ったのではないか。父の場合、それが恐らくトラウマにもなり、また逆に、絵や詩の表現を生むための強大なエネルギーともなった。晩年父はアルツハイマーを患い、一時は徘徊もあったが、靴を失い濡れたソックス姿で保護された時、「兵隊さんに助けられた」と語っていたそうだ。

父は表現者の在り方として、常に絵と詩を、あたかも「二刀流」のように、並行して創り続けた。戦後すぐ詩の仲間たちが父を「詩画人《しがじん》」と呼んだのはそのためだ。かなり特異な表現者であった、と言えるかも知れない。

その父にとって、この詩集は、完成すれば人生初の著作となる、大切な作品集であるはずだった。「人生初の作品集を詩で作る」。その強い決意があったはずだ。だからこそ、なぜ、そこまでの熱情を傾けた作品群を、未発表のまま放置したのか。ここまで丁寧に清書していることから、作品の出来に納得がいかなかったとは思えない。

なぜ出さなかったのか。

父は終生自分の表現の在り方として「編者まえがき」でも少し紹介したように、「詩と絵の結合」を追求した。その事は、「編者解説」で触れた『四国五郎詩画集　母子像』の中でも何度も強調している。占領軍による一九五〇年代初頭の言論統制下に、今で言えばバンクシーのように、峠三吉たちと協働し、逮捕覚悟でゲリラ的に街なかに掲出した反戦反核ポスターである「辻詩《つじし》」を始め、その後の作品の多くが「詩と絵の結合」の表現形式で描かれている。

この詩集をなぜ出さなかったのか。考えられる仮説のひとつとしては、『戦争詩』を清書しながらも、やはり、初めての単著としては、自分が追い求める表現理念である「詩と絵の結合」を具現化した作品集にしたい、と思い直したのではないか。

加えて「戦争」だけでなく、「戦争と平和」を、そして死だけでなく人間の愛を描きたい、と考えを改めたのではないか。結果、全ての『戦争詩』を保留する形で、生涯のテーマでもあった「母子像」を中心に据え、絵と詩を組み合わせた『四国五郎詩画集　母子像』に結実させた……。

詩画集の序文に父はこのように書いている。

「わたしは、母子像をとおして抑圧を、侵略を、非人間を描きたい。
わたしは、抑圧や、侵略や、非人間にたちむかう母と子に象徴される
人間の愛と勇気を描きたい」

生涯変わることのなかったこの表現姿勢を決定づける原体験が、この『戦争詩』に描かれた世界であり、その後に続くシベリア抑留と愛弟の被爆死だった。その意味で、『戦争詩』は、四國五郎の生涯の表現活動を貫く「原点」であった。

父は常々、絵であれ詩であれ「自分の作品はただ鑑賞するだけでなく、反戦平和のために活用して欲しい」と言い続けていた。

六〇年近くもの間、アトリエで眠り続けた言葉たちが、長い眠りから目覚め、「戦争の記憶」を引っ提げてやっと復活した。二度とあの誤った道を歩まぬために、父の表現活動の「原点」であるこの「未完の詩集」を、多くの方に「活用して」頂ければと思う。父が生涯願っていたように「表現物から戦争を学び、実際の戦争を遠ざける」役割に、少しでも寄与できたらと思う。埋没していた作品集に今、役割があるとすれば、その事以外にはない。二度と新しい「戦争詩」を生まないためにも。

最後に二つだけ、述べさせて頂きたい。

まず、文体について。この詩集の詩は主に一九六六年に書かれたものであるにもかかわらず、少なからぬ作品が文語体で綴られている。詩の中に「軍人勅諭」が出てくるように、父にとって軍隊と戦場の記憶は、戦後二〇年以上たっても心を縛り付ける桎梏であり、言葉に変換するには文語体の方が相応しい、あるいは表現しやすかったのかと考えると、当時の軍隊教育の暴力性と罪深さを改めて思う。
そして、全編を通じて、肉親、戦友、現地の人、子供、自然へ向けた言葉はひたすら優しく、軍隊、戦闘、上官、暴力への言葉はひたすら厳しい。その眼差しは一貫している。

最後の詩について。敗残の無惨な描写から、一転して突然口語体の、とても柔らかな言葉で、打ち捨てられた、二人の小さな子供にささやきかける。語り口が何とも切ない。そして、「どうしてこのような」という、唐突に切断されたように終わる独立した一行。戦争を起こし推進する構造的暴力への、四國の強い憤怒と苛立ちが込められた一行ではないか。

どうしてこのようなことになってしまうのか。どうして兵士たち、そして子供たちは異国で棄民されなければならないのか。どうして、どうして……。

戦争は天災ではない。大切なのはそこに至る原因を突き詰めること。そして一人一人が、考え行動し、戦争に至る過程を「拒否する」こと。一人一人のその蓄積こそが、結局、戦争に対する真の「抑止力」となる。そしてその蓄積を作ることが、戦争を絵や詩で表現し続けることの役割なのだ、という四國の思いが、ガザやウクライナなど、世界で戦争が絶えることのない今、この一行に凝縮されているように思える。そこにこの詩集の普遍性を見る。

「表現から戦争を学ぶことにより、実際の戦争を遠ざけて欲しい」。それが、終生にわたる四國の悲願だった。その一点のために、人生を捧げるように絵と詩を創り続けた。

『おこりじぞう』の絵に代表されるように、絵にせよ詩にせよ、四國の作品には子供に限りない慈愛を注いだものが多い。個人的解釈に過ぎないが、『戦争詩』の最後を、この詩とこの一行で結ぶことは、最初から決めていたのではないか。
私にはそのように思えてならない。

二〇二四年六月

四國　光

謝辞

この詩集を世に出すにあたり、各所から多大なご支援を賜りました。「広島文学資料保全の会」の池田正彦さんと土屋時子さん、そして歌人の相原由美さん。お三方のご協力が無ければそもそもこの作業は始動しませんでした。改めて深く御礼申し上げます。また、四國五郎生誕一〇〇年の年に、未完の詩集を見事な形で世に出して下さった、藤原書店の藤原良雄社長、編集者の刈屋琢さん。前作『反戦平和の詩画人　四國五郎』に引き続き、心より感謝申し上げます。お二人の熱量に押されるようにして、私もここまで来ることができました。加えて、いつも誠心誠意支えてくれる松浦滋・美絵姉夫妻。ありがとうございます。詩作において長く父の活動の場であった『詩人会議』のたかはしかずこさん、河合政信さん。父の古い資料を調査、ご提供下さりありがとうございました。また、生前父とも交流があり、この『戦争詩』を高く評価下さった故秋村宏元編集長に、この場をお借りして改めて哀悼の意を捧げたいと思います。

〈附〉

『戦争詩』の成立に関わりが深いと思われる文章を二篇掲載させて頂く。

①草稿ノートに残されていた、「日記」を書くことへの思いを綴ったエッセイ。極秘に書き繫いだ「日記」が戦争、シベリアにおいて四國の精神を支えた。「日記」がなければ、恐らくこの『戦争詩』も存在しなかった。エッセイの執筆時期、発表か未発表かも不明。

②「反戦詩」についての「詩論」。病院で草稿ノートに着手する二か月前に書き、仲間たちと創設した「広島詩人会議」の詩誌に発表した。日記によると、一晩で急いで書いたようで、内容に満足はしていないようだが、言わば『戦争詩』が生まれる思想的背景を表明した文章。

（編者）

①無題

私は十二のときから日記を書いてきた。それこそ一日も休まず書き続けてきた。

日記を書くということは、それほど特別なことではない。しかし、戦前の帝国軍隊の、しかも初年兵のときこれを書くこと、たこ壺で戦いながら書くこと、これには特別な意味がある。便所の中で、月の光の下で手さぐりで書かねばならぬ。しかも捕虜の身で日記を書きつづけることは、場合によっては、そのこと自体身の危険を意味するときがある。

私にとって日記を書くということは、生きたいという願望の変形したものになっていた。コケの一念といったものである。

今考えると、そのことが、うえや精神的な分解の支えになっていた。しかし、そのうちの一冊は、あるとき一寸した油断から盗み去られてしまった。ソ連軍の将校である。一粍四角くらいの小さな文字の埋まったその手帳から、なにか情報を引き出そうとしたのかも知れぬ。私はそれをとりかえすことができなかった。

私の人生の十五カ月ばかりが空白になった気持ちだった。

しかし、私はもっと巧妙な方法でその空白を埋めてゆくと共に、新しい日記をはじめた。その一冊はちょうどマッチ箱の大きさであり、文章は、極端に行間をはぶいた、いわば詩のごときものとなった。感動と記憶されるべき事項だけが、小さな文字になり、さらに切手よりも小さいスケッチさえ挿入した。〔編者注：『豆日記』のこと。〕

これらの日記は、腹まきにしのばせ、靴ぞこにしのばせて、ナホトカ・舞鶴を通過した。

これを散文と詩に復元？するのに、やはり一年を要した。〔編者注：『わが青春の記録』のこと。〕

これは私にとって、作品ではなく記録である。備忘のためのスケッチである。

その時代とその時の年令にまで、コマ送りを逆転してからでなければ、理解してもらえないかも知れぬ。いまの時代は年令での甘えはゆるされないだろう。しかし、軍国主義的天皇制の絶対教育をうけた私らのあの年頃については、恥ずかしくとも甘えさせてもらいたいのである。

歴史の一時期のあかしなのだから。

（『戦争詩』草稿ノートに残されていた無題の文章）

② 反戦詩は反帝国主義の詩である（一九六六年七月二十二日）

詩人は、いつの時代でも偽りのないこころを言葉に託してうたった。それは、なにかに要請されてうたうといったものではない。止めがての怒りであり、悲しみであり、歓喜である。

反戦詩においても同じである。戦争という非人間的な行為に対する人間性からの告発が出発になる。しかし、われわれにとって反戦詩をうたうということは、たんに人間性に根ざす衝動的行為というだけでなく、それは、帝国主義的侵略戦争に対する自分の怒りを他の者に伝達し、よびさます行為である。したがってその行為には、戦争そのものに対する正確で深い認識と共に、行為を効果的にするための感情の整理、言葉の選択、手法、形式といったいわゆる詩の「基本的なもの」が重要となる。そして、この「基本的なもの」は固定したものではない。戦争一般があり得ないようにそれは多様であり変化する。人間性の告発だからあれやこれやあるべきではないという考え方があまやりのように、詩をうたうわれわれは、その歌口を意識的にえらびとって吹きなさねばならない。

親は刃《やいば》をにぎらせて／人を殺せとをしへしや／人を殺して死ねよとて／二十四までをそだてしや
（中略）
君死にたまふことなかれ／すめらみことは戦ひに／おほみづからは出でまさね／かたみに人の血

を流し／獣《けもの》の道に死ねよとは／死ぬるを人のほまれとは／

一九〇四年　与謝野晶子

これは有名な「君死にたまふことなかれ」の抄出であるが、ここには、反戦詩の原型とでもいいたいものがある。また、天皇の戦争責任を天皇制権力のもとでこれほど素直大胆にうたってのけたのは、他にあまりないという点で特徴的である。戦場で上官から無理な命令をうけたとき、兵隊は「てめえでやって見ろ畜生！」とかげで文句を言ったものだが、これはそれとは違う。女性の立場から戦争を憎む感情を素ぼくなまでに素直に表明し、それはそのまま有無を言わせぬ論理となっている。兵隊のすてせりふと違うのは、その有無をいわせぬ論理を論理と感じさせないまでに弟に対する愛情に託して「計算」してある点である。この有無をいわせぬ立場、反ぱつの余地をのこさぬまでに人民の立場、人類の名においてうたえる立場に立つことが反戦詩の出発点であろう。

甚太郎オヂサン／ドースレバヨイカ／ソレヲ山東カラ書イテヨコシテクレ／ザンゴーノ中カラ／殺シテワイケナイ支那兵ヲ／殺シタ手デ／カチカチ　フルエル手デ／血ダラケニナツタ手デ。／ソレマデ　僕達ワ／ダマツテ／地蔵サンノヨーニ立ツテ／鬼共ノ田ヲ守ツテ／土手ノ上カラ／ドブリドブリ　流レル／ニゴツタ水ヲ見ツメテオリマス。／足ヲビルニ食ワレテタツテヰマス。

一九二八年　三好十郎

これは、「山東へやった手紙」のごく一部であるが、この詩には、好むと好まざるとにかかわらず、日本人として侵略者の一端をになわされた一兵士あての手紙のかたちでうたわれている。歯を喰いしばって故なく中国人を殺さねばならぬ矛盾した苦しみを、素ぼくな言葉でたたみかけ、赤紙がくれば出征せねばならぬ、出征すれば「ホントノ敵デワナイ」中国人を殺さねばならぬことを、読む側が胸苦しくなるほど訴えかけている。このことによって詩の底の方から山東出兵の本質や、階級的矛盾がうかびあがってくるのである。

大ざっぱに言えば、加害者に仕立てあげられている被害者の側から、戦争を階級的矛盾の最も非人間的表現としてとらまえた詩である。

そして当時の兵士たちの大部分を占めた貧農にぢかにつながる言葉、立場から、しかも兵士たちの親兄弟たちが、みな書きおくったであろう手紙のかたちをとっていることが、いっそうこの詩に生々しさを加えているのである。

プロレタリア詩は、露骨に帝国主義的侵略への道をころがりはじめた日本のさまざまな矛盾を突き破り噴火したかのように開花した。十月革命のときは、東部戦線の塹壕で敵味方の兵士たちが手を握り合って交歓したそうだが、日本のプロレタリア詩でも海をこえて中国や朝鮮人民との連帯のうえに、多くの反戦詩がうたわれた。平和へのたたかいは国際的連帯のうえに成りたつのである。

朝とも、日暮ともつかない。／／國ぢゆうの兵器は、螺《まきがひ》のように聚つて／こころを一方に吸はれている。／白い地のはて、／白い空のかぎり、／白い海をこえて、／コンパスでくりとつた空間内の／大量の死の方に。／／横たはる砲身の長さのはてに／あそぶは粉雪。／耳をふさぎ、目をふさぐ／それは薄明、白の時刻。

〈黴〉より　一九四四年　金子光晴

反戦の詩や抵抗の詩は、人民のまっただ中から人民を後だてにして、人民にうたい込まなければ、その詩は人々のこころをとらえ得ない。過去の経験は、そのことを教えているが、それと共に、人民の平和を願う組織がうちこわされ圧倒されているときには、詩人は言葉を抽象し、現実を象徴化し、風刺や比喩や柔軟でさまざまな姿勢でこれに立ち向い得ることも教えている。

旗は地に墜ちて／ラジオ・ボックスの中から／神の声がもれて来る／うつろに、ふるえて、哀しげに／歴史そのものに記録さるべきこのひととき／／詐ってつくられた神話の頁は／この日、閉じ／人民の目はあらたに開かれて／あたりの現実を直視する

〈歴史〉より　一九四六年　壺井繁治

人民の眼はあらたにひらかれ、すくなくとも表現の自由は確得（ママ）したが、アメリカ占領軍によるタブーがとってかわった。

それまでの戦争には、非戦闘員とか無差別爆撃とかいう言葉があり、そういう言葉は、子供や老人は殺さないとか、人間の平和ないとなみである学校とか病院と、軍事施設とは区別することから生れてきたと思える。しかし、アメリカによる核兵器の使用は、たとえば、帝国主義戦争にあっても、わずかに存在したさきに述べた戦争のモラル？といったものさえ完全に踏みにじってしまった。

広島と長崎では、女、子供、老人をふくめ数十万人が焼き殺され、二十一年後の今日でさえなお原爆症で苦しみ、さらに被爆二世三世にも恐怖の爪あとが引きつがれて問題となっている。

原爆は、その体験があまりにも異常であるため、人類に対して天から加えられた劫火として受けとったもの。絶対的天皇制に支えられた日本軍国主義の崩壊と結びつけて、アメリカが原爆を落したのは必要悪であるとさえ考えた者もいた。

ビルデイングは裂け、橋は崩れ／満員電車はそのまま焦げ／涯しない瓦礫と燃えさしの堆積であった広島／／やがてぼろ切れのような皮膚を垂れた／両手を胸に／くずれた脳漿を踏み／焼け焦げた布を腰にまとつて／泣きながら群れ歩いた裸体の行列

（中略）

帰らなかつた妻や子のしろい眼窩が／俺たちの心魂をたち割つて／込めたねがいを／忘れえようか！

〈八月六日〉より　一九五〇年　峠三吉

ありのままの現実を示すことが、加害者の告発であった。許すことのできぬ惨虐極まりない行為を人類の名において告発することであった。そしてその異常な体験は、いくら書いてもうたっても表現しきれるものではなかった。しかし、「被爆した広島の者がそれをしなく誰がそれをしてくれる」といった気持で峠等は原爆をうたった。はじめは政令百なん号とかを考慮して加害者は明らかであるという約束ごとのうえにたっていたが、それだけで原水爆禁止のよびかけとして立派な役目を果した。

有無をいわせぬ事実の証しがあった。

峠三吉の原爆詩集の一冊をみると明らかなように、最初は、悲惨な事実の再現に多くを費した。やがて原爆投下の意味、階級的な本質をさぐりあて、やがて核兵器を圧倒するのは国際的な連帯のうえに押してゆく平和勢力であることへと発展してゆくのである。

反戦詩とは、どのような姿でうたわれようと反帝国主義の詩のことである。

純粋という言葉は、われわれが好きな意味でも、すきでない意味にも使われるが、純粋な魂の活動である詩の創造作業のうちで、反戦詩こそ真の人間性の立場から、一歩もふみたがえてはならぬ出発点から行なう純粋な行為である。それは地球を覆いつくすあらゆるもの、理不尽なもの、理不尽に民族の独立や生命さえも奪われるもの、毒薬や毒ガス、ナパーム弾で殺りくをくりかえして恥じぬもの、それに加担するもの、恥知らずに対しすべてを挺してたたかうもの、核による威かく、威かくに抗してやがてこれを圧倒するもの、それらのすべてにふかくわけ入りおのが魂の問題としてうたいあげることである。

いまこそ、われわれはそれを必要としている。広島の詩人会議グループは、そのためにこそある。平和を愛する人民の輝かしい歴史をうけついだ地点で、侵略を憎む人民のかたい環の中で、おのれの体験を、概念や論理を、魂の燃焼の中で、詩の言葉に変化させよう！

（『でるた』広島詩人会議、一九六六年八月掲載）

著者紹介

四國五郎（しこく・ごろう）

1924年広島に生まれる。画家・詩人。20歳で徴兵され、満洲で従軍、敗戦後は3年強にわたりシベリア抑留を経験。帰国して愛弟の被爆死に直面。以後、生涯をかけて、反戦平和のために、絵と詩で膨大な作品を描き残す。GHQによる言論統制下の時代、峠三吉らとの「われらの詩の会」による「辻詩」や『反戦詩歌集』『原爆詩集』に絵や詩で参加、また、土屋清作の演劇『河』のポスター制作、「広島平和美術展」の創設といった活動とともに、NHKの「市民の手で原爆の絵を」運動に全面協力する。

主な著作として、『四国五郎詩画集　母子像』（広島詩人会議、1970年。復刻版2017年）、画文集『広島百橋』（春陽社出版、1975年）、画集『四國五郎平和美術館①②』（汐文社、1999年）、苛烈な戦争とシベリア抑留体験を絵と文で記録した大著『わが青春の記録』全2巻（没後2017年、三人社より公刊。第4回シベリア抑留記録・文化賞受賞）の他、山口勇子作の絵本『おこりじぞう』の絵が広く知られている。2014年没。

編者紹介

四國 光（しこく・ひかる）

1956年広島市生まれ。四國五郎長男。

早稲田大学第一文学部卒業。（株）電通入社。マーケティング局局長、（株）電通コンサルティング取締役兼務。2016年（株）電通定年退社。職業潜水士。NPO法人吹田フットボールネットワーク設立代表。『わが青春の記録』公刊により第4回シベリア抑留記録・文化賞受賞（四國五郎と連名）。著書に『反戦平和の詩画人 四國五郎』（藤原書店、2023年）。

戦争詩《せんそうし》

2024年7月30日　初版第1刷発行©

著　者　四　國　五　郎
編　者　四　國　　光
発行者　藤　原　良　雄
発行所　株式会社　藤　原　書　店

〒162–0041　東京都新宿区早稲田鶴巻町523
電　話　03（5272）0301
ＦＡＸ　03（5272）0450
振　替　00160‐4‐17013
info@fujiwara-shoten.co.jp

印刷・製本　中央精版印刷

Printed in Japan
ISBN978-4-86578-428-2

「戦争」を伝えるため、描き続けた

反戦平和の詩画人 四國五郎

四國 光

広島に生まれ、満洲へ従軍、苛烈なシベリア抑留を経て帰国するも、最愛の弟の被爆死に直面、以後、戦争の惨禍を伝えるため、「辻詩」、ポスター、絵本『おこりじぞう』、「市民の手で原爆の絵を」の運動などに、その絵筆と言葉の力を惜しみなく注ぎ続けた画家であり詩人、四國五郎（1924-2014）。家族の視線から、その軌跡をたどり、素顔に迫る画期作。

四六上製　四四八頁　**カラー口絵八頁**　**二七〇〇円**
（二〇二三年五月刊）
◇978-4-86578-387-2

戦争は、悪の豪華版である。

骨のうた（〝芸術の子〟竹内浩三）

小林 察

「ぼくは、ぼくの手で、ぼくの戦争がかきたい」「オレの日本はなくなった」――詩と音楽とマンガを愛し、伊丹万作に私淑して映画監督を志し、詩「戦死やあはれ」で知られる竹内浩三（一九二一―四五）。「ぼくは芸術の子です」と記したが、時代はそれを許さず、フィリピンで戦死した浩三の作品を三十年以上にわたり発掘・紹介してきた著者の渾身の作。

A５変上製　二五六頁　**二二〇〇円**
（二〇一五年七月刊）
◇978-4-86578-034-5

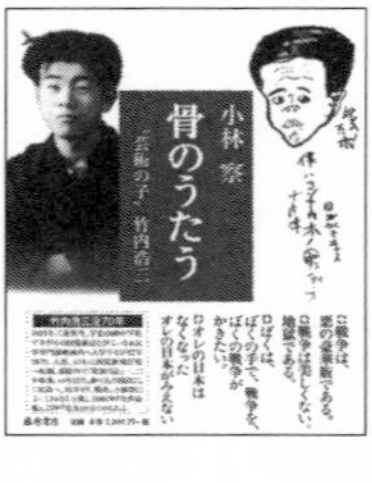

六割以上が犠牲になった元「特年兵」が語る

「雪風」に乗った少年（十五歳で出征した「海軍特別年少兵」）

西崎信夫　**小川万海子編**

「必ず生きて帰ってこい」――その母の言葉を胸に、知られざる「特年兵」の第一期生として十五歳で出征、奇跡の駆逐艦「雪風」に乗り組み、「武蔵」「信濃」そして「大和」の沈没を間近に目撃した少年の〝生き抜く力〟の物語。

四六上製　三二八頁　**二七〇〇円**
（二〇一九年一月刊）
◇978-4-86578-209-7

リアリズム演劇の隠れた名作は、何を問いかけるのか

ヒロシマの『河』（劇作家・土屋清の青春群像劇）

土屋時子・八木良広編

米占領下の広島を舞台に、芸術と政治との相克に苦しみながら、理想社会の実現へと疾走する、「原爆詩人」峠三吉らを描いた戯曲『河』は、六〇～七〇年代に全国各都市で上演された。新初演後五五年を経て復活上演され、新しい世代の出演者・観客にも大きな感銘を残した本作は、再び「核」の危機が迫る今、我々に何を訴えるのか？

A５並製　三六〇頁　**カラー口絵一二頁**　**三三〇〇円**
（二〇一九年七月刊）
◇978-4-86578-231-8

最終結論

「邪馬台国」はここにある

長浜浩明

展転社

プロローグ

古代史の「謎」を解く楽しみ

「邪馬台国」という言葉は日本人なら誰でも知っている。なぜなら、小、中、高の歴史教科書に書いてあるからだ。では、「邪馬台国」とは何時、何処にあったのか。それが古代の大和朝廷と如何なる関係にあったのか、となると自信を持って答えられる人は少ないのではないか。日本の古代史には「謎」が多いといわれてきた所以《ゆえん》である。

「謎」を知りたがるのは人情というもの。そこで私もこの「謎」に興味を抱き、所論を読み漁ったが、遂に納得できる「論」に巡り合うことはなかった。

NHKの古代物番組も見たがダメだった。彼らは、時に平然と偽写真を使い、時に偏向したDNAデータを使った虚偽番組を流していたからだ。国民から金を毟《むし》り取り、「ウソ」を日本中に拡散させるNHKは有害無益、何の役にも立たなかった。

そうなら自分で解き明かすより他ないと決意し、苦節十年、今まで分からなかったのは、東アジア全体のフレームが分からぬまま、局部的に古代史を論じていたからだ、と気付いた。そこで解き明かせたところから、世に問うことにした。

先ず、『日本人ルーツの謎を解く』（展転社）で縄文人が日本人と韓国人の祖先だったことを論証した。次に、『古代日本「謎」の時代を解き明かす』（展転社）で古代史の全貌を明らかにした。次いで、『韓国人は何処から来たか』（展転社）で彼らのルーツを明かし、昨年、『日本の誕生』（WAC）で大和朝廷と邪馬台国の基本構造を明らかにした。その過程で多くの「論」の問題点を指摘したが、今日に至るまで遂に反論は来なかった。

だが、『三国志・魏志』巻三〇東夷伝・倭人（以下『魏志』倭人伝）に何が書いてあるのか、それを最新科学から見ると、どう解釈できるのか、については必ずしも十分ではなかった。そこで、この問題に終止符を打つ、そんな意図で新たに一書を世に問うことにした。

奇妙な邪馬台国論争

江戸時代から始まったこの論争は、長らく決着がつかなかった。今までどのような議論が行われてきたのかを知ることも大切である。物事を知るには歴史を知らなくてはならないからだ。その足跡を辿ってみると、解こうとする方々の根拠なき思い込み、追及不足、科学的・論理的思考の欠如、持論への固執など、原因があったことは確かである。

世に、「魏志倭人伝デタラメ説」もある。シナの史書を読み、理解不能になると、「魏志倭人伝はデタラメだ！」と言い出す。これは保守的人間の通弊だが、その根拠に、「シナ人はいい加減なのだから適当に書いているのだ」とのシナ人蔑視感情から断定する。これは安易な対処法であると同時に研究放棄であり、これでは古代史の「謎」は永遠に解けない。

学者や市井の物書きの中には、記述内容を故意に読み替え、分かった気になっている者もいる。彼らは、「自分が分からないのは、『魏志』倭人伝が間違っているからだ!」とばかり、例えば、「南に行く」とあるのに、「南とあるのは間違いで本当は東だ!」と勝手に読み替える。これでは古代史の真実に至れない。

「検閲済」古代史観から決別を

処で、なぜ戦後になって俄かに邪馬台国が脚光を浴びるようになったのか。

それは戦後、権力を握ったGHQが、下僕たる日本政府に憲法違反の「検閲」を命じたからだ。すると政治家も役人も違憲行為を実行に移し、言論や教育を検閲しながら、命令通り検閲の事実を隠蔽した。加えて、神道指令により『日本書紀』に沿って古代史を教えることを、厳罰を持って厳禁したからだ。

その結果、『日本書紀』を是認する学者や教師は密告され、職場から追放され、恩給対象からも除外された(教職追放令)。その密告組織としてGHQは日本教職員組合(日教組)を作らせ、頭目に共産主義者の羽仁五郎を据えた。こうして、共産国家と同じ相互監視網が官僚、出版社、大学、研究所および全国の教育現場に張りめぐらされた。

そこで、歴史学者や研究者は、「日本書紀を否定する」研究に血道をあげ、自分の職と食を守ってきた。その結果、様々な珍論が登場しては消えていったが、「日本書紀の否定」この一点で彼らは手を握り合っていた。こんなわけで『魏志』倭人伝が重宝され、戦後は『日本書紀』に代わって主役の座に躍り出た。

そして、自らの行為が違憲であるため、自民党はもとより、護憲派の社会党、共産党、歴史学者や考古学者、教育者、NHKや朝日新聞などのマスコミ業者、ジャーナリストから物書きまでもが、今日に至るまでこの違憲行為を隠蔽し続けている。その影響は、近現代史から古代史にまで及んでいるのだ。(『新文系ウソ社会の研究』展転社　参照)

彼らは、「戦後、日本書紀を否定したのは自由に研究ができるようになったからだ」と嘯《うそぶ》き、白《しら》を切った。いわゆる専門家の古代史論は二重のウソにまみれており、彼らの影響下にある作家やマスコミ業者も、当然の如く『日本書紀』を否定してきた。

NHKなども日本中にウソをばら撒き、恬《てん》として恥じない。だから、今まで分からなかったのは当たり前なのだ。

私にとって邪馬台国の「謎」は過去の話となったが、今も迷っている方々がおられる。『魏志』倭人伝とは如何なる史書なのか、邪馬台国は何処にあったのか、本書を手にすることで「検閲済史観」から決別し、古代史の真実を手にすることができる。

凡例

一　ここで用いた底本は、
文献1　宇治谷猛『日本書紀（上）全現代語訳』（講談社学術文庫　一九八八）
文献2　同（下）
文献3　黒板勝美他『國史大系　第一巻上　日本書紀前篇』（吉川弘文館　昭和四十一年）
文献4　次田真幸『古事記（上）全訳注』（講談社学術文庫　一九七七）
文献5　同（中）
文献6　藤堂明保他『倭国伝』（講談社学術文庫　二〇一〇）
文献7　石原道博編訳『魏志倭人伝他三篇』（岩波文庫　一九八五）
文献8　井上秀雄訳注『三国史記』1〜4（平凡社　東洋文庫）
文献9　森浩一『倭人伝を読みなおす』（ちくま新書　二〇一〇年）
文献10　井沢元彦『逆説の日本史　古代黎明編』（小学館文庫　一九九八年）
文献11　片岡宏二『邪馬台国論争の新視点』（雄山閣　二〇一一年）
文献12　設楽博己編『三国志がみた倭人たち』（山川出版社　二〇〇一年）
但し、引用に当っては翻訳と読み下し文を混ぜるなどして分かり易さに努めた。

二　日本人は、古来より日本列島に住み続けてきたが、世界広しといえどもそのような国は稀であり、この延長でシナ大陸の歴史を語ると話が分からなくなる。そこで歴史を語るとき、古代に於ける地理的概念は「シナ」を用い、清以前は各王朝名を記し、人は「シナ人」とした。

三　引用文末にあるカッコ内数値は、引用文献のページを示す。

四　文中の傍点は全て筆者が付け加えたものである。

五　年代区分（文化庁の年代区分・本州・四国・九州を参考にした）

縄文時代　後期　Ｂ・Ｃ二〇〇〇〜Ｂ・Ｃ一〇〇〇年
　　　　　晩期　Ｂ・Ｃ一〇〇〇〜Ｂ・Ｃ三〇〇年
弥生時代　前期　Ｂ・Ｃ三〇〇〜Ｂ・Ｃ一〇〇年
　　　　　中期　Ｂ・Ｃ一〇〇〜Ａ・Ｄ一〇〇年
　　　　　後期　Ａ・Ｄ一〇〇〜Ａ・Ｄ二五〇年
古墳時代　前期　Ａ・Ｄ二五〇〜Ａ・Ｄ四〇〇年

目次

最終結論　「邪馬台国」はここにある

第三章　邪馬台国は何処にあったか

第四章　「倭人・倭国」の習俗

第五章　なぜ魏に助けを求めたか

装幀　古村奈々＋Zapping Studio

第一章　古代史理解のカギとは

「邪馬臺国」か「邪馬壹国」か

『魏志』倭人伝を開くと、そこには「邪馬臺《たい》国」ではなく「邪馬壹《いち》国」と書いてある。それを手掛かりに『邪馬台国はなかった』(古田武彦　ミネルヴァ書房)などと云う本も世に現れた。だが『後漢書』には「邪馬臺《たい》国」とあり、森浩一氏は、「壹《いち》」を「臺《たい》=台」の〝減筆文字〟として「邪馬台国」とした(文献9p40)。

私は、「漢字には画数がいたずらに多いものがあり、分かり切った文字は簡略化していた」という森浩一氏の説をとっている。

なぜなら、『隋書』倭国にも「耶摩堆《やまと》に都《みやこ》す。即ち『魏志』のいわゆる邪馬臺《たい》なるものなり」と「『魏志』倭人伝の壹《いち》は臺《たい》である」と当然の如く書いてある。即ち、『後漢書』を著した范曄や『隋書』を著した魏徴は上記の如く理解していたからだ。

反面教師・NHKの虚偽番組から学ぶ

この件については古くから論じられてきた。しかし、誰もが納得できる「論」が登場しなかったのはなぜか。どうしたら古代史の全体像が明らかになるのか。それを反面教師たるNHKが教えてくれた。

ＮＨＫの番組（平成三十年十二月二十三日『サイエンスＺＥＲＯ』）が虚偽番組となったのは、分子人類学者だけに任せたことにある。

例えば、篠田謙一氏が強く示唆したように、「ほとんどの日本人が、千八百年前にシナからやって来た人々を祖先としている」のなら、私は「では、なぜ日本語とシナ語は別系統の言語なのか」と質問したい。だが、「ウソ」がバレるので、ＮＨＫはそのような質問者を登場させなかったと云うことだ。

これは「視聴者をダマそう、日本人の頭にウソを注入しよう」というＮＨＫの悪意が透けて見える番組だったが、役に立つこともあった。

真実を知るには「ＮＨＫ番組の逆をやれば良い」ことが分かったからだ。

邪馬台国の「謎」解決への道

「ＮＨＫ番組の逆をやる」とは、文化人類学的に「多くの斬口から検討を加える」となる。文字文献の希薄な時代、一専門分野からの見解は一本の補助線に過ぎず、多くの観点から検討を加え、相互矛盾のない交点に真実が宿る確立が高くなる。では、「謎」を解くには如何なる分野から検討を加えたら良いか見てみたい。（図１）

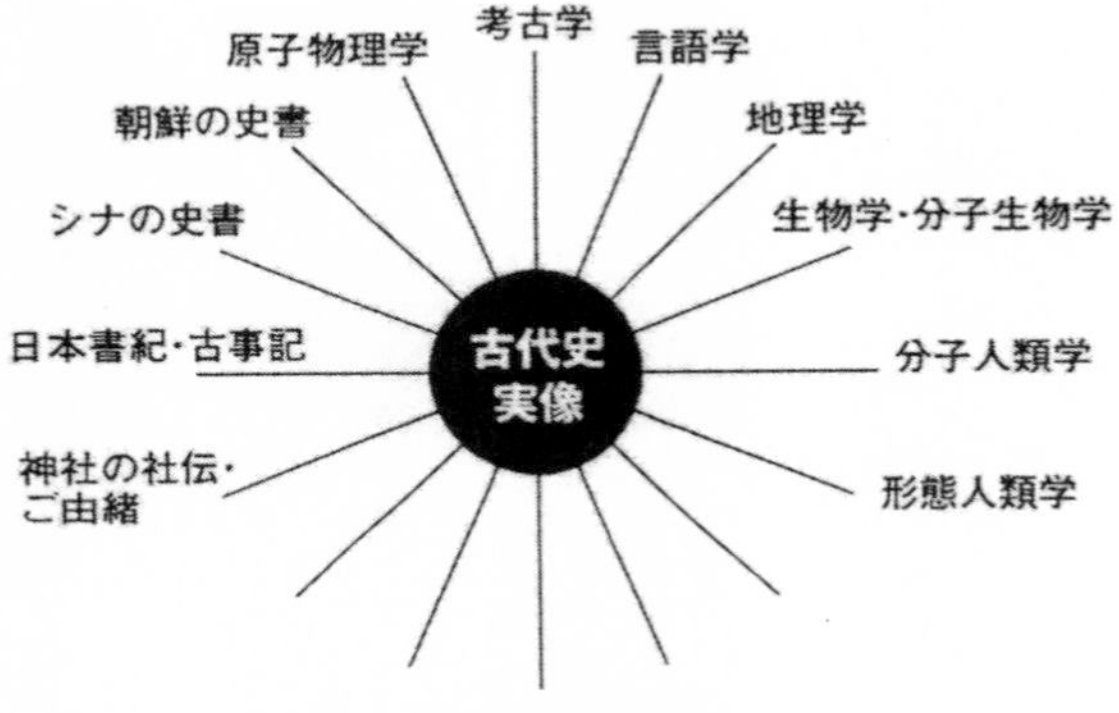

図1　古代史の解決方法

第一　邪馬台国の「謎」を解くには、何と言ってもシナの正史、『魏志』倭人伝を忠実に読まなければならない。他に、『後漢書』、『隋書』、『旧唐書《くとうじょ》』なども必要となる。その際、持論に不都合だからと云って勝手に読み替えたり、読み飛ばしたりしてはいけない。

第二　『魏志』倭人伝だけに頼ってもいけない。『古事記』、『日本書紀』（以下『記紀』）も欠かせない。従って、『記紀』否定論者にはこの「謎」は解けないだろう。現に解けなかった。神社のご由緒や社伝も無視してはならない。

第三　韓（朝鮮）民族の正史は『三国史記』である。彼らの遠い祖先は、日本からやってきた縄文人だった。新羅王族も日本にルーツを持っている、とこの史書に書いてある。そして現在の韓（朝鮮）民族は日本人と北方シナ人の混血民族であり、いわゆる〝渡来系弥生人〟とは、現在の「日本人グループに属している」ことを分子人類学のデータから証明したい。

第四　原子物理学も「年代特定」ツールとして欠かせない。今までは実年代が分からず、土器編年による相対年代で古代史を論じてきたが、これでは本当のことは分からない。

第五　考古学は、古代を解明する一助となっていることは確かである。だが、考古学者は「己の殻」に閉じこもり、『日本書紀』や『魏志』倭人伝を無視、或いは無知のままであるが、これでは邪馬台国の謎を解くことは出来ない。

第六「生ける考古学」といえる「言語年代学」や「系統言語学」も大いに進歩した。最近までに明らかになった専門家の見解を要約すると次のようになる。

1. 日本語が、日本語以外の現存する他の言語、例えば朝鮮語やタミル語から分岐して生じたというのは、比較言語の常識からしてあり得ない。

2. 現代の日本語は、遙か縄文時代から現代に至る言語を一貫して継承する言語であるということ、即ち、弥生時代には現代語の原型がほぼできあがっていた。

3. 縄文時代以降、日本列島に於いて大きな民族的、言語的交替はなかった。つまり外部から言語の交替を強いるような支配者集団が渡来したことがなかった。

この事を知れば、「日本人の主な祖先は大陸や半島からやって来たはあり得ない」となる。だが、この事実は「検閲済み古代史論」には不都合であり、戦後の古代史や日本人のルーツを扱う学者は、言語学からの検討を無視してきた。こういう偏りが真理に至る障碍となっている。

第七　地理学の知識も必要である。『魏志』倭人伝を読みながら、距離や方角を適当に変えて平然としている人たちがいる。これでは常識ある人の共感は得られない。そのような科学的根拠なき「論」は自動的に排除されていくだろう。

第八　分子人類学も先史時代解明の強力な手段となっている。しかし、これを使って国民を「ダマそう」とするマスコミ業者がおり、それに加担する学者がいる。彼らは、時に持論に不都合なデータを隠し、時にデータを改変するが、これでは真実に近づけない。

第九　形態人類学はヒトのルーツを探る主要な手段と考えられてきた。その結論は「日本人の主なルーツは渡来人」であったが、これは分子人類学により否定されてしまった。原因は、彼らも持論に不都合なデータを隠蔽してきたからであり、出直すことを期待している。

私は、「邪馬台国」を解く場合でも、上記の観点から分析・統合し、次のような方針を採ることにしている。

一　科学的・論理的にデータに接する。

二　様々な角度から、相互矛盾のないようフレームを組み立てる。

三　思い込みや自己主張するのではなく、データをして語らしめる。

四　誰もが納得できる説明と論理展開を行う。

そして、持論を展開する場合は可能な限り根拠を提示し、質問や反論を奇貨として受け止める。それ以外に真実に至る道はないと信じている。

古代史理解のカギ・皇紀と実年の峻別

私たちは、年紀といえば無条件に西暦を想定し、「これが古代にまで及んでいる」と漠然と考えてきた。だが、年紀にはユダヤ歴、イスラム歴などがあるように、わが国にも皇紀があり、それは西暦と異なることを認識する必要がある。

では、邪馬台国の時代、わが国ではどの様な年紀を使ってきたのか。皇紀を西暦に較正するとどうなるかが今まで解けなかった。

例えば、神武天皇の崩御年齢は『古事記』で百三十七歳、『日本書紀』は百二十七歳とある。

『古事記』には、崇神天皇の崩御年齢は百六十八歳とあるが、ヒトはこれほど生きられない。継体天皇の崩御年齢は『古事記』で四十三歳、『日本書紀』は八十二歳とあり、ほぼ二倍の関係になっている。

「だから『記紀』はデタラメだ」ではなく、「なぜ古代の天皇は斯くも長寿だったのか」、「なぜ倍半分なのか」に思いを巡らすことが解決への糸口となる。

実は、年紀の謎を解くカギがシナの文献に残されていた。『三国志』はシナ正史のなかでも簡潔な記述で知られており、南朝・宋の歴史家、裴松之《はいしょうし》(三七二〜四五一)は多くの史料を使って注を加えて増補した。それが「裴松之の注」であり、石原氏は次のようにあるという。

「其俗　不知正歳四時　但記春耕秋収　為年紀」(文献7p23)
(倭人は歳の数え方を知らない。ただ春の耕作と秋の収穫をもって年紀としている)

「年紀」とは年の数え方であり、私はこれを「春秋年」と呼んでいるが、この頃、倭人に接したシナ人は、「不知正歳四時」と蔑《さげす》みの目で見ていた。

だが、太陽暦にせよ、太陰暦にせよ、必ず誤差を生じる。しかし春分と秋分は狂うことがない。従って、農業を主な生業《なりわい》とした社会において、春分と秋分を年紀とするのは合理的な紀年法だった。私は、縄文遺跡から発掘されるストーンサークルは、春分と秋分を見極めようとした証拠と見ている。

そして、春秋年が使われていたであろう傍証が、『日本書紀』や『古事記』に残されていた。それが先に挙げた異常に長い歴代天皇の崩御年齢であり、時に同じ天皇の宝算が倍半分近くになっている事例である。

これは『古事記』の崩御年齢を見た『日本書紀』の篇著者が、「記録はこうだ」と訂正したことを意味する。同時に、この頃まで「春秋年」が残っていたことを示唆している。

古代史年表はこうなる

これらをベースに皇紀を実年（西暦）に換算する原則を抽出すると次のようになる。

①推古朝など、皇紀と実年とが確実に一致する年代を起点に、過去へと遡る。
②歴代天皇の百歳以上や倍半分の宝算から「春秋年」の適用期間と範囲を見定める。
③歴代天皇の崩御年齢、崩御年、在位年数、即位年齢などに合理性があるか検討する。
④百済王の歿年・即位年と『日本書紀』の記述を照合する。百済王の年紀はシナの暦、実年で採録されていたからだ。更に記述内容を裏付ける考古資料の有無を確認する。
⑤相互矛盾が生じないよう歴代天皇の在位年を確定する。

	実年（推定西暦）					
	⑨	⑩	⑪	⑫	⑬	⑭
代位	崩御年齢	在位年数	修正在位年数	単純即位年齢	修正即位年齢	推定崩年
	d	e=c/2,c		f=d−e+1		
						−70
1	63.5	38.0	38.0	26.5	26.5	−33
2	42.0	18.0	18.0	25.0	25.0	−15
3	28.5	19.0	14.0	10.5	15.5	−1
4	30.5	17.0	17.0	22.5	14.5	17
5	56.5	42.0	42.0	15.5	15.5	59
6	68.5	51.0	51.0	18.5	18.5	110
7	64.0	38.0	38.0	27.0	27.0	148
8	58.0	28.5	29.0	30.5	30.0	177
9	55.5	30.0	30.0	26.5	26.5	207
10	60.0	34.0	34.0	27.0	27.0	241
11	70.0	49.5	49.0	21.5	21.5	290
12	53.0	30.0	30.0	24.0	24.0	320
13	53.5	30.0	30.0	24.5	24.5	350
14	26.0	5.0	5.0	22.0	22.0	355
	50.0	34.5	34.0	16.5	16.5	389
15	55.0	20.5	21.0	35.5	35.0	410
16	41.5	44.5	18.0	−2.0	24.5	428
17	35.0	3.0	3.0	33.0	33.0	431
18	30.0	2.5	2.0	28.5	28.5	433
19	39.0	21.5	21.0	18.5	19.0	454
20	28.0	3.0	3.0	26.0	26.0	457
21	62.0	23.0	23.0	40.0	40.0	480
22		5.0	5.0			485
23	38.0	3.0	3.0	36.0	36.0	488
24		10.5	10.5			498
25		8.0	8.0			506
26	41.0	25.0	28.0	17.0	14.5	534
27	35.0	3.0	3.0	33.0	33.0	537
28	36.5	3.0	3.0	34.5	34.5	540
29		32.0	32.0			572
30		13.5	13.5			585
31		2.0	2.0			587
32		5.0	5.0			592
33	75.0	36.0	36.0	40.0	40.0	628

表１　古代天皇の皇紀・実年換算基礎資料

		古事記		日本書紀(皇紀)			
①	②	③	④	⑤	⑥	⑦	⑧
代位	天皇諡号	崩年干支	崩御年齢	崩御年齢	崩御年	即位年	在位年数
			a	b			c
	神武即位						
1	神武		137	127	-585	-660	76
2	綏靖		45	84	-549	-584	36
3	安寧		49	57	-511	-548	38
4	懿徳		45	77	-477	-510	34
5	孝昭		93	113	-393	-476	84
6	孝安		123	137	-291	-392	102
7	孝霊		106	128	-215	-290	76
8	孝元		57	116	-158	-214	57
9	開化		63	111	-98	-157	60
10	崇神	戊 寅	168	120	-30	-97	68
11	垂仁		153	140	70	-29	99
12	景行		137	106	130	71	60
13	成務	乙 卯	95	107	190	131	60
14	仲哀	壬 戌	52	52	200	191	10
	神功皇后		100	100	269	201	69
15	応神	甲 午	130	110	310	270	41
16	仁徳	丁 卯	83		399	311	89
17	履中	壬 申	64	70	405	400	6
18	反正	丁 丑	60		410	406	5
19	允恭	甲 午	78	78	453	411	43
20	安康		56		456	454	3
21	雄略	己 巳	124		479	457	23
22	清寧				484	480	5
23	顕宗		38		487	485	3
24	仁賢				498	488	11
25	武烈				506	499	8
26	継体	丁 未	43	82	531	507	25
27	安閑	乙 卯		70	535	532	4
28	宣化			73	539	536	3
29	欽明				571	540	32
30	敏達	甲 辰			585	572	14
31	用明	丁 未			587	586	2
32	崇峻	壬 子			592	588	5
33	推古	戊 子		75	628	593	36

これらを使った算出過程は、拙著『古代日本「謎」の時代を解き明かす』に詳しいが、『日本の誕生』にもあり、本書では結論のみ記す。

表1は、各データの一覧表である。

図2は、表1の中から歴代天皇の崩御年、皇紀と実年の違いを表した。

表2・1~2・3は、実年が確定した各御代の主な出来事と、シナや半島の主な出来事とを一覧にした年表である。これを見ると、皇紀を実年へ較正することで、対外関係を含む歴史の整合性が保たれることが分かる。

今まで、皇紀と実年の違いが解明できなかったため、『日本書紀』や『魏志』倭人伝の解釈について様々な論が表れたが、結局は破綻しており、納得しがたいものだった。

それは現代だけではない。『記紀』を書いた時代の日本は、既にシナの年紀の影響を受けており、『日本書紀』の編著者もこの違いを意識していなかった。ただ、彼らには謙虚さがあった点が今の学者や物書きと異なっていた。事例を示そう。
※本書では、便宜上、シナの年紀も西暦のグループとして扱っている

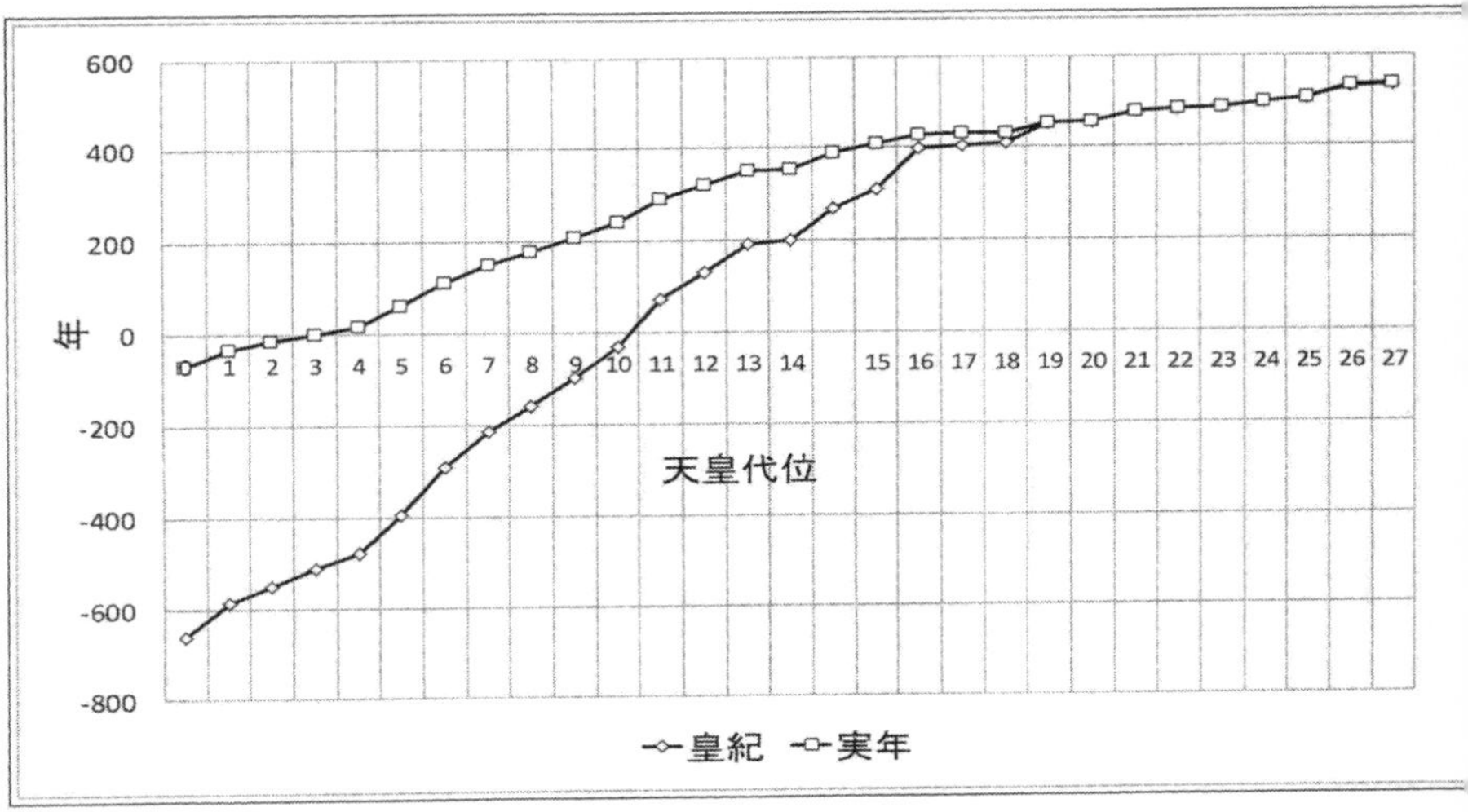

図２　古代天皇の代位と崩御年――皇紀と実年比較

代位	天皇諡号	実年	日本書紀の記述
1	神武	BC70	橿原の地に初代天皇として即位
			天皇の子、九州へ派遣・血縁を結ぶ
		BC33	崩御
2	綏靖	BC15	畿内・尾張・摂津豪族との血縁を結ぶ
3	安寧	BC1	
4	懿徳	17	
5	孝昭	59	
6	孝安	110	日本各地の豪族との血縁関係を拡大
7	孝霊	148	
8	孝元	177	
9	開化	207	山陽道全域を影響下におく
10	崇神	241	大加羅国（任那）アラシト来朝
11	垂仁	290	この頃、大和朝廷は邪馬台国を併す
12	景行	320	
13	成務	350	崩御
14	仲哀	355	崩御

実年	韓半島・シナの出来事
BC57	新羅建国
BC37	高句麗建国
BC18	百済建国
9	馬韓、百済により滅ぼされる
33	百済　南部に初めて陸稲を作らせた
57	倭の奴国朝賀。光武帝印綬を賜る
107	倭の国王師升等生口百六十人を献ず
243	魏志倭人伝　倭王、上献す
247	卑弥呼帯方郡に使いを遣わす
	卑弥呼　以て死す
346	百済　初めて文字を書き事を記す

表2・1　古代史年表①

	神功皇后	389	百済七枝刀を含む財物を日本に献上	364	新羅本記　倭兵が大挙して侵入
			百済の近肖古王死す	375	百済　初めて文字を書き事を記す
			百済の王子、貴須が王となる	375	百済の近肖古王死す。近仇首王即位
			貴須王死す。王子枕流王となる	384	百済の近仇首（＝貴須）王死す
			枕流王死す。叔父辰斯王となる		
15	応神	410	辰斯王が天皇に礼を失する	391	「広開土王碑」倭は海を渡り百済・新羅を破り臣民とす
			百済は辰斯を殺し陳謝　阿花を王とす	392	辰斯王年死去
			百済の阿花王が死す	405	阿莘王死す
			天皇は直支王に東韓の地を賜り遣わす		百済の腆支（直支）王、帰る
			直支王が薨ず。子の久爾辛が王となる		
16	仁徳	428	崩御		
17	履中	431	崩御		
18	反正	433	崩御		
19	允恭	454	崩御		
20	安康	457	崩御		
21	雄略	462	武寧王誕生	462	百済の墓誌　武寧王誕生
		477	高麗王が大軍をもって百済を滅ぼす		
		487	百済の汶洲王を救い興された		
		480	百済の文斤王死す。東城王即位	480	百済の文斤王死去

表２・２　古代史年表②

代位	天皇諡号	実年	日本書紀の記述	実年	韓半島・シナの出来事
22	清寧	485	崩御		
23	顕宗	488	崩御		
24	仁賢	498	崩御		
25	武烈	502	百済の武寧王が立つ	501	百済の武寧王即位
		506	崩御		
26	継体	523	百済の武寧王死す	523	武寧王死す
		524	武寧王の子・聖明王が即位		武寧王の子・聖明王が即位
		534	崩御	532	新羅本記　金管国・新羅に併合
27	安閑	537	崩御		
28	宣化	540	崩御		
29	欽明	554	百済の聖明王戦死	554	聖明王戦死
		555	百済使者「聖明王殺される」と奏上		
		532	新羅は任那の宮家を打ち滅ぼした	562	新羅本記　伽耶軍・新羅に降伏
		572	崩御		
30	敏達	583	崩御		
31	用明	587	崩御		
32	崇峻	592	崩御		
33	推古	628	崩御		

表２・３　古代史年表③

それよりも干支《かんし》二運（一二〇年）繰り上げて、その母親の神功皇后摂政《せっしょう》期間をその時代に合うようにした。つまり、中国側の歴史資料である『魏志』倭人伝の景初三年（二三九）を神功皇后摂政三十九年に当てる操作を行って、『魏志』倭人伝の卑弥呼の記事と神功皇后の記事がうまく同時期になるよう按配《あんばい》したとする。

筆者も、記紀編纂者たちが、神功皇后と卑弥呼を同一人物とみなして、中国側の『魏志』倭人伝の記事と日本側の歴史に整合性を持たせたとする考えに賛成である。

そして、その神功皇后は、王朝交代によって生まれた応神王朝の開始に、前王朝最後の仲哀天皇からの継承を正当化するために仲哀天皇の妃として登場させた架空の人物とする考えに賛成である」（文献11ｐ12）

「賛成」は結構だが、真偽は多数決で決まらない。彼らは、「記紀の著者は一二〇年ずらしている」と適当に推論し、導かれたのがこの結論だった。

だが、この様な根拠なき強弁は簡単に破綻する。例えば、「この一二〇年スライドの根拠は何か。何代の天皇に適用できるのか。根拠はどこにあるのか」と問えば答えられないだろう。

神功皇后実在の証《あかし》・七支刀

だが、『日本書紀』の記述は正しかった。なぜなら、表2・2にある通り、神功皇后の条に書かれた内容と『百済本記』に書かれた内容が見事に符合するからだ。物証もある。

「五十二年秋九月十日、久氐《くてい》らは千熊長彦に従ってやってきた。そして七支刀《ななつさやのたち》一口、七子《ななつこの》鏡《かがみ》一面、および種々の重宝を奉《たてまつ》った」（文献1p206）

ここに書いてある七支刀は、天理市の石上《いそのかみ》神宮に収蔵されており、表面には、「泰和四年六月十一日」なる文字が金象嵌《きんぞうがん》で刻まれていた。（写真1）

〝泰和四年〟とは東晋の〝太和〟四年（三六九年）と考えられ、七支刀は神功皇后の時代に作られ、百済から大和朝廷に献上されたことが分かる。

だが、神功皇后の実在を否定する考古学者、歴史学者、作家などは、この条の記述内容は

写真1　七支刀（全長七十四・八センチ）

もとより、七支刀やボストン美術館に収蔵されているという七子鏡などに触れようとしない。触れれば持論が崩壊するからだ。

江戸時代から戦前までの論争

時代は下り、江戸時代になっても「邪馬台国は何処にあったか」への関心は絶えなかった。この時代に登場した説は今も影響力を持ち続けており、簡単に紹介しておく。

国学者・松下見林（一六三七～一七〇三）は、自著の中で、邪馬台国は大和国とし、『日本書紀』にある神功皇后を卑弥呼とした。更に『三国志』のいわゆる『魏志』倭人伝にある邪馬壱国の「壱」は「臺」の誤記であると論じた。

新井白石（一六五七～一七二五）は、『魏志』倭人伝にある邪馬台国は大和国（奈良）、狗奴国は熊襲（熊本）、卑弥呼は神功皇后とした。しかし晩年、邪馬台国は築後国（福岡県）の山門郡《やまと》（現在のみやま市）と変節した。

国学者・本居宣長（一七三〇～一八〇一）は、邪馬台国九州説をとった。だが彼は、『魏志』倭人伝をそのまま信用せず、神功皇后＝卑弥呼説を取りながら、神功皇后が魏に朝貢したのではなく、北部九州の首長が神功皇后に成りすまして朝貢したのだ、とした。

この問題は、江戸時代では決着がつかず明治の御代に持ち込まれた。するとこの話に、学者や市井の歴史愛好家が群がり、入り乱れ、様々な論が出された。代表的な二例を紹介しておく。

一つは、『卑弥呼考』を雑誌に寄稿し、「邪馬台国大和説」を主張した上で、卑弥呼を垂仁天皇の皇女、倭姫命《やまとひめのみこと》とした内藤湖南（京都帝大教授　一八六六〜一九三四）の説である。

二つ目は、『倭女王卑弥呼考』を発表し、その中で邪馬台国を九州の肥後国内（但し熊襲ではない）、天照大神《あまてらすおおみかみ》を卑弥呼のモデルとした白鳥庫吉（東京帝大教授　一八六五〜一九四二）の説である。

両説譲らず、解決できず、今日に至っているが、なぜか京大系の学者は大和説を、東大系は北部九州説を主張する傾向が見られるのは偶然だろうか。

戦後の「邪馬台国論争」

大東亜戦争後も様々な説が出された。その量は際限がないといって良く、代表的な事例に限り概説する。

一九五五年、小林行雄（後に京大教授）は、京都府木津川市の「椿井《つばい》大塚山古墳」から多くの鉄器以外に、三十二面の三角縁神獣鏡《さんかくぶちしんじゅうきょう》など計三十六面の鏡が出土したことから、鏡を根

献9p14）と見ていた。

私は、石原博道氏や森浩一氏と同じ立場をとっている。但し、私の手法が彼らと異なるのは、文献をベースにしながらも、考古資料や文化人類学を援用し、多方面から科学的、論理的に検討を加えることにある。次に事例を紹介する。

井沢元彦氏・『逆説の日本史　古代黎明編』の誤とは

今までの邪馬台国に関する議論は、決定打がないままに行われてきた観があった。だが、天文学者から「あの時代に大和や北部九州で皆既日食が起きた」なる説が提示されるに及び、この話に飛びついた人たちがいた。

例えば、井沢元彦氏は『逆説の日本史　古代黎明編』（小学館）で次のように記していた。

「古天文学の創始者は元東京大学東京天文台教授で天文学者の斉藤国治氏である。その内容は『古天文学　パソコンによる計算と演習』（恒星社刊）、『古天文学の道』（原書房刊）に詳しい。斉藤氏は、日本の神話上のある重大事件について、仮説を立てたのである」（260）

「この日本列島に国があったことが史料の上からも確認できる一世紀から、邪馬台国の時代までに、日本列島上で観測できた皆既日食はたった二回しかない。

紀元一五八年七月十三日　紀元二四八年九月五日

この二回だけである。後者に注目して頂きたい。紀元二四八年とは、魏志倭人伝の研究者が一致して認める、ある重大事件が起こった年だ。卑弥呼の死んだ年なのである」(260)

この話は、何か科学的で信憑性がありそうに思えたので、氏のいう通り『古天文学の道』を買い求めて確認してみた。すると斉藤氏は二四八年の日食について次のように記していた。

「この日食は石川県能登半島と新潟県、そして福島県を横断して太平洋に抜ける早朝の皆既日食である。その様子は図十一―二を見られたい」(186)

図十一―二とは図3であり、皆既日食帯から外れた大和や北部九州では皆既日食にならない。更に、「大和では早朝、五時から七時までの部分日食に過ぎず……」と解説しており、部分日食では辺りは暗くならない。斉藤氏は、図まで添えて「皆既日食が見られる地域は限られている」としたのに、井沢氏は理解できなかったことが次の一文で確認できる。

「卑弥呼が死んだ二四八年にたまたま皆既日食が起こり、そのために卑弥呼の死が〝アマテラスの岩戸隠れ〟という神話になって長く記憶されることになった、ということだろう」

266

『古事記』には、「高天原はすっかり暗くなり、葦原の中つ国も全て暗闇になった。こうして永遠の暗闇が続いた」とあり、早朝の二時間ほどの部分日食では周囲は暗くならず、これを卑弥呼の死に結び付けるには無理がある。だが、氏は次のように記していた。

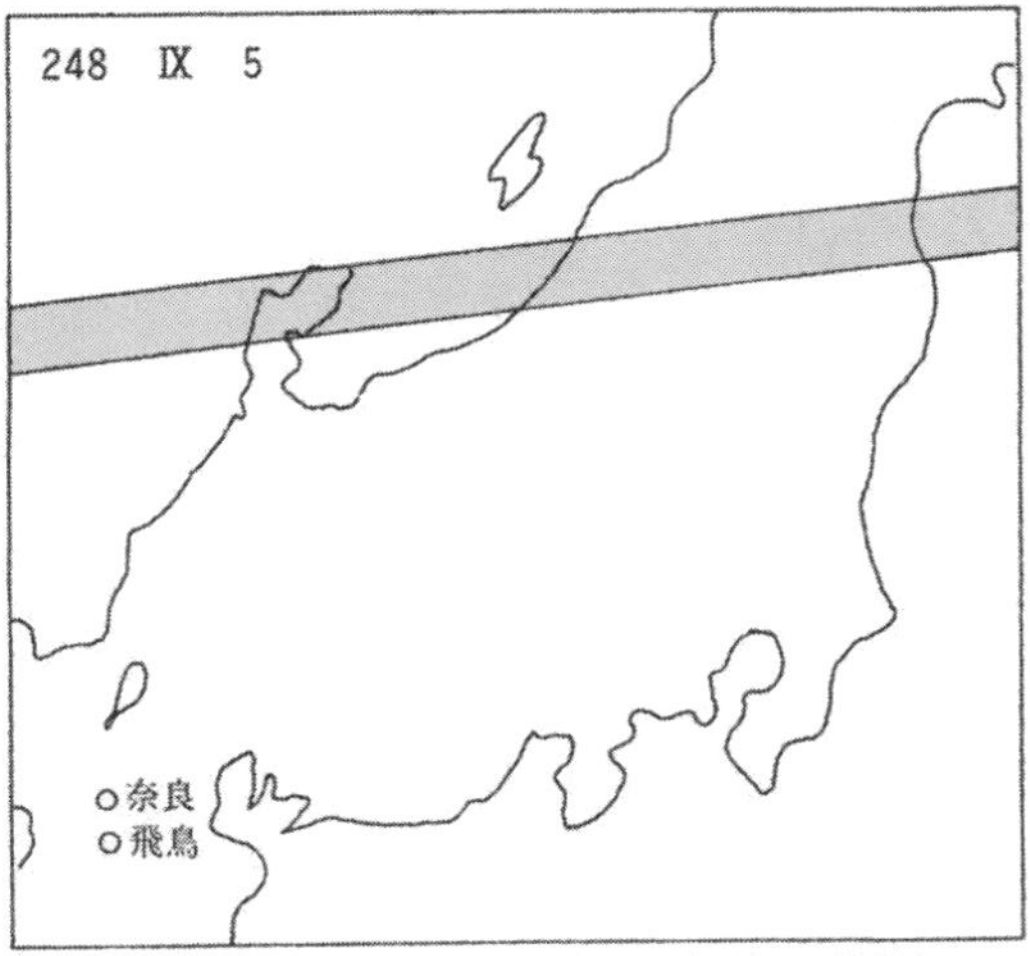

図11－2　A.D.248　IX　5の皆既日食の経路図。

図３　西暦248年9月5日の皆既日食帯

「私は、邪馬台国東遷説をとる。九州にあった邪馬台国が東へ移動し、近畿の地方政権（水野祐氏の言う原大和国家）を倒して、大和朝廷になったと考えるのである。

邪馬台国東遷説を初めて唱えたのは、哲学者の和辻哲郎氏である。続いて前述した井上光貞氏もこれに賛成した。最近では安本美典氏、奥野正男氏もこの論者である。

（中略）

大和朝廷には神武天皇の征服神話、つまり神武東征の物語があるが、これは実際にあった邪馬台国の東遷を神話化したものである。その証拠に、この東征神話には北九州を征服する話しがない。それは、この征戦を起こした勢力の本拠地が、その北九州だったからである」(347)

氏は「考えるのである」と決めつけたが、根拠ゼロの空想だった。だが、これが二五年間主張してきた氏の古代史観であり、多くの読者がこの説を信じていった。

井沢氏らの変節・九州説から畿内説へ

処が、これほど「邪馬台国東遷説」を主張してきた井沢氏は、『古代史15の新説』(宝島社二〇一六年)であっけなく変節していた。

「邪馬台国をめぐる議論の決め手となるのは、なんと言っても考古学です。邪馬台国が、『魏志倭人伝』に記されたような、あれほどの規模を誇る国であったならば、かならずそれに見合うだけの遺跡が見つかるはずなんです。

大和の現在の桜井市に箸墓古墳という有名な古墳があります。これは古くから女性の墓だということは分かっていて、私もこれが卑弥呼の墓ではないかと思っていたのですが、私が

『逆説の日本史』の連載を始めた二十五年前には、卑弥呼の時代と年代が合わない、百年ずれていると考古学の研究者たちは指摘していました。

それでは仕方ないということで、私はこの考えをいったん退け、邪馬台国が九州にあり、そこから東遷してきたという説を唱えたわけです。ところが現在では、箸墓の年代観は百年動いてしまい、結局、卑弥呼の時代と一致することになってしまいました。（中略）

邪馬台国の所在を特定するためには、卑弥呼の墓だけではなく都市の存在も必須なのです。したがって、現在ではやはり箸墓は卑弥呼の墓であり、纏向一帯が邪馬台国であったろうという考えに改めています。つまり、畿内説に変わったわけです」(211)

考古学が原因で変節したことは分かったが、なぜ『古天文学の道』を正しく読まずに九州説を唱えたのかを語って欲しかった。変節前の論を信じ、孫請けで本を書いている百田氏や読者もいるのだから、自らの変節を広く世に知らしめるべきではなかっただろうか。

原田実氏も、日本最大の鉄素材加工地が発見されたのを契機に変節していた。

「私はこれまで邪馬台国九州説をとってきた。しかし、数年前、私にその認識の転換を迫るような考古学的発見がなされた。それは兵庫県淡路市の五斗垣内《ごっさかいと》遺跡である（中略）。現時点では倭の首都すなわち邪馬台国の所在も北部九州地方より近畿地方の方が妥当と考

える次第である」(15)

かつては、北部九州に比べ、近畿地方の鉄製武器は貧弱と言われたが、原田氏も指摘したように、二〇〇七〜八年にかけて淡路島で「五斗垣内遺跡」が発見された。その結果、これは一世紀から二世紀にかけての一大鉄器製造拠点であることが明らかになった。弥生中期の大阪府、池上・曽根遺跡からも、鉄製品の工房跡が発見された。

だが、アカデミズムの外にいて、自由なはずの井沢氏や原田氏は、「纏向は垂仁天皇と景行天皇の都だった」とは言わなかった。お二方とも、『記紀』を読まずに古代を語っていたのか、或いは、今も「検閲済み古代史観」に拘束されたままなのだろうか。

安本美典氏の「論」の検証

では、井沢氏が語った「安本美典氏」の東遷論はどうか。氏は「安本史学の集大成」と銘打った『真説　邪馬台国　天照大神は卑弥呼である』(心交社　二〇〇九)で次のように記していた。

「きわめてふしぎな事実がある。それは、卑弥呼の死の前後に、二年続けて、北九州の上を、ほぼ皆既日食といえる日食が通り過ぎているということである」(222)

氏はオーストリアの天文学者・オッポルツェル（一八四一～一八八六）が著した『蝕宝典』を根拠としていたようだ。そこには、日本には「二四七年と二四八年に皆既日食があった」と記されており、氏は『古天文学の道』の著者・斉藤国治氏と『古事記が明かす邪馬台国の謎』の著者・加藤真司氏に、再検討をお願いした手紙を送り、次なる結論を得たと書いてあった。

「その結果、二四七年と二四八年の二年にわたり、北九州で皆既日食といえるものが起きていることが、確認されている。私の編集している『季刊邪馬台国』の57号では、斉藤国治氏などから原稿をいただき、日食についての特集を組んでいる（奈良では、二四八年のみ皆既日食。二四七年のものは、皆既日食とはいえない）。天の岩屋伝承が……」(224)

結局、「オッポルツェルの計算が正しかった」と読んだ私は、「天文学の専門家も間違うことがあるのか」と意外な感に打たれた。そして、安本氏は次のように記していた。

「まれに見る日食現象が、二年続けて起きた。この異常な現象は、天照大神は卑弥呼の神話化した記憶であり、『古事記』『日本書紀』の語る天照大神の岩戸隠れは、卑弥呼の死と日食とが重なったことが神話化したものと考えれば、符節が合うのである」(237)

だが皆既日食は一回なのだから暗くなったのは一回のみであろう。私は「皆既日食といえるもの」や「日食現象」なる言いようが気になり、『季刊邪馬台国』の57号を入手し、更に探すと、国立天文台報　第13巻、85―99（二〇一〇）「『天の磐戸』日食候補について」なる論文に巡り合った。

読んでみると、東京天文台の谷川清隆氏と相馬充氏は次のように論じていた。

「二四八年の日食は（中略）近畿、九州いずれでも皆既にならない。だから「天の磐戸」日食の候補としては失格であると筆者らは考える。近畿でも北九州でもあたりは暗くならない。次に二四七年三月二四日の日食。（中略）。この日食も候補から外れてしまう」（88）

「これで決まりか」と思ったが、この話はまだ終わらない。

「卑弥呼の都」は暗くならなかった

更に探すと、国立天文台報　第14巻、15―34（二〇一二）「247年3月24日の日食について」なる論文を知った。ここで、谷川清隆、相馬充、上田暁俊、安本美典氏は次のように論じていた（共同執筆者に安本美典氏の名があることに注目願いたい）。

「二四七年三月二四日の日食が北九州で皆既になるかどうかは興味深い。（中略）。結果は図８にしめした。図に見られるように、北九州市周辺は皆既になるが、福岡市や佐賀市は皆既帯からはずれ、いずれの場合も食分０・99ないし０・98となる。日食の期間中、あたりは暗くならないことを指摘しておく」(22)

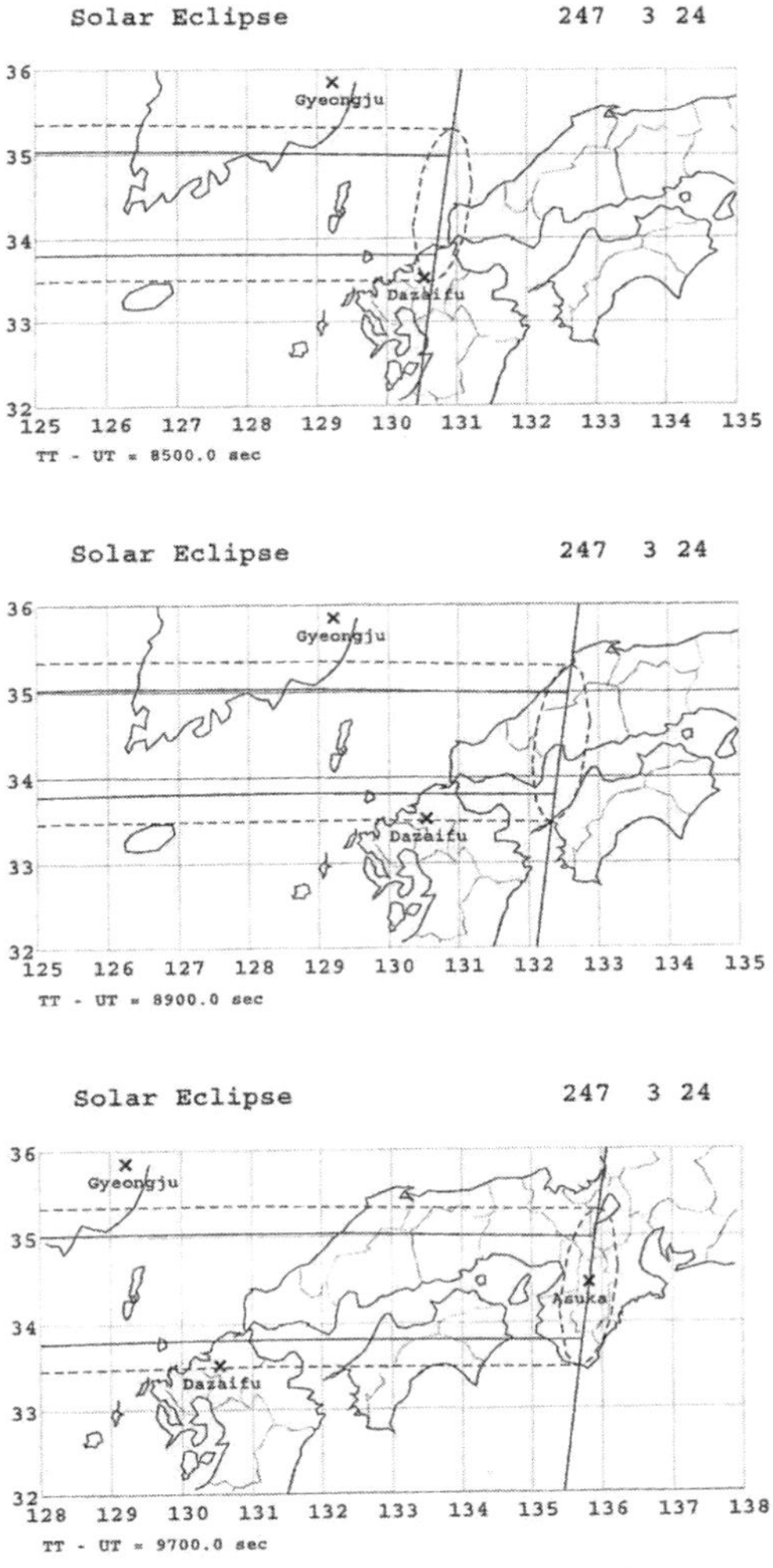

図４　西暦 247 年 3 月 24 日の△Ｔ（地球時計遅れ）を考慮した日食範囲

図8とは、図4である。結論は、「二年続けて」ではなく、「二四七年のみ」上記の位置で皆既日食や部分日食が起きた、となる。では、安本氏は「邪馬台国はどこにあったと考えていたのか」と探すと、『古代史15の新説』で次のように記していた。

「私は、卑弥呼の都、邪馬台国は、朝倉市を中心とする地域にあったと考える」(43)

朝倉市は、福岡市の東南、二十キロにある大宰府(図4のDazaifu)の更に東南、二十キロに位置する。すると、この論文から導かれる結論は、「日食の期間中、朝倉市あたりは全く暗くならない」となり、この事実を氏も認めたことになる。

ならば、「この異常な現象は、天照大神は卑弥呼の神話化した記憶であり、『古事記』『日本書紀』の語る天照大神の岩戸隠れは、卑弥呼の死と日食とが重なったことが神話化したもの」(237)なる「論」が成り立つとは言い難い事態となった。何しろ、「あたりは明るいままなのだから、『古事記』にある「葦原の中つ国も全て暗闇になった。こうして永遠の暗闇が続いた」と相容れないからだ。

結果、氏の持論も、氏自ら名を連ねた東京天文台による科学的検証と、氏自ら主張する「卑弥呼の都、邪馬台国は朝倉市を中心とする地域にあった」により赤信号が灯る結末となった。

竹内睦奏氏、「口伝」の検証

次に、自称第七十三世竹内宿禰《すくね》、「私は研究者ではなく　伝承者である」なる竹内睦奏の『古事記の邪馬台国』（青林堂　平成二十九年）を開いてみた。そこで氏は次のように断定していた。

「この夜麻登登母母曾毘売命《ヤマトトモモソヒメノミコト》こそ、邪馬台国の日巫女《ヒミコ》です。『帝王日嗣』に基づくと、孝元天皇の即位は一八六年です。夜麻登登母母曾毘売命こと日巫女は、孝元天皇の妹です」（133）

氏のいう日巫女は『魏志』倭人伝の卑弥呼を指している。では壱与とは誰か。

「夜麻登登母母曾毘売命が日巫女で、豊鉏入日売命《トヨスキイリヒメノミコト》が壱与《トヨ》なのは間違いありません。ということは、少なくとも豊鉏入日売命が祭祀王のときは、邪馬台国は間違いなく奈良にあったことになります。もっと具体的に言うと、檜原神社が神殿です。その下の纏向が邪馬台国です」（145）

口伝《くでん》に基づくとこうなるという。では日巫女は何処に葬られたか。

孫引きで本を書く作家が登場するからだ。

『古代史15の新説』が出版されたのが二〇一六年十二月、『日本国紀』は二〇一八年の十一月、即ち、百田氏は二年も前に公表された井沢氏の変節を知らぬまま『日本国紀』を出版したという、笑うに笑えないお話となった。

百田氏の『記紀』否定と狗奴国東征論

次いで話は大和朝廷のルーツに移っていく。

「私は、大和朝廷は九州から畿内に移り住んだ一族が作ったのではないかと考える。記紀にも、そのようなことが書かれている。いわゆる神武東征（神武東遷ともいう）である」（19）

ここまでは順当だったが、話はおかしな方向へと迷い込んでいった。

「こういったことから、「神武東征」は真実であったと私は考えている。ただし神武天皇が邪馬台国の末裔かどうかはわからない。前述のように、『記紀』に卑弥呼に関する記述がまったくないからだ。『魏志』「倭人伝」には、邪馬台国は狗奴《くな》国と戦っているという記述があるが、私は、その後、狗奴国が邪馬台国を滅ぼしたのではないかと見ている。神武天皇は邪馬台国を滅ぼした狗奴国の流れを汲む一族の出身ではないだろうか」(20)

そんなことは、『記紀』には一切書かれていない。これは『記紀』を否定した水野祐氏の「説」の借用であり、この一文を普通に理解すると、「狗奴国が邪馬台国を滅ぼし、後に狗奴国の一族である神武天皇が東征して大和に建国した」となろう。

すると、晋の皇帝の起居注《ききょちゅう》によれば、泰始《たいし》二年(二六六年)に「倭の女王が晋に朝貢した」とある。即ち、邪馬台国はこの頃まで存続したと考えられる。百田氏の説に従えば、神武東征は二六六年以降となろう。

では、例えば二六六年を起点に、実年代が確定している第三十代・推古天皇(六二八年崩御)まで、歴代天皇は各々何年に誕生し、何年に即位し、何年に結婚し、皇子が生まれ、そして何年に崩御したか。神武、綏靖《すいぜい》、安寧《あんねい》……と辿って行けば、氏の仮説は確実に破綻し、『記紀』の否定に至るだろう。

処で氏は、神武東征の出立地を何処と思っていたのか、と探したが見当たらなかった。それは書けなかったということだろう。次いで氏は、「私が神武東征を事実と考える根拠の一つが銅鐸である」(20)と記したが、如何なる論理展開になるのか追ってみたい。

崩壊していた「銅矛・銅鐸文化圏」論

著名な哲学者・和辻哲郎（一八八九～一九六〇）は、一九二〇年に「邪馬台国東遷説」を発表した。それは次のようなものだった。

和辻は、「記紀にある神武東征は単なる空想ではなく、何らかの歴史的事実の反映」と推定した。「記紀には矛や剣は出てくるが、畿内以西に多く出土する銅鐸の記述がないのは、銅矛文化圏たる北部九州から、ある勢力が大和へと侵入して銅鐸文化圏である大和を征服したからだ」と思い描いた。井上光貞、安本美典、奥野正男、古田武彦各氏もこれに与したように、一見尤もらしいこの説は多くの人を魅了していった。

だが和辻は、次なる古代史文献の有名な一場面を閑却していた。

今は忘れ去られているが、かつては山砂から砂鉄をとり、鉄を得ていた。天孫族がこの技術を取得したのは相当に古く、『古事記』の天照大神の「天の石屋戸《いわやど》」にも製鉄の話が出てくる。「天《あま》の金山《かなやま》の鉄《まがね》を取りて、鍛人天津麻羅《かぬちあまつまら》を求ぎて……」がそれであり、『古語拾遺《しゅうい》』（齋部広成撰　西宮一民校注　岩波書店）にも、「天目一箇神《あめのまひとつのかみ》をして雑の刀《くさぐさたち》・斧及び鉄の鐸《さなき》を作らしむ」(19)とある。

天目一箇神《あめのまひとつのかみ》とは、溶鉱炉の温度を知るために火窪《ほど》を見続け、遂には片目になってしまった熟練製鉄技術者への尊称であり、鐸《さなき》とは銅鐸の前の時代に作られた鉄鐸を意味する。そして天細女命《あめのうずめのみこと》が天照大神が籠《こも》った石屋戸《いわやど》の前で踊るのだが、「手に鐸着けたる矛を持ちて（中略）巧《たくみ》みに俳優《わざおき》を作《な》し、相与《あいとも》に歌ひ舞わしむ」(20)とある。

大和朝廷の遠い祖先は、神代の昔から山から砂鉄を取り、銅鐸が作られる前から鉄で鐸を作り、矛に着けていた。鐸と矛は共存していたのだ。

その後、和辻説が信憑性を失ったのは、銅矛文化圏と云われてきた北部九州各所から銅鐸が出土し、何と銅鐸の鋳型さえ発見されるに至ったからだ。この事実を知った松本清張は、『銅鐸と女王国の時代』（NHK出版　一九八三年）の「まえがき」で次のように記していた。

「一九八〇年、九州・佐賀県鳥栖《とす》市安永田で銅鐸の鋳型が見出されたことは、これまでの学会の通念ないし常識を打ち破るものとして、考古学界・歴史学界に大きな衝撃を与えることとなった。のみならず。教科書の記述を書き直すほどの大発見として、古代史ファン、一般市民の間にも、多くの関心と話題を惹起《じゃっき》したのである」

何と、「銅矛圏」と信じられていた北部九州で銅鐸が鋳造されていた。この発見を受け、銅鐸研究で名高い佐原眞氏は次のように記していた。

「青天のへきれきとでもいうのだろうか。九州で銅鐸の鋳型が見つかったという第一報に接した時は、全く驚き、耳を疑った。驚き以外の何ものでもなかった」（2）

「安永田の鋳型発見に続き、一九八二年春、福岡市博多区蓆田《むしろだ》赤穂ノ浦遺跡からも銅鐸の鋳型が発見された。こうして北部九州で銅鐸が鋳造されたことはいよいよ確かとなった」（7）

これは「銅鐸・銅矛文化圏説」の崩壊を意味する。その後も銅鐸鋳型は発見され、銅鐸も「板付遺跡」、「吉野ヶ里遺跡」、「今宿五郎江遺跡」など、各地から出土し、北部九州を「反銅鐸文化圏」なる見方は〝誤り〟が確定した。

考古学無視・百田氏の神武東征論

それでも和辻の論は、考古学の成果を無視、または無知な人々によって受け継がれ、百田氏もその一人であることが次の一文から分かる。

「二～四世紀頃の日本には、銅矛文化圏と銅鐸文化圏があった（中略）。

畿内から中国地方の東部が銅鐸文化圏で、九州から中国地方西部が銅矛文化圏である。この二つの文化圏は、基本的に重なっていない（一部例外の地域もある）。つまり異なる二つの国

があったと考えられているのだ。二つとも青銅器であるが、銅矛は武器であり、銅鐸は祭祀に使われたものとされている」(20)

だが、松本清張の『銅鐸と女王国の時代』を読むまでもなく、少し調べればこの説は破綻していることを知ったはずだ。また、銅矛は武器ばかりではなく、やがて祭器にされていく。

「ところが銅鐸は三世紀頃から突如として使われなくなった形跡がある。そして、中国地方（特に出雲）の遺跡から発掘される銅鐸は、丁寧に埋められており無傷であることが非常に多い。まるで大事なものを隠すために埋められたかのようだと言う学者もいる。もしそうなら、理由は何だろうか。見つかると危険だから、こっそりと埋めたと考えるのが自然だ。つまり新しい為政者が銅鐸を使う祭祀を禁じた可能性が高いのである」(20)

一九八五年、出雲の「荒神谷遺跡《こうじんだに》」から銅剣三百五十八本、銅鐸六個、銅矛十六本が同時に出土した。ではなぜ、銅剣や銅矛も銅鐸と同じように「こっそりと埋めた」のか。隠す必要がないなら埋める必要はなかったはずだ。だが氏は、次のように類推した。

「一方、大和平野の遺跡で発見される銅鐸は壊された形で見つかるものが多い。大和平野といえば、大和朝廷の最初の本拠地だ。その地から発見される銅鐸の多くが、人為的な力を加えて破壊されているということは意味深長である。世界の歴史を見ても、征服民が被征服民の宗教を弾圧し、その施設や祭祀の道具を破壊する行為は珍しくない。つまり奈良にあった銅鐸文化を持った国を、別の文化圏の国が侵略し、銅鐸を破壊したと考えれば辻褄があう。
もし神武天皇に率いられた一族が銅鐸文化を持たない人々であり、大和平野に住んでいた一族が銅鐸文化を持つ人々であったとしたら、どうだろう。神武天皇の一族が銅鐸を破壊したとしても不思議ではない」(21)

百田氏は、先に紹介した橋本輝彦氏や松木武彦氏の対談(P42)にあるような、既に明らかになっている考古学的事実を全く知らなかったようだ。この一文を読み、古田武彦氏の「神武東征年代の誤認」に基づく謬論を思い出した。

「天皇家という古代権力の主導した社会は、この銅鐸を宝器とする社会とは全く相容れざる祭祀圏であった。それ故、旧来の銅鐸を巡る神話・説話群は新しい権力(天皇家)によって根絶されてしまったのだ」(『盗まれた神話』33)
「いわゆる弥生後期初頭、反銅鐸圏から近畿へと遠来の軍事集団が襲来した……。言うまでもない「神武東征」説話だ」(『ここに古代王朝ありき』196)

図5　平原古墳　墓内副葬品配置図
（銅鏡は全て破砕されていた　文献９Ｐ112より）

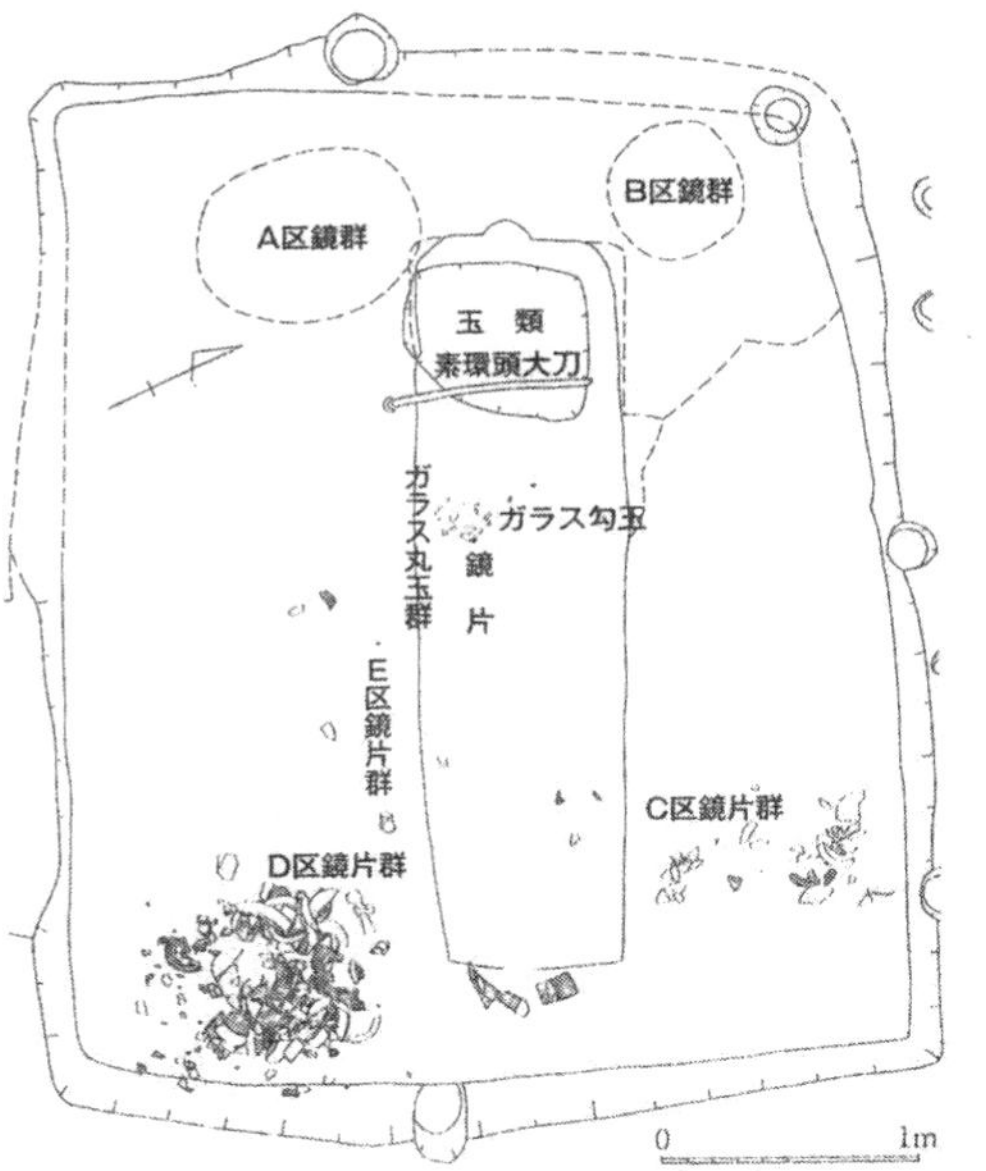

墓壙内副葬品配置図（1／20）

写真３　平原古墳　復原
（伊都国歴史博物館にて）

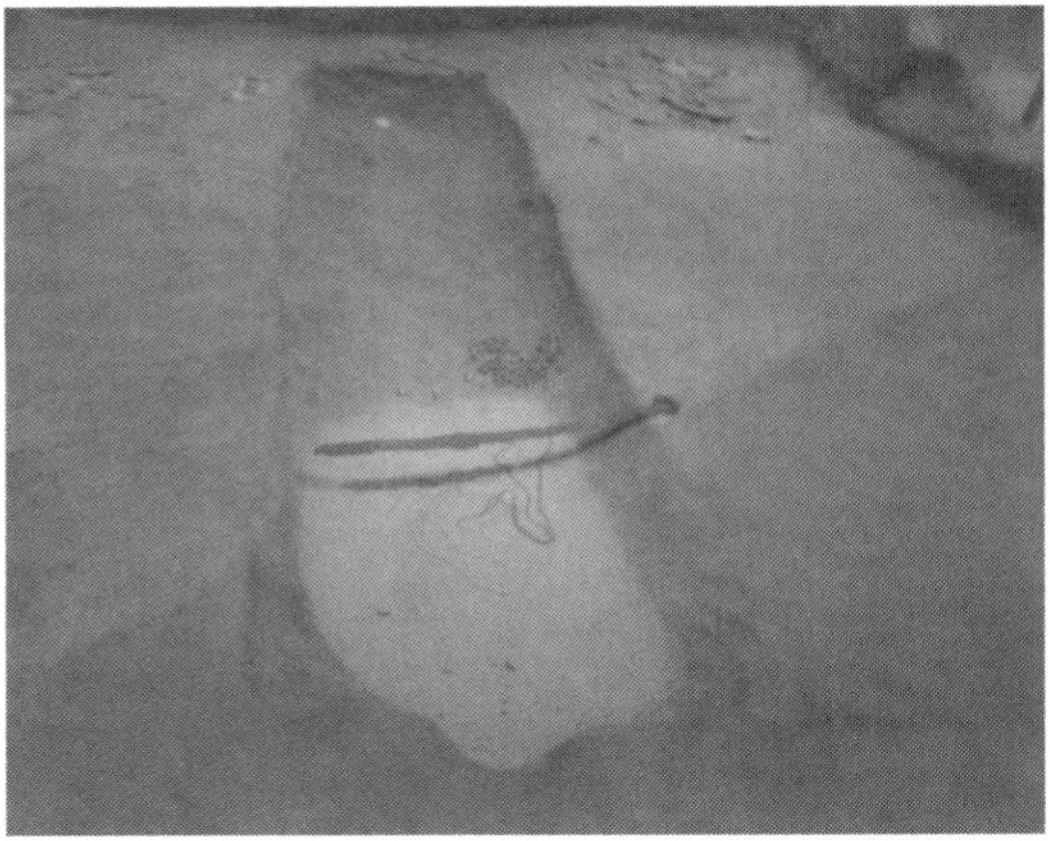

処で、百田氏は、「神武一行が銅鐸を破壊した」としたが、埋納された祭器が破壊されている事例は数多く見られる。

例えば、四世紀初頭に築造された奈良の「茶臼山古墳」(長さ二百七メートル)から、様々な副葬品が出土したが、銅鏡は全て破壊されていた。その破片を繋ぎ合わせると八十一面にもなったという。また、「平原古墳」に埋納されていた銅鏡も全て破壊されていた。(図5　写真3)では、銅鏡文化と相容れない集団が大和や北部九州を侵略し、被征服者を手厚く葬りながら、宝器である鏡を叩き割ったのか。氏の解釈には無理がある。

百田氏が着せた「神武天皇への濡れ衣」

ここでは、「神武天皇の一族が銅鐸を破壊した」なる氏の類推は、事実誤認、神武天皇への濡れ衣であることを論証してみたい。

氏の説、「神武天皇は邪馬台国を滅ぼした狗奴国の流れを汲む一族の出身」に従うと、神武東征の時期は三世紀の後半、二六六年以降となろう。

同時に氏は、「銅鐸は三世紀頃から突如として使われなくなった」としていた。つまり、二〇〇年ころから使われなくなった、とおっしゃる。加えて氏は、「神武天皇の一族が銅鐸を破壊した」とした。

氏の論に従えば、「神武東征の前から大和では銅鐸は突如使われなくなった」となる。そして、銅鐸が壊されていたなら、神武天皇が大和に来られる前、二〇〇年頃から銅鐸は破壊されていた、となる。すると、「神武天皇の一族が銅鐸を破壊した」は成り立たない。ご自分で述べた言葉を追って行っただけでも、論理破綻しているではないか。

氏は、『魏志』倭人伝にある「裴松之の注」を知らなかった。その結果、「皇紀と西暦は違う」ことも知らなかった。知っていれば、「神武一行が銅鐸文化圏の征服と破壊を行った」なる誤認に至らなかったと思われる。

神武天皇の即位は、紀元前七十年頃のことであり（表2・1）、その後、二、三百年間、大和に銅鐸は存在したとなる。即ち、神武天皇は銅鐸を用いた祭祀を禁止しなかった。「銅鐸は三世紀頃から突如として使われなくなった」のは全く別の理由からなのだ。「神武天皇の一族が銅鐸を破壊した」など、何の根拠もない神武天皇への濡れ衣、機会をつくって訂正して頂きたい。

神武東征後の大和の実態

百田氏が空想するように、神武一行が「銅鐸文化圏の征服と破壊」を行ったのなら、この戦いで親兄弟、親類縁者を失った人々から根深い反感を買ったと思われるのに、その後の掃討戦や復讐戦など一切採録されていない。

話は逆で、神武天皇即位の後、「さて、七人の少女《おとめ》が、高佐士野《たかさじの》に出て野遊びをしていた」と『古事記』にあるように、この地は平和な雰囲気に包まれていた。

神武天皇は、ヤマトの人々から「神の御子《みこ》」といわれた媛踏鞴五十鈴媛《ひめたたらいすずひめ》を正妃に迎えることを勧められ、承諾し、その意向を伝えに黥面《げいめん》の猛者《もさ》・大久米命が近づいたとき、彼女は恐れることなく、「どうしてイレズミをしているのですか」と聴いたとある。即ち、少女らは大久米命に何の恐怖も抱いていなかった。

こうして二人は結婚し、神武天皇は入婿のような形で三輪山の麓《ふもと》の細流、山百合咲き乱れる狭井《さい》川の畔《ほとり》にある媛踏鞴五十鈴媛の家で、菅の蓆《むしろ》を清々しく敷き詰めて過ごした。それでも命を狙われることもなく、「お生まれになった御子の名は日子八井《ひこやい》命、次に神八井耳《かむやいみみ》命、次に神淳名川《かむぬなかわ》耳尊の三柱である」と『古事記』にある。

三人の皇子は紛れもなく大和の守護神、三輪の大神《おおみわ》神社の事代主《ことしろぬし》神の孫であり、三輪山の神と摂津《せっつ》の湟咋《みぞくひ》神社の血統が、日向から来た神武天皇の子孫へ受け継がれたことを意味する。

そして神武天皇は、日向で生まれた長男、手研耳《たぎしみみ》命ではなく、大和で生まれた末子・神淳名《かむぬな》川耳尊《かわみみのみこと》を皇太子とし、やがて綏靖《すいぜい》天皇になったことが決定的な意味を持っていた。大和の「神の御子」の血を受け継いだ皇子が第二代天皇になり、両者の絆《きずな》は益々強固なものとなったからだ。

この一文を知っていたら、「銅矛文化圏の神武天皇一族が銅鐸文化圏たる大和を侵略し、この地の祭器である銅鐸を叩き壊した」などという荒唐無稽な類推は出てこなかったのではないだろうか。

百田氏の「応神王朝誕生説」

読み進めると氏は、「神功皇后の謎」なる項で次なる疑念も呈していた。

「それは神功皇后の出産である。生まれた子は後に第十五代応神天皇となるが、『古事記』によると、応神天皇は父の仲哀天皇の死後、十五ヵ月後に生まれたことになっている」(25)

そうではない。『古事記』によると、仲哀《ちゅうあい》天皇は「壬戌《みずのえいぬ》の年の六月十一日に崩御になった」(文献４ｐ200)と書いてあるだけで、応神天皇の誕生日は採録されていない。故に「仲哀天皇の死後、十五ヵ月後に生まれた」には根拠がない。

実は、井沢元彦氏は次のように記しており、百田氏はこれも孫引きしたのではないか。

「古事記では仲哀八年の九月一日に仲哀天皇が死んだのに、日本書紀ではその子とされる応神天皇は仲哀九年十二月十四日に生まれたと書いてある。すると妊娠期間は十五か月になり、だからこの記述はあり得ない、仲哀天皇は応神天皇の父親ではない」（文献10ｐ331）

氏は、井沢氏が行《おこな》った、『古事記』と『日本書紀』の記述を故意に混同し、「妊娠期間は十五か月」を導き出した作為を見抜けなかった。では『日本国紀』にはどう書いてあるか。

「『日本書紀』では、仲哀天皇の死から十ヵ月と十日後に出産したことになっているが、いわゆる「十月十日」（人の妊娠期間）というのは、実は九ヵ月と十日なので、これも通常の妊娠期間より一ヵ月も長い」（25）

百田氏は、この時代に「太陽暦が使われていた」と誤認していたのではないか。なぜなら、「人の標準妊娠期間は九ヵ月と十日＝２８０日」なのに、日本書紀に「十ヵ月と十日後」とあるから「通常の妊娠期間より一ヵ月も長い」と断じていたからだ。

だがその時代、太陽暦は使われていなかった。仮に、太陰暦に沿って一ヵ月を二十九日とすれば、十月十日は三百日となり、標準妊娠期間に比べ二十日長くなる。

確かに標準より長いが、だからこそ『日本書紀』に、「皇后は、新羅遠征が終わって帰る日に、ここで産まれて欲しいと祈った」と書いてあるのではないか。そして妊娠期間が長かったため、応神天皇が誕生した時、「腕の上に盛り上がった肉があった」と書いてあるのではないか。標準より大きな赤子であったことが想像される。

仮に、編著者がウソを書くつもりなら、応神天皇の誕生日を高々二十日ほどずらせば済んだ話だ。そうすれば、〝下衆の勘繰り〟を排除できたが『記紀』の編著者はしなかった。

「歴史研究家の中には、この時に王朝が入れ替わったのではないかという説を唱える人が少なくない。仲哀天皇は、熊襲との戦いで戦死し、代わって熊襲が大和朝廷を滅ぼして権力を掌握したという説だ。（中略）。私はこの説はかなり説得力があるものと考えている」(26)

私がこれを〝下衆の勘繰り〟と断じたのは、『古事記』には仲哀天皇の存命中に神功皇后は身籠っていたことを示す神の言葉、「すべて先日の神託と同じで、すべてこの国は、皇后さまのお腹におられる御子（応神天皇）が統治されるべき国である」（文献5p182）と書いてあり、『日本書紀』にも仲哀天皇存命中に、「皇后は今はじめて孕《みごも》っておられる。その皇子《みこ》が国を得られるだろう」（文献1p184）との神託があったと書いてあるからだ。

だが、氏はこれを無視し、応神天皇に「神」の字があるということを理由に邪推した。

「敢えて大胆に推察すれば、ここで王朝が入れ替わり、その初代を表すために、「神」の文字を用いたように思える」（27）

では、第十代崇神天皇にも「神」の字が使われているが、崇神天皇の御代に「王朝の交替」はあったのか。無いならなぜ「神」の字が使われたのか。氏の論には整合性がない。

なぜ「継体新王朝説」を信じたか

氏は、皇紀と西暦の違いを理解していなかったことが次なる一文で分かる。

「『日本書紀』によれば、五〇六年に二十五代武烈天皇が崩御した時、皇位継承者が見当たらず、越前（現在の福井県北部）から応神天皇の五世の孫である男大迹王《おおどおう》を迎えた。翌年、男大迹王は即位して天皇となるが（継体天皇の名は死後の諡号《しごう》）、何とこの時、五十八歳だった。当時としては大変な高齢である」（31）

『日本書紀』には、継体天皇は「二十五年、病気が重くなり八十二歳で崩御された」と書いてあるから、継体天皇は五十八歳で即位した、と判断したと思われる。だが、『古事記』

には「四十三歳で崩御」と書いてある。『古事記』を読めば、上記の一文はためらったはずである。

なぜなら、百田氏は『日本書紀』を根拠に、継体天皇は五十八歳で即位したとしたが、それなら『古事記』にある「四十三歳で崩御」はありえないからだ。

実際、皇紀を実年に換算すると、継体天皇が即位されたのは満年齢で十五歳頃、数え年で十六歳となり、崩御年齢は『古事記』に近い四十一歳となる（表1）。

だが氏は、皇紀と実年の違いを意識しないまま、今度は「神」の字が付かないのに「継体天皇で再び王朝が入れ替わった」とした。

「継体天皇の代で王朝が入れ替わったとするなら、むしろ納得が行く。（中略）

現在、多くの学者が継体天皇の時に、皇位簒奪（本来、地位の継承資格がない者が、その地位を奪取すること）が行われたのではないかと考えている。私も十中八九そうであろうと思う。つまり現皇室は継体天皇から始まった王朝ではないかと想像できるのだ」(31)

氏は、「多くの学者」を拠り所に古代史を語ったが、戦後のアカデミズムは『記紀』否定であることをご存じなかったようだ。その結果、氏も『記紀』を否定し、「皇統の実態は、神武、応神、継体と交代していた」なる「三王朝交代説」の信奉者となっていた。

『日本国紀』の直後、氏は有本香氏と『日本国紀の天皇論』（産経新聞）を世に問うた。古代史部分の余りの酷さに気付き、反省し、勉強し直して朱筆を入れたのかと思いきや、期待は大きく裏切られた。

第三章　邪馬台国は何処にあったか

他にも「邪馬台国」に触れた本はあると思う。だが、評論すれば際限がないので、この辺りで本論に入り、『魏志』倭人伝を通して古代日本を解き明かしていきたい。

『三国志・魏志』巻三〇　東夷伝・倭人

倭人は帯方（郡）の東南、大海の中に在り、山島に依りて国や邑《むら》（村）をなす。旧《もと》百余国あり、漢王朝の時、朝見するものあり、今、使訳（使者と通訳）通ずる所、三十国なり。

「倭人」とは誰を指すか

冒頭の「倭人」とは何か。例えば、『広辞苑』によると、「倭人」とは「中国人が日本人を呼んだ古称」とある。この説明は、他の辞書でも大差ない。「中国、韓国、北朝鮮などでは、日本や日本人に対して侮蔑的な意味を込めて〈倭〉を用いることがある」との解説もある。専門家である石原通博氏は、次のように記していた。（文献7p17）

「中国人がわが国をいかに呼称していたかというと、『隋書』以前は倭（倭人・倭国）であり、

『新唐書』以後は日本（日本国）であり、『旧唐書』では倭国・日本の両伝をたてている」

森浩一氏も次のように記していた。（文献9ｐ9）

「倭人とは古代の日本列島に住んでいた人々にたいして中国人（漢民族）が使った民族名である」

だが、この時代の『後漢書』、『三国志』などにある「倭人や倭国」とは、奈良や京都、ましてや関東や東北を含む今日的概念の「日本人や日本国」を指しているのではない。それは「その時代、シナが交易や外交関係をもった地域に住んでいた人々を指している」と解すべきなのだ。

特に、漢代から外交関係のあった北部九州を中心とする地域を〝倭国〟と称し、〝倭人〟とは「半島南部から北部九州に住んでいた人々を指す」と理解することで、『魏志』倭人伝やその時代のシナの史書を理解できるようになる。

そして、『魏志』倭人伝は信用できない、と主張する人は、辞書に従い、「倭国とは奈良、京都、或いは関東まで含む日本、倭人とはその地域に住んでいる人々」と理解していたと思われる。

韓国人の遠い祖先は縄文人だった

次に「帯方」とは何か。それを知るには、韓国人学者が記す韓半島（以下　半島）の歴史を知らねばならない。

半島には旧石器時代からヒトが住んでいた。しかし遺跡数はわずか五十ヶ所程度であり、紀元前（以下　前）一万年ころからは遺跡も消え去り、即ち彼らは死に絶え、半島は長らく無主の地となっていた（表3・斜線部）。そして前五〇〇〇年ころから櫛目文《くしめもん》土器時代、即ち縄文時代に入っていくことを韓国国立博物館の年表が書き記していた。（表3）

これは日本列島から人々が移り住んでいったことを意味する。ではなぜ列島から半島へと人々は移り住んでいったのか。その並行期、日本列島には一万ヶ所以上の旧石器遺跡があり、人々は絶えることなく日本に住み続け、数を増し、主に九州から溢れるように半島へと移り住んでいった。その後、彼らは三〇〇〇年以上にわたり日本との間を往来し、半島に文明を伝え、我が世の春を謳歌していた。

かつて私は、西垣内《にしがいと》堅佑・前国際縄文学協会理事長から手紙を頂戴したことがある。

「昔、遺跡調査で行ったピョンヤンの国立博物館で縄文土器を見たことがありました。どうして朝鮮半島に縄文土器があるのだろうと不思議に思いました。（中略）

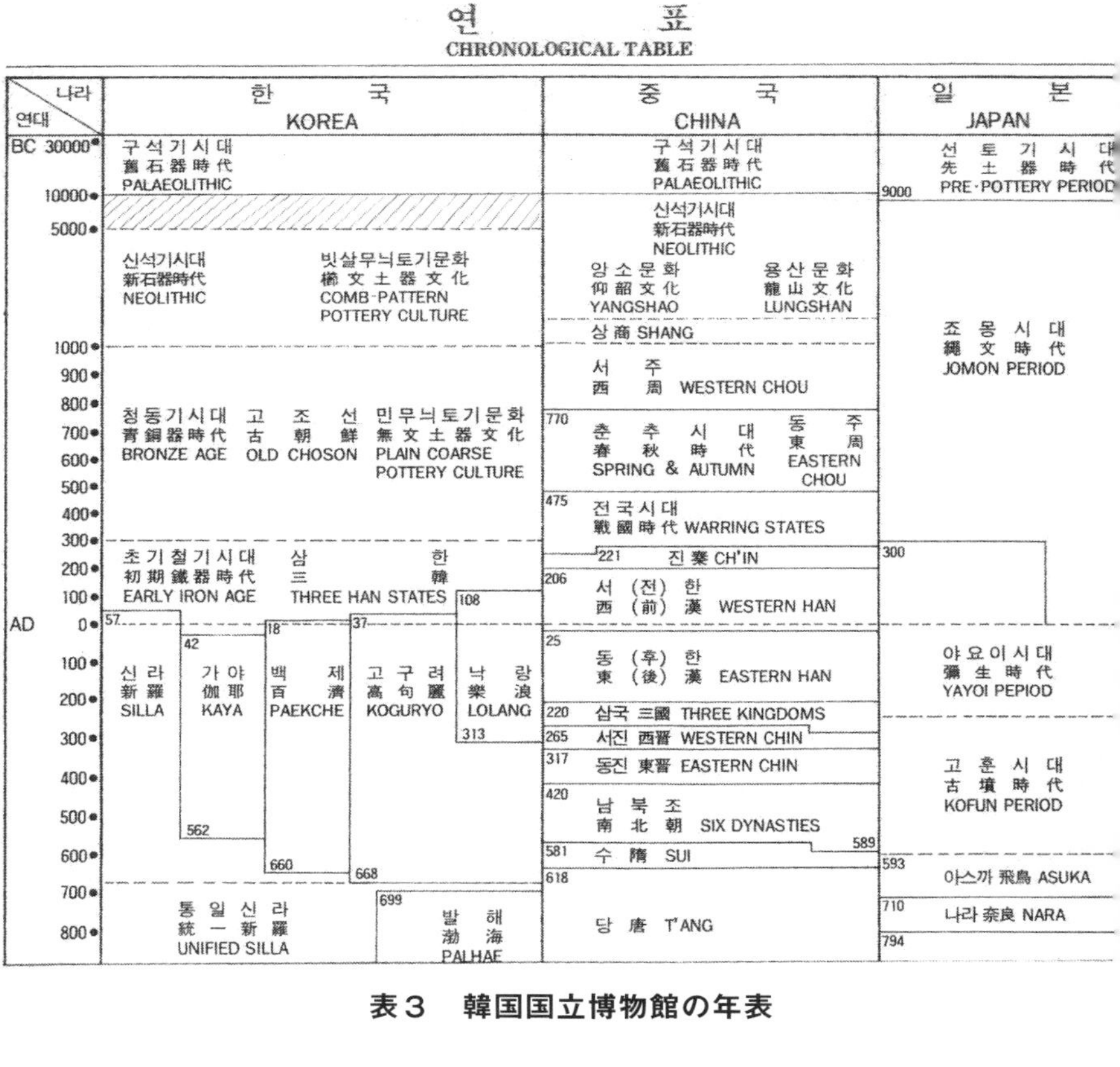
연 표
CHRONOLOGICAL TABLE
나라
연대
한 국
KOREA
중 국
CHINA
일 본
JAPAN
BC 30000
10000
5000
1000
900
800
700
600
500
400
300
200
100
AD 0
100
200
300
400
500
600
700
800
구석기시대
舊石器時代
PALAEOLITHIC
신석기시대
新石器時代
NEOLITHIC
빗살무늬토기문화
櫛文土器文化
COMB-PATTERN
POTTERY CULTURE
청동기시대
青銅器時代
BRONZE AGE
고조선
古朝鮮
OLD CHOSON
민무늬토기문화
無文土器文化
PLAIN COARSE
POTTERY CULTURE
초기철기시대
初期鐵器時代
EARLY IRON AGE
삼한
三韓
THREE HAN STATES
57
신라
新羅
SILLA
42
가야
伽耶
KAYA
562
18
백제
百濟
PAEKCHE
660
37
고구려
高句麗
KOGURYO
668
108
낙랑
樂浪
LOLANG
313
통일신라
統一新羅
UNIFIED SILLA
699
발해
渤海
PALHAE
구석기시대
舊石器時代
PALAEOLITHIC
신석기시대
新石器時代
NEOLITHIC
앙소문화
仰韶文化
YANGSHAO
용산문화
龍山文化
LUNGSHAN
상 商 SHANG
서주
西周 WESTERN CHOU
770
춘추시대
春秋時代
SPRING & AUTUMN
동주
東周
EASTERN
CHOU
475
전국시대
戰國時代 WARRING STATES
221
진 秦 CH'IN
206
서(전)한
西(前)漢 WESTERN HAN
25
동(후)한
東(後)漢 EASTERN HAN
220
삼국 三國 THREE KINGDOMS
265
서진 西晋 WESTERN CHIN
317
동진 東晋 EASTERN CHIN
420
남북조
南北朝 SIX DYNASTIES
589
581
수 隋 SUI
618
당 唐 T'ANG
선토기시대
先土器時代
9000
PRE-POTTERY PERIOD
조몽시대
繩文時代
JOMON PERIOD
300
야요이시대
彌生時代
YAYOI PEPIOD
고훈시대
古墳時代
KOFUN PERIOD
593
아스까 飛鳥 ASUKA
710
나라 奈良 NARA
794

表３　韓国国立博物館の年表

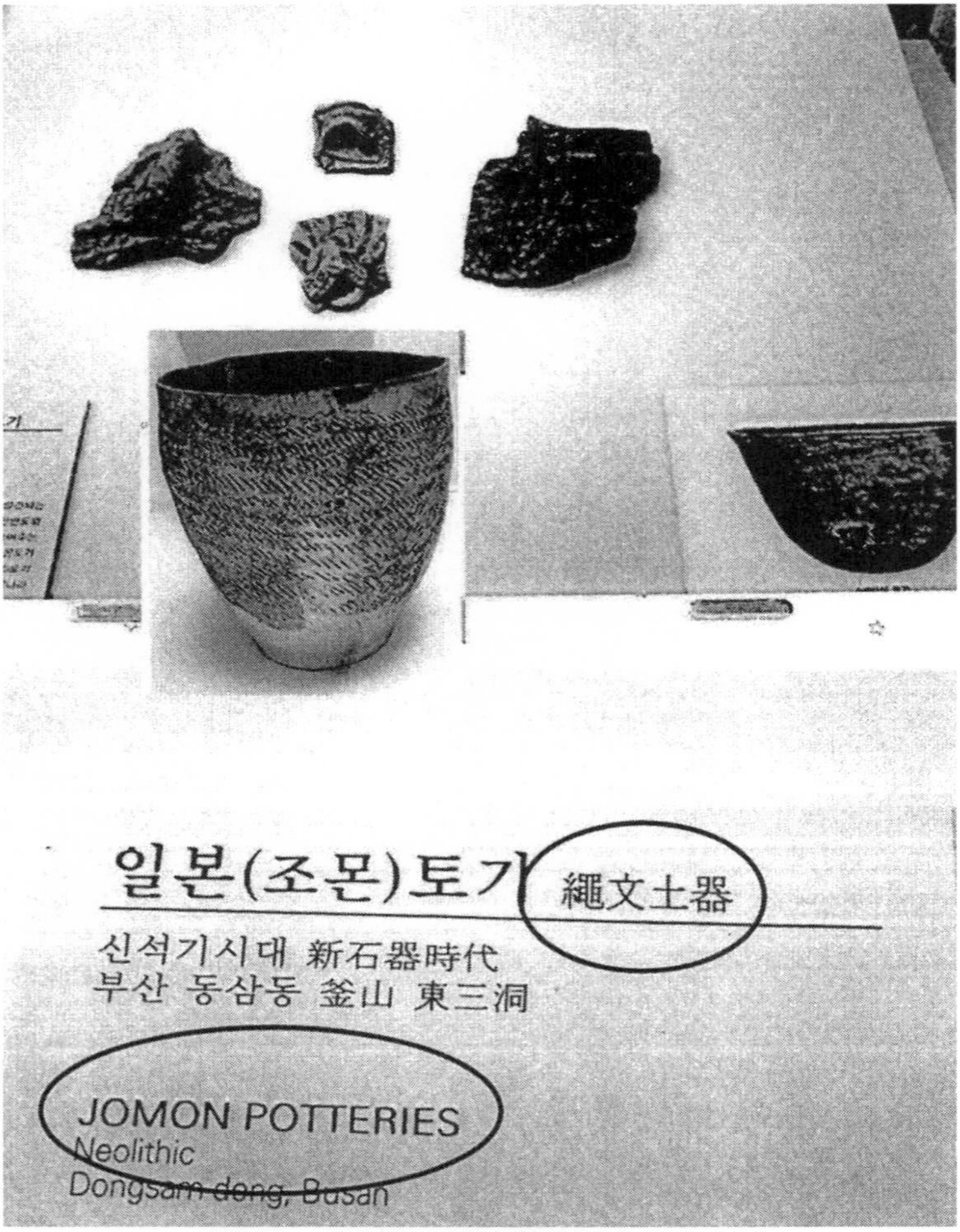

写真４　韓国国立博物館展示の縄文土器

なぜ朝鮮半島で縄文土器が発掘されるのだろうという根本的な問いに対する答えを得たわけではありませんでした。私自身を支配している通念があったためでした。貴著を拝読して初めて疑問に思っていたその謎が解けました（以下略）」

それが拙著、『日本人ルーツの謎を解く』である。韓国国立博物館にも大量の縄文土器が展示してあるが、それは、今の韓国人の祖先が造った文化ではなく、日本から渡った縄文人が遺した文化だった（写真4）。即ち、韓半島の文化は、日本から移り住んだ縄文人が伝えた縄文文化から始まったということだ。

北から侵入してきた「韓民族」の祖先

では今の韓国朝鮮人は縄文人の子孫か、というと必ずしもそうとは云えない。金両基監修『韓国の歴史』（河出書房新社　二〇〇二）に次のようにある。

「旧石器時代人は現在の韓（朝鮮）民族の直接の先祖ではなく、直接の先祖は約四〇〇〇年前の新石器時代人からである。そう推定されている」（2）

四千年前とは前二〇〇〇年のことであり、この頃から北方シナ人が半島への侵入を開始したということだ。前一〇〇〇年から前三〇〇年頃の半島の様子が『山海経《せんがいきょう》』に記されている。

「蓋国《がいこく》は鉅燕《きょえん》の南にあり　それは倭の北であり　また倭は燕に属している」

燕とはこの時代、遼東半島から南満洲辺りを支配した国を指している。北方民族が半島に侵入して千年が過ぎ、縄文人は彼らとの混血により民族的変容が起き、半島北部はシナ人から見て蓋国と呼ばれる地域に変質していた。その南、今の韓国辺りは倭人の住む地域であり、倭は燕に朝貢していたと思われる。

この時代、未だ韓（朝鮮）民族は誕生していなかった。では、何時、どのようにして彼らは誕生したのだろうか。

こうして「帯方郡」は成立した

春秋戦国時代を経て北部シナを統一した秦は、前二二二年に燕を亡ぼしたが、前二〇六年に漢は秦を亡ぼし、前二〇二年になると漢は燕を復活させた。だが、燕王は恩義ある漢に背き、倭諸国が漢へ朝貢するのを妨害するようになった。

そこで前一九五年、漢はこれを攻撃し、北方に追いやったという。その時、燕の武将・衛満は約一千名の兵を率い、半島北部を支配していた箕準《みじゅん》王の元へ亡命、臣下として仕えたとある。衛満は厚遇を受けたが、シナ亡民などを糾合して次第に力を付け、ついに箕準王を追放、王位を簒奪《さんだつ》して「衛氏朝鮮」を建国した。

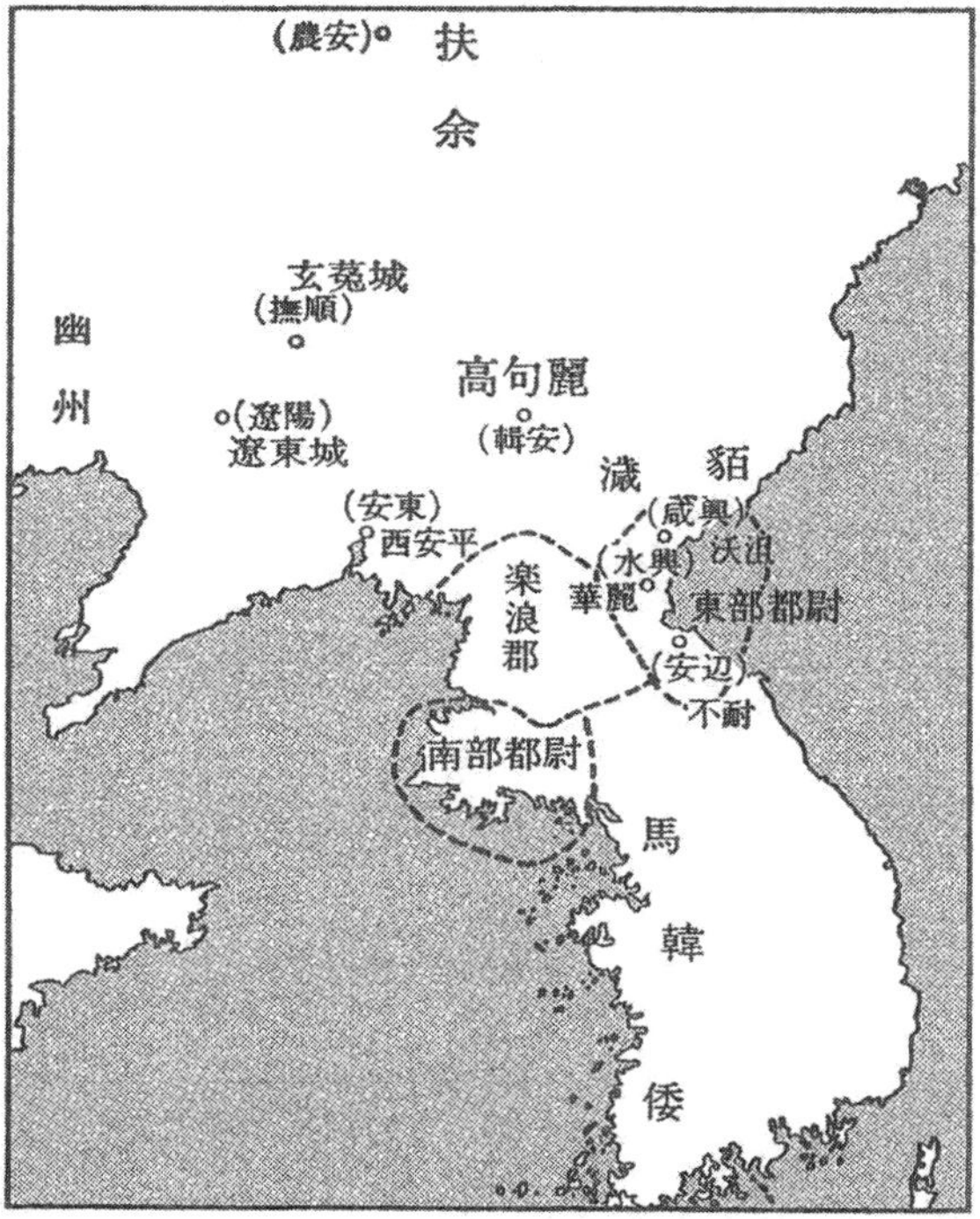

図６　１～２世紀の韓半島
（井上秀雄著『古代朝鮮』講談社学術文庫 P45 より）

前一〇八年、衛満の孫・右準の時代になると漢へ朝貢しないばかりか、周辺諸国が漢へ朝貢するのを妨げるようになった。その為、漢の武帝は朝鮮を攻撃し、右準は臣下に裏切られて殺され、衛氏朝鮮は滅亡に至った。箕準王から衛氏朝鮮滅亡までを「古朝鮮の時代」と呼んでいる。

その後、縄文人の子孫、半島の倭人は北方民族から圧迫され続け、蓋国と倭の一部がシナ人から見て韓（馬韓）と呼ばれる民族へと変質していった。武帝は植民地支配の出先機関、楽浪などを設け、朝鮮の支配を開始した。（図6）

そして平和ぼけの倭人の子孫、馬韓は次々に領土を蚕食され、弱体化して行くものの、半島南部にはシナ人から見て倭人の住む地域が広がっていた。

その後、半島はシナから半ば独立した遼東半島の豪族・公孫氏の支配下に置かれ、三世紀の初めに台頭した韓や濊《わい》を統治するため、公孫氏は楽浪郡を分割して南部に帯方郡を設けた。以後、韓と倭は帯方郡に属することになる。

やがて北部シナを統一した魏は、倭と韓を支配下に置いた公孫氏から支配権を奪うため、二三八年（景初二年）に公孫氏を攻め、滅ぼし、以後、楽浪郡、帯方郡は魏の支配下となり、この地を介して女王国、卑弥呼との交流が始まる。

『魏志』倭人伝とは、この頃の魏と北部九州との交流を記録した、倭人及び倭国の「歴史と文化人類学的文書」と云えよう。

「倭人伝」はシナ正使のための文献である

では女王国、即ち邪馬台国はどこにあったのか。このことは『魏志』倭人伝に書いてあるにも拘わらず百家争鳴なのは、シナの正史に対する誤解があるからだ。これらの史書について、「一般人の旅のガイドブック」と勘違いしがちである。後述するように、学者の中にも空身のウォーキングと誤認している者がいる。

だが、これらの正史は一般庶民に向けて書かれたものではなく、シナ皇帝に献上されたものだった。従って、ここにある邪馬台国への旅程とは、「シナの正使が女王国に着くまでを表している」と読むべきなのだ。倭の諸国を紹介すると同時に、どのような行程で、どのくらいの日数をかければ女王国に着くのか、ということだ。

時代は下るが、シナの属国、朝鮮王国の通信使が日本に朝貢にやってきた時も、その正使ですら輿に乗り、人に担がれて移動して行った。だから、魏の正使が「陸行」する時、当然の如く輿に乗り、江戸時代の大名行列程ではないにしろ、輿を中心に、行列を整えて移動して行ったと見るべきなのだ。（写真５）

写真５　通信使（『朝鮮通信使行列絵巻』部分）
写真は正使の部分（長崎県立対馬歴史民俗資料館蔵）

これらを念頭に、そこに何が書かれているのか、逐次読み進めたい。

帯方郡より倭に至るには、海岸に沿って水行し、馬韓を経て或いは南に、或いは東に向かい、その北岸狗邪《くや》韓国に至る。そこまで七千余里。

倭国への旅程は帯方郡の港から始まる。南に下ると馬韓があり、海岸に沿って南下し、半島南部の倭人の地を東に向かう。では最初の目的地、狗邪韓国とはどこか。『三国志』韓に次なる一文がある。

「韓は、東西は海を以て限りとなし、南は倭と接す」

半島南部は倭人の住むエリアだったことが分かる。その北岸、一番北にある港とは今の金《きん》海《かい》市あたりと考えられている。近くの金海貝塚からは、北部九州で作られた甕棺や弥生土器、青銅器などが出土し、周辺の遺跡からも多くの弥生土器が出土しており、半島南部一帯は倭人の住むエリアだった。（図7）

そして帯方からの距離は、「七千余里」とあるが、これは邪馬台国の位置特定に重要な意味を持っている。

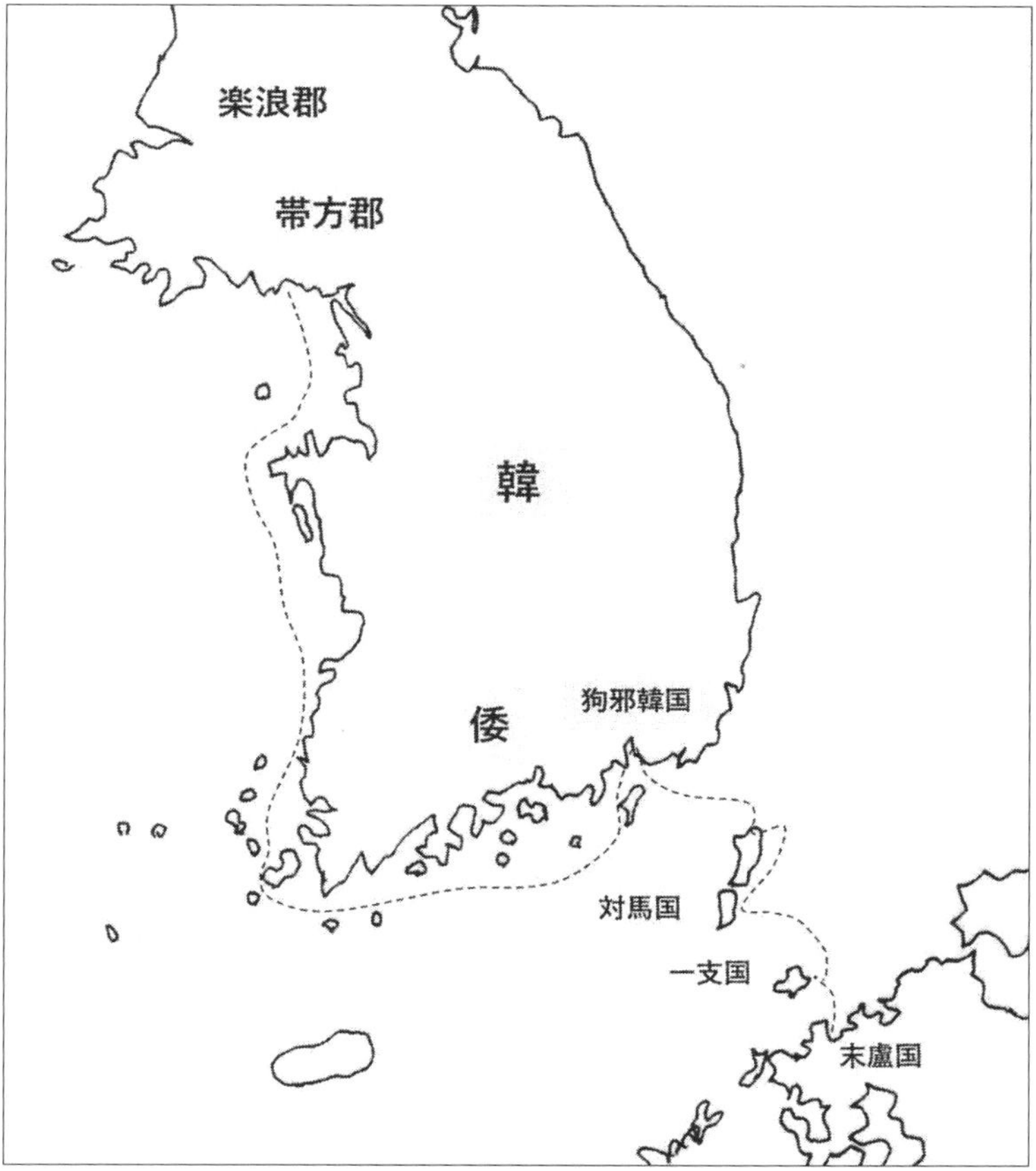

図７　２～３世紀・帯方から末盧国への道

図８　水行の想像図
（『大阪平野のおいたち』青木書店 P99 より）

当時用いられた船は準構造船であり、太い丸太（主にクスノキ）を刳《く》り貫き、繋ぎ合わせ、構造材で補強し、船首と船尾を取り付け、舷側には波除の舷側板を取り付けた。幅一・五〜二メートル、中央部の長さ十メートル程度の船だったと思われる。（図８）

航法としては、帯方郡から狗邪韓国までは、「海岸に沿って」とあるように、最も安全で確実な、陸の目標を見ながらの航海（地乗り航法）だった。この時代、帆は使われておらず、櫂《かい》を使って漕ぎ進むため、航行速度は限られていた。

始めて海を渡る千余里、対馬国に至る。その大官を卑狗《ひく》といい、副を卑奴母離《ひなもり》という。対馬は絶海の孤島、広さは約四百里四方ある。山険しく、深き森多く、道は禽獣や鹿の通る獣道《けものみち》の如し。家は千軒あり、良田なく、海

産物を食し自活し、船に乗り南北に行き交易（市糴《してき》）す。

シナの使節は狗邪《くや》韓国から対馬へと向かった。船は南から北へと流れる海流を考慮し、対馬の北端のやや右に向かって十時間ほど漕ぎ進めば、対馬の北端（距離約七十ｋｍ）、比田勝辺りに着くことができる。

「卑狗」とは「彦」であろう。但し、その前の名、○○彦の○○は省略したのではないか。また、「卑奴母離」は「辺境守」、国境守備の責任者のことではないか。なぜなら、一大国でも同じ名前が使われているからだ。

春から夏にかけての見通しの良い日なら、少し漕ぎ出せば島影が見え、地乗り航法と変わらず航海できたはずだ。他の季節は、台風や季節風の影響があるので避けたと思われる。

その面積は四百里四方とある。後述するようにこの書で云う一里は約七十メートルであり、400×70/1000＝28㎞四方となる。それは約七百八十四平方㎞であり、対馬の面積約七百十平方㎞に近く、当たらずといえども遠からずといった処である。

何度か対馬を訪れたが、福岡から夜行のフェリーに乗り、明け方に対馬を臨み見たとき、それは海中から屹立した峰の重なりだった。下船してレンタカーを借り、島内を巡ると、道は狭く、森の中のドライブそのものだった。

神話に依れば、対馬は伊弉諾《いざなぎ》尊と伊邪那美《いざなみ》尊の間に生まれた島の一つである。従って、対馬に日本人が住み始めたのはきわめて古く、前六八〇〇年ころの隆起文土器や黒曜石の鏃《やじり》や銛《もり》などが出土している。

そして、邪馬台国と同時代、弥生時代後期の遺跡としては、対馬の最北端、西泊湾に臨む丘陵上に「塔の首遺跡」がある。ここは箱式石棺四基からなる墳墓群であり、半島系の遺物と北部九州系の遺物、広鋒《ひろさき》銅矛、小型鉄片、玉類、弥生土器などが出土している。

対馬からは、西日本最大の百四十二本もの広鋒銅矛が出土し、シナや朝鮮で武器だった青銅製の矛は祭器となっていた。対馬では多くの神社もあり、この矛を使った祭祀が行われていたことを連想させる。

「住家千戸」は、魏の使者が数えた戸数ではなく、対馬の大官・卑狗に尋ね、「わが島には千戸ほどある」と答えたことを書いたのであろう。

また対馬には平地が少なく、水田稲作は細々と行わざるを得ず、海産物をもって交易し、必要な米等を入手していた。この一文は対馬を実によく表しており、『魏志』倭人伝の信憑性を高める名文となっている。

シナの使節は対馬北部、比田勝あたりから海岸沿いに漕ぎ進み、今の対馬市のある厳原《いずはら》港辺りから壱岐《いき》へと出航したと思われる。

また南に向かって一海を渡る、名は瀚海《かんかい》、千余里にて一大国に至る。官をまた卑狗とい

い、副を卑奴母離という。島の広さ約三百里四方、竹林・叢林多く、三千ばかり家あり。少しの田畑あり、耕せど食を満たせず、また船に乗り、南北に行き交易（市糴《してき》）す。

一大国とは壱岐を指し、「一」は「壱」の減筆文字と考えられる。船は島の北端に立ち寄ったかも知れないが、目指す港は島の東側の良港、内海辺りと推測される。近くに弥生前期から古墳時代前期の「原の辻遺跡」があり、ここが一大国の王都と考えられる。

この遺跡は三重の環濠で囲まれ、王都に相応しい百ヘクタールの規模を持ち、高床式住居、竪穴式住居、望楼、当時の船着場なども復元されている。「吉野ヶ里遺跡」の環濠で囲まれた内部が、約四十ヘクタールであるから、その大きさが想像されよう。

壱岐は平坦な島で、丘の重なりから成るという印象である。「竹林や叢林《そうりん》多く」とあるように島のあちこちに多くの竹林が茂り、この一文は対馬との違いを的確に描写している。シナの使節は、一大国の役人から「三千の家がある」と聞き、平坦な島故、納得し、採録したと思われる。他に「カラカミ遺跡」、「車出遺跡」などがあるからだ。（図9）

例えば、「カラカミ遺跡」も環濠で囲まれており、かつては片苗湾の入江がこの近くまで及んでいた。ここは、カラ（韓、唐）カミという名から、半島や大陸との交易も行われていたようであり、半島から搬入した鉄材を用いて作られた鉄器、鉄銛《もり》、釣り針、鏃《やじり》、鎌、槍《やり》鉋《がんな》、小刀などが出土している。

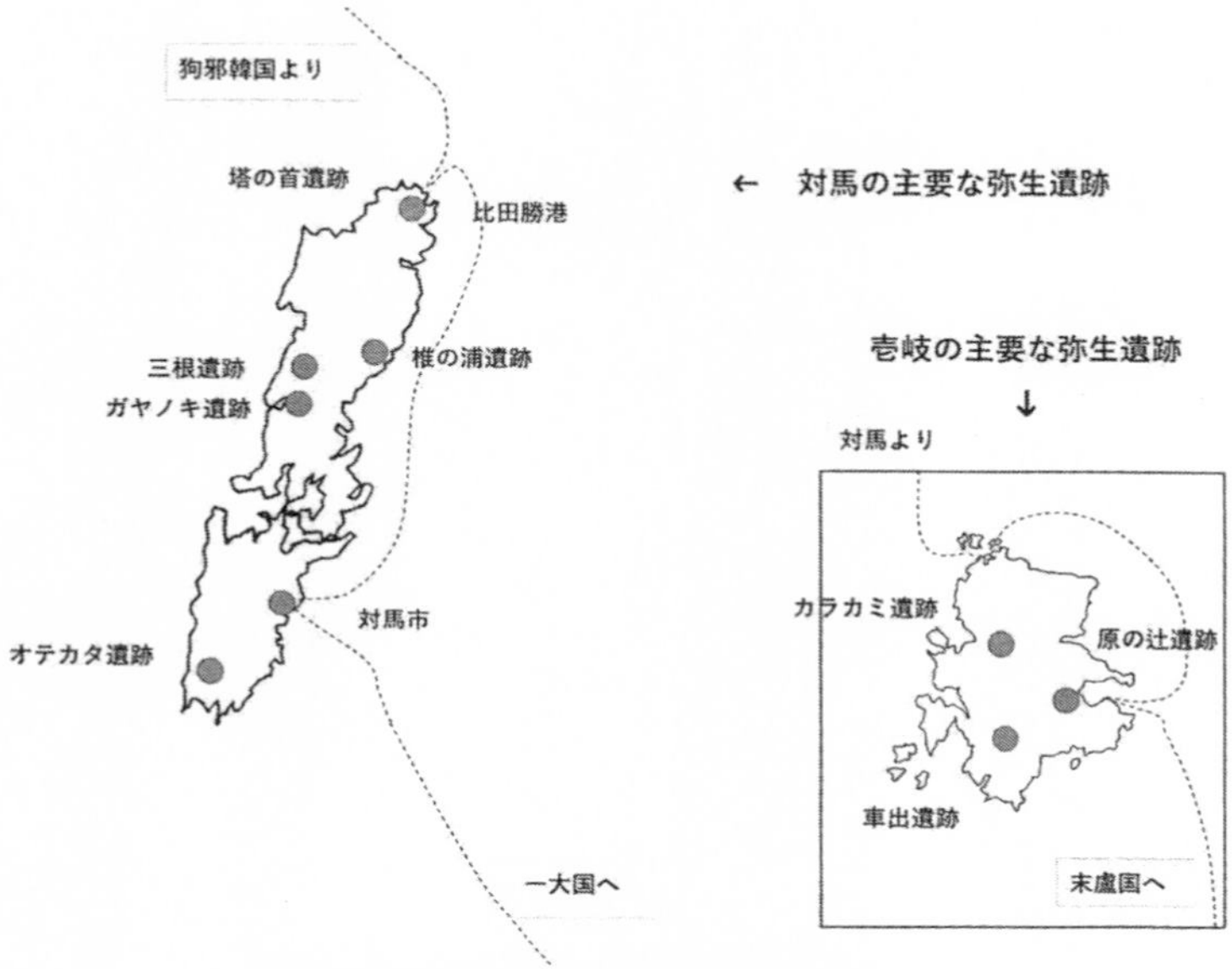

図９　対馬・壱岐の遺跡と海上ルート

またここは漁撈や狩猟が盛んだったらしく、鯨、シャチ、イルカ、アシカ、イノシシ、鹿などの骨のみならず、鹿や猪の肩甲骨を用いた卜骨《ぼくこつ》も出土した。シナの使節は、王都「原の辻遺跡」から次なる目的地に向かって出航していく。

また一海を渡る、千余里にして末盧《まつろ》国に至る。四千余戸あり。人は山海に挟まれた平地に沿って住む。草木繁茂し前を歩く人が見えないほどだ。人々は魚鰒《ぎょふく》（アワビ）を捕え、浅深となく、皆潜《もぐ》ってこれを採る。

支石墓は縄文由来だった

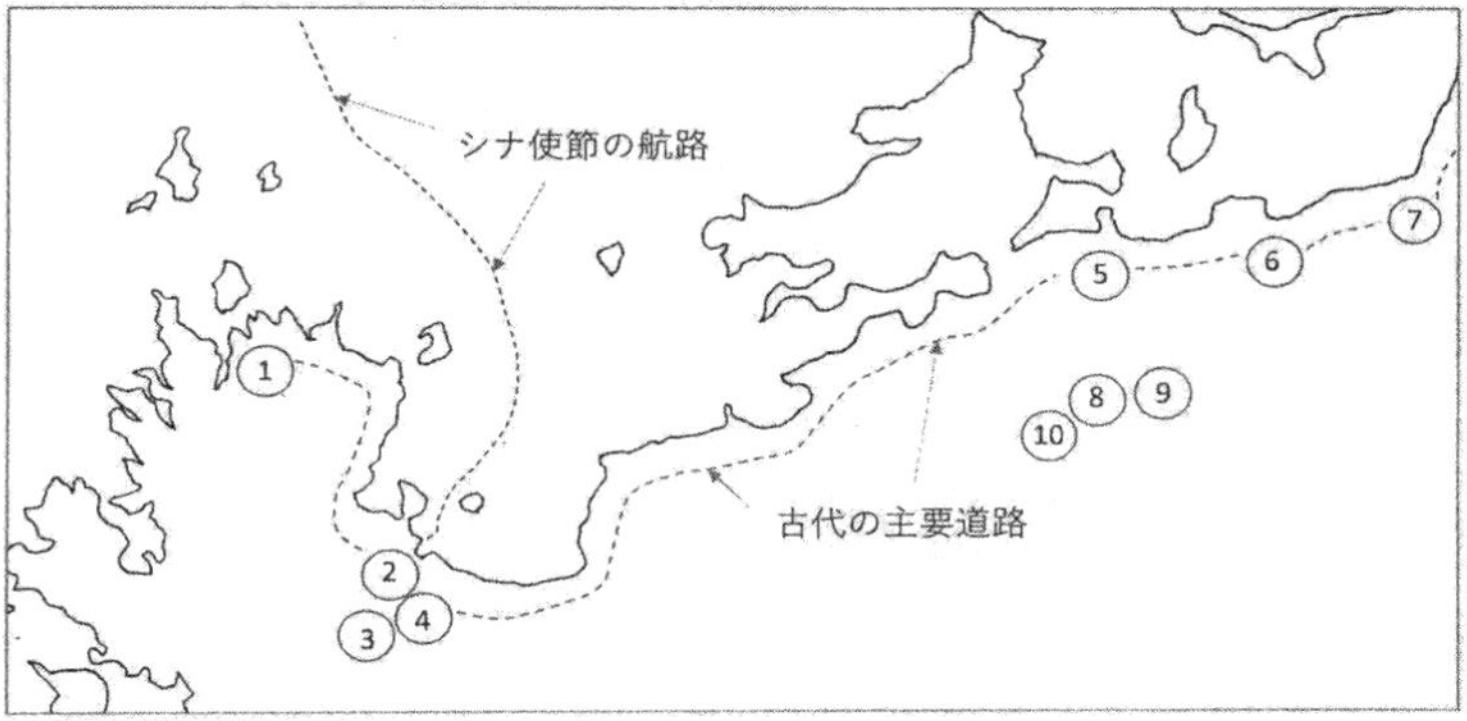

1　大友遺跡（呼子）
2　末盧国（唐津）
3　菜畑遺跡
4　桜の馬場遺跡
5　今宿五郎江遺跡（伊都国）
6　西新町遺跡（奴国）
7　博多遺跡群（不弥国）
8　三雲南小路遺跡
9　井原鑓溝遺跡
10　平原遺跡

図10　末蘆国から不弥国への道

壱岐から最も近い港は呼子《よぶこ》である。ここには有名な「大友遺跡」があり、多くの支石墓《しせきぼ》、甕棺、石棺などが発掘された。（図10 ①）

支石墓は半島にもあるため、半島由来と信じられており、それ故、被葬者は渡来系骨格の渡来人ではないか、と形態人類学者は想像した。だが、被葬者の全てが縄文系骨格だった。その後、支石墓被葬者の年代を較正炭素14年代で求めると、何と未だ韓民族が誕生していない、前八〜七世紀の人骨だった（『佐賀県大友遺跡Ⅱ』宮本一夫編二〇〇三・三）。

すると支石墓は韓（朝鮮）民族から伝えられたものではなく、縄文由来の墓制だったことが分かる。そして、前五世紀頃に誕生した彼らがこの墓制を借用した、となる。

シナの使節を載せた船は呼子に立ち寄ることなく、末盧《まつろ》国、即ち佐賀県の唐津まで航行し、ここで下船したと思われる。

なぜなら、壱岐から呼子までの距離は千里も離れていないからだ。また、呼子から使節が下船して陸路唐津に行くには山道を進まねばならず、その時代、この辺りの道は「草木が繁茂し前を歩く人が見えないほどだ」とあるように、輿に乗って移動するより、船で移動する方がはるかに容易で、早く着けたからでもある。

ここで帯方郡から末盧国までの距離を確認しておきたい。先ず帯方から狗邪韓国までは七千余里、狗邪韓国から対馬まで千余里、対馬から一大国まで千余里、一大国から末盧国まで千余里とあるので、帯方から末盧国までは一万余里となる。

また狗邪韓国から対馬までの距離は約七十㎞であり、対馬から一大国、一大国から末盧国までもほぼ同じであることから、『魏志』倭人伝にある一里とは約七十ｍとなる。

水田稲作の定説を覆した「菜畑遺跡」

『魏志』倭人伝には「国邑《こくゆう》」という言葉が出てくる。これは「その国の都、国王の所在地」という意味も持ち、末盧国の国邑は唐津にあったと考えられる。（図10　②）

それは近くの「桜馬場《さくらのばば》遺跡」から甕棺が出土し、副葬品として後漢鏡二面、銅釧《どうくしろ》二十六個、巴形銅器三個、鉄刀片一個などが発見されたからだ。ただ、「四千戸あり」と書かれているのは、松浦川の下流域に広がる沖積地に多くの遺跡があり、それを含む末盧国全体の戸数であったと考えられる。

この辺りは、古くから水田稲作が行われており、昭和五十五（一九八〇）年に発見された「菜畑遺跡」がその証となっている。（図10 ③）

写真６　菜畑遺跡　縄文復原水田

この遺跡は、十六層からなる重層的な遺構を持ち、地下数メートルの第十二層から、縄文晩期の「山の寺式土器」と共に畦畔を伴った水田遺構が発掘された。（写真６）

当初、土器編年から「前六〇〇年ころ」と推定されたものの、歴博（『弥生時代の実年代』学生社二〇〇四年）によって、この水田は前九三〇年頃のものであることが明らかになった。即ち、日本で最初に水田稲作を行ったのは渡来人ではなく、縄文人だった。

しかし、今もって学校教育では、間違った歴史教育が行われている。例えば、小学六年生が初めて学ぶ歴史教科書には次のようにある。(『新しい社会6上』東書　平成二十一年)

「板付遺跡で見つかった水田あとは、今から二三〇〇年も前のものです」(9)

「米づくりの技術は、おもに朝鮮半島から移り住んだ人々によって伝えられたそうです」(12)

この教科書の代表執筆者が佐々木毅元東大学長であり、他の共同執筆者、四十二名の内、誰一人としてこの間違いに気付かなかった。

これは一例だが、「頭にウソを詰め込んだ者」が教科書を書き、無自覚なまま義務教育で無理やりウソを教え、ウソを完璧に詰め込んだ者が優等生と見做され、時に東大学長にまで上り詰める。このウソのサイクルは今日まで連綿と続き、日本では、頭がいいはずの文系高学歴者に愚か者が多い理由がここにある。

百田氏も何処かで頭にウソを注入したままであり、菜畑遺跡のことを知らなかったようだ。

「紀元前六~紀元前五世紀頃、北九州で水稲栽培が始まり(中略)。これらの文化は大陸から朝鮮半島などを経由してやってきた人々が伝えたとされており……」(『日本国紀』13)

前段が誤りなら後段も誤り。理解の基本構造は小学六年の教科書と同レベルだった。「菜畑遺跡」からは縄文土器や様々な農具が出土したが、それらは各地で発見される農具の原型であり、縄文人が水田稲作を始め、農具も作りだしてきたのだ。

シナの使節団は水田稲作が盛んな北部九州に目を見張りながら陸行に移っていく。

ここから東南陸行、五百里にして伊都国に至る。官を爾支《ねぎ》といい、副を泄謨觚《えもこ》・柄渠觚《へごこ》という。千余戸あり。世々王あるものの皆女王国に統属す。ここは帯方郡の使い往来するときに常に留《とどま》る所なり。

シナ使節は何処に留まったか

シナの使節が通った道は明らかではないものの、輿での移動は歩きやすい海岸沿いの平坦な道を選んで進んだと思われる。具体的には、「古代の北九州の主要道路（六～九世紀）」「吉川弘文館『日本史年表・地図』を参考にしている。（図10）

既述の通り、使節は台風シーズンや季節風の強くなる冬は避け、春から初夏にやって来たと考えられる。例えば夏至（六月二十一日）、太陽は真東から北に二十三度の位置から昇る。方位を論ずるさいはこのことを考慮すべきなのだ。（図11）

即ち、伊都国は末盧国から見て東方向にあるものの、唐津辺りに上陸したシナ使節団が伊都国へと歩き始める方角は東南となる。

こうして五百里、約三十五㎞行くと、「帯方郡の使いが来るときに常に留《とどま》る所」に到着する。その場所は、福岡県今宿付近の「今宿五郎江遺跡」と推定している。ここは、船の停泊に適した古今津湾の直近に位置し、東西二百m、南北二百七十mの範囲を、幅三m、深さ一・五mの環濠に囲まれた集落であり、環濠は弥生中期後半に成立し、後期に向けて拡大したものの、なぜか終末期に埋戻されたという。(図10 ⑤)

ここから、農業や漁業で使われた木製品や石製品、大量の弥生土器に交じって楽浪系や朝鮮系の土器、シナの貨幣などが出土したが、これらはシナや朝鮮の使節がやって来た根拠となっている。加えて、文字を書くときに使われた机(「案」と呼ぶ)も出土したから、何らかの「文書」を書いていたに違いない。

更に、銅鐸も出土しており、和辻哲郎以来、この地は銅剣・銅矛文化圏とされていたが、この仮説は改めて否定された。

また、「千余戸あり」は少ない印象だが、伊都国のエリアは南は脊振《せふり》山系が迫り、北は糸島半島に限られていたため、支配地域が狭かったことが原因と思われる。

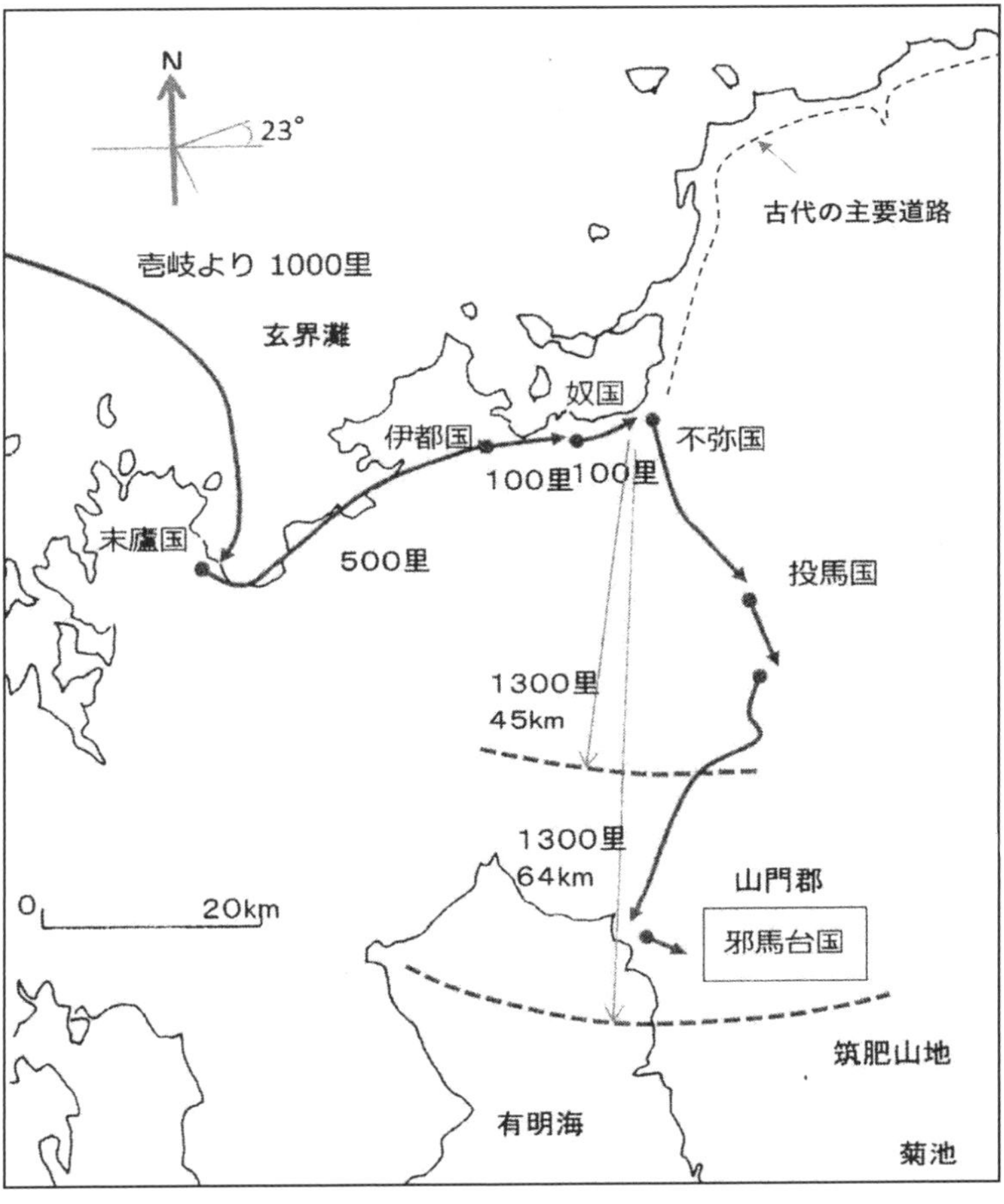

図 11　末盧国より邪馬台国への道

伊都国の王墓と「平原遺跡」

ここには世々王がいた。弥生時代中期の王墓と想定されているのが、糸島市三雲の「三雲南小路遺跡」である。(図10 ⑧)

ここから二つの大きな甕棺《かめかん》が発掘された。一号甕棺は江戸時代に発見され、銅鏡三十五面、銅鉾二本などが副葬されていたという。二号甕棺からは銅鏡二十二面、碧玉《へきぎょく》製勾玉《まがたま》、ガラス勾玉、管玉《くだたま》などが出土した。銅鏡はすべてシナで作られたものであり、これは国王と王女の墓と思われる。

次が、弥生時代後期前半の「井原鑓溝《やりみぞ》遺跡」である。(図10 ⑨)

この遺跡は江戸時代に発見されたが、その後、位置や出土品は分からなくなってしまった。

近年、県道拡幅工事に伴い弥生時代後期の墓域が発見された。ここからは多くの甕棺と共に副葬品として銅鏡六面、ガラス玉一万個以上が出土しており、伊都国王に仕えた有力者の集団墓と考えられている。

最後が、弥生時代後期から晩期(二五〇〜三〇〇年頃)に築造された「平原古墳《ひらばる》」である。(図10 ⑩)

この遺跡は王墓と考えられる一号墓を中心とした墳墓遺跡であり、一九六五年に偶然発見された。一号墓は十四m×十二mの長方形方墳であり、その中央に木棺が埋葬されていた。

出土した鏡は何と四十面、多くの仿製鏡《ほうせい》（日本で作られた鏡）も含まれ、その中に直径四十六センチの内行花文鏡五面があった。他に太刀一振りと共に、勾玉、管玉、装飾品、耳飾りなどが出土し、女性の墓であることは確実視されている。また銅鏡は全て割られていた。（図5参照）

これらは何れも王墓であり、国邑ではない。遺跡の分布からして、人々はより海岸に近い平地に住んでいたと思われる。

東南百里、奴国《なこく》に至る。官を兕馬觚《じまこ》といい、副を卑奴母離《ひなもり》という。二万余戸あり

二万戸を支えた奴国の工業力

次に伊都国から百里、約七キロ移動すると奴国《な》に至る。その東に位置する春日丘陵の北側に南北二キロ、東西一キロに及ぶ「須玖岡本遺跡」（福岡県春日市岡本）がある。

ここからは三百以上の甕棺が出土し、中から前漢鏡三十面以上、青銅武器十本以上、ガラスの勾玉や多くの管玉などが発見された。そのため、ここは奴国の国邑ではなかったか、といわれている。

この辺りは、弥生中期後半から後期にかけて工業生産が盛んだった。春日丘陵には九十もの遺構が密集しており、青銅の鋳物、勾玉、管玉など、何らかの生産に携わっていた。

二世紀頃になると青銅器の製作が盛んになったらしく、百以上の石製鋳型が出土した。その中に銅鐸鋳型も含まれ、ここでも銅鐸が作られていた。他に、ガラスの勾玉鋳型や管玉鋳型もあり、これらも大量に作られていた。

勾玉や管玉の工房は北部九州、博多から糸島までの海岸地帯に広がっていた。最大級は伊都国の「潤地頭給《うるうじとうきゅう》遺跡」（前原市前原西）にあり、碧玉《へきぎょく》、メノウ、水晶などの原料は、北部九州や出雲などから運ばれていた。

弥生後期（一〇〇～二五〇年）になると、春日丘陵に於いて剣や刀など多様な鉄器が作られた。その製法はシナや朝鮮で一般的だった鋳造（鋳物）だけではなく、日本の伝統的な鍛造によっても作られていた。この様に、春日丘陵一帯からは多様な製作工場が確認されており、一大製造拠点を形成していた。そしてこの生産力と繁栄が、博多方面に広がる奴国の二万戸を支えていた。

確定している奴国までの道

奴国までは多くの論者に異論はなかった。例えば、邪馬台国への旅程を説明した歴博の考古研究部教授（当時）、春成秀爾氏も次のように論じていた。

「今、述べた対馬国から奴国までは対馬、一支、末盧《まつろ》と、すでに場所が確定している。かつて、伊都と志摩とを合わせた糸島郡があったが、伊都国は「糸」の側である。現在では前原市《まえばる》になっている付近に伊都国があった。そして、現在の福岡市の博多のある位置が奴国。このように、対馬、一支、末盧、伊都、奴国までは確定できる」（文献12ｐ227）

では、奴国とは何処を指しているのか。仮に、王都があった「須玖岡本遺跡」を奴国とすると先ず距離が合わない。「今宿五郎江遺跡」（福岡市中央区）からは直線距離で二十キロ以上、約三百里となり、これだけで候補から外れてしまう。

従って、より海岸に近い、例えば福岡市早良区の「西新町遺跡」辺りが候補に挙げられる。ここは砂丘地帯に造られた集落であり、縄文時代前期から人々が暮らしていた。（図10　⑥）

渡来人とは「里帰りした倭人」である

「今宿五郎江遺跡」から東へ約七キロの位置にある「西新町遺跡」は、元々漁村だったが、弥生時代になると三〜四世紀最大の国際交易港として栄えた。

ここからはシナや半島系の土器も出土し、半島出身の渡来人も住んでいた。そして彼らの故郷は、住居跡から出土した土器から知ることができる。その地とは、忠清道から全羅道（百

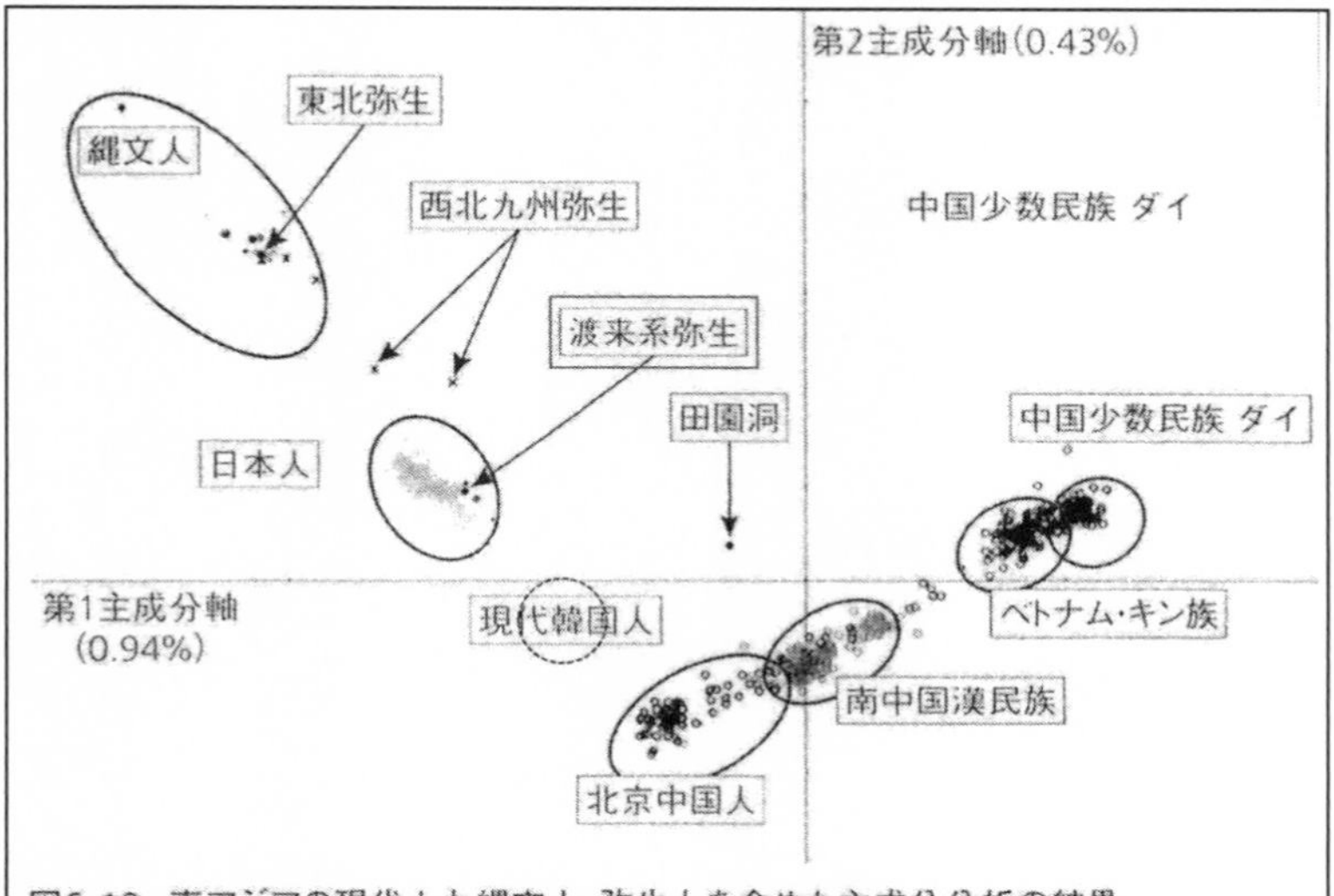

図6-12 東アジアの現代人と縄文人、弥生人を含めた主成分分析の結果

図 12　核ゲノム解析―渡来系弥生人の源郷は日本だった（篠田健一『新版 日本人になった祖先たち』NHK 出版 P181　図 6-12 に加筆）

済の地）、全羅南道から慶尚南道の海岸地域（任那・伽耶の地）だった。彼らの多くは半島西南部の出身であり、ここは縄文人の末裔、倭人が色濃く住んでいる地域だった。（図6参照）

従って、いわゆる渡来系弥生人とは、現在の中国人や韓国人の祖先ではない。彼らは日本人そのものか、元々日本から半島へと進出していた縄文人の子孫であり、彼らの源郷は日本だった。このことは渡来系弥生人の核ゲノムのＳＮＰ（一塩基多型）の主成分分析を見れば明らかである。また、韓国人とは日本人と中国人の混血民族であることもこの図から分かる。（図

12）

元々、彼らと交流があり、同じ倭人同士、百済や任那の人々と言葉も通じていたことが『日本書紀』を読めば了解できる。従って、百済滅亡時、多くの難民を受け入れた地方や、渡来人が移住した地方においても言語的変容はなかった。

何しろその時代、朝鮮語は成立しておらず、倭人の言葉が半島に於ける共通語であったことが『三国史記』新羅本記からも推測できる。

考古学も証明「渡来人はホンの僅かだった」

私たちは学校教育や著名人の発言により、私たちの祖先や皇室は半島からやって来たのではないか、と漠然と信じてきた。

例えば、子供たちが最初に学ぶ歴史には、「米づくりが広がったころ、朝鮮半島より日本に渡ってきて住みつく渡来人が大勢あらわれました」（『新しい社会6上』東書　平成十三年）とある。

司馬遼太郎も、韓国旅行に際し、「私は、日本人の祖先の国にゆくのだ、ということを……」（『韓のくに紀行』朝日新聞社　10）とあるように、彼は、韓国は日本人の祖先の国という考えの持ち主だった。だが、『日本人はるかな旅⑤』（ＮＨＫ出版）は次のように記していた。

「こうした考古学の研究成果から、弥生時代の渡来について次のような見解が出されるようになった。（中略）一年にならすとせいぜい数十人に過ぎない。二家族とか三家族とかごく少数の人々が、長い期間のあいだにぱらぱらとやってきたというのが実態ではないか」（59）

考古学は、渡来人はほとんど来なかったことを証明していた。処が同書にて、「少数の渡来人は人口爆発により増え、八割以上の日本人を構成している」（116）とした。少数渡来だが、結局は日本人のほとんどが渡来系なのだ、としたのだ。

だが、NHKの記述がウソであることを『日本人ルーツの謎を解く』（195）で証明した。その十年後、『日本の誕生』（28）でDNAを使ったNHKのウソを再び明らかにした。更に今回、渡来人＝渡来系弥生人とは、「シナ人や韓国人の祖先ではない」ことを明かしたデータを提示した。

NHKは自らの虚偽体質を反省し、偽りを正し、国民に謝罪し、更生するまで、視聴料を取りたてる資格のある公共放送とは云えないのではないだろうか。

東行百里、不弥国《ふみこく》に至る。官を多模《たま》といい副を卑奴母離という。千余家あり。

突然おかしくなる不弥国への道

れれば応じないわけにもいかないし、応じれば、返礼の宴を催すのが当然の外交儀礼となる。嘗《かつ》て筆者が現役だった頃、ＯＤＡ（日本政府無償援助）案件で政府パスポートを持って訪中すると、彼らは必ず歓迎の宴を催した。調査終了後、帰国前日に返礼の宴を催してきたが、これは当然のことだった。

すると、一ヶ所の調査であっても二～三日かかり、五カ所のクニに立ち寄れば、それだけで十日から十五日を見込まねばならない。

正使が船を下り、たとえ御笠川直近の集落に行くにしても、平服とはいかず、着替え、正装し、輿に乗るので時間がかかる。贈答品や返礼品、衣服、武器、荷物もあり、宿泊するたびに積み、降ろしをしなければならない。また、狗奴国との関係も悪いので警護も必要であり、空身の早さでは移動できない。

即ち、倭国での川旅を含む旅は不確定要素が多すぎて、単に距離ではなく、日数で表さなくては実情にあわないのだ。

投馬国への船旅も終わり、太宰府辺りの目的地に上陸すると、長の挨拶を受け、夜は歓迎の宴に招待されるだろう。その後、投馬国の情報を収集し、出発前夜に返礼の宴を開くことになる。そして投馬国で得た情報は「およそ五万戸ある」だった。これは投馬国の国邑一ヶ所の戸数ではなく、おそらく現在の太宰府市、大野城市、筑紫野市、筑前町エリアなど、支配域の総戸数と思われる。

そして、投馬国の範囲と想定されるエリアからは、弥生後期の遺跡である「立明寺遺跡」、「常松遺跡」など、実に多くの遺跡が発掘されている。

南、邪馬壱（台）国に至る。女王の都する所。水行十日、陸行一月。官に伊支馬《いきま》あり、次を弥馬升《みまと》と云い、次を弥馬獲支《わけ》と云い、次を奴佳鞮《なかで》という。七万余戸あり。

邪馬台国畿内説の弱点とは

この一文を春成氏は、次のように想定した。

「ところが邪馬台国は、投馬国を出発して十日船に乗り、そのあと、一ヵ月というところにある。陸行で一ヵ月というと、これはまた大変な距離になる。先ほどの船どころではない。整備された道を、人の足で一時間に四キロ、太陽が上がると同時に、一〇時間ほど歩くと一日四〇キロ、それに三十日をかけると一二〇〇キロ。途中で何回か滞在するところがあったとして二〇〇キロ減じたとしてもまだ一〇〇〇キロ、これまたとんでもないところに行ってしまうことになる」（文献12 p232）

氏は、『魏志』倭人伝を読みながら、「不弥国から邪馬台国まで一三〇〇里」をすっかり忘れていた。加えて、文化人類学的考察を行わない氏は、シナ使節団の移動を時速四キロ、即ち空身のウォーキングと勘違いしていた。

武器や銅鏡百枚などの重い贈答品、多くの返礼品、それに往復で数ヶ月に及ぶ旅の必需品も運ばねばならない。また倭国は「牛馬なし」であり、人が担いだ輿の早さで一行は移動していったはずである。

だが氏は、このことが理解できず、「だから一ヶ月は間違いで一日だ」と読み替えたが、これは頂けない。では、この一文はどう読んだら良いのだろう。

「水行十日、陸行一月」はこう読む

投馬国での滞在が終わると、シナの使節は陸行に移るが、筑後川の支流、水量豊かな宝満川の船着場へと移動し、再び船に乗ることになる。

ここからは川下りなので移動距離は、不弥国から投馬国への距離の三倍程、約六十キロ、蛇行を想定して最大九十キロであっても、水行の日数は不弥国から投馬国への船旅の三分の一、「水行十日」とある所以である。だがこの水行は、連続しての水行十日ではなく、次なる理由で、断続的に行われたと考えられる。

宝満川や筑後川の周辺には、様々な遺跡群があるものの、大遺跡は現在の筑後川本流から、やや離れた丘陵地に造られてきた。それは戦いや筑後川の氾濫を想定しての立地だったと思われる。そして、シナの使節はこれらの集落も訪れたであろうことは、容易に想像できる。「水行十日」とあるから、八ヵ所に立ち寄ったのではないか。すると、次なる理由で少なくとも二十四日を費やす。

例えば、吉野ヶ里遺跡を訪れるには、船着き場で下船した後、輿に乗り、下賜品を持って一日がかりの旅となる。そして歓迎の宴、調査と情報収集、返礼の宴、全ての行事が終わると再び筑後川へと陸行し、そこで一泊して翌日、川を下って行く。即ち、一ヶ所の調査であっても最低三日が必要となる。

このようなことを繰り返し、最後の船着場に着き、天気が良ければ衣冠束帯を身につけ、女王の都、邪馬台国へ向かって出立する。

そして矢部川を超えて行くのだが、「陸行一月」には、投馬国を出立して後の全日数が含まれると見るべきである。

姿を表した山門地域の遺跡群

近年、九州における新幹線や高速道路の建設に伴う土木工事が行われるに及び、多くの遺跡が発掘されるようになった。片岡宏二氏は次のように記す。

「『久留米市史』などを見ると、縄文時代には筑後川下流域には大きく有明海が入り込んでいたように図示されているが、近年の研究では、そうした低地にも遺跡が発見されて、湿地が多く広がっていたことに変わりはないが、必ずしも一面海というような景観ではなく、かなり広い台地も形成されていることがわかっている。

その地域に弥生時代後期のクニが誕生している。この筑後川下流域は、後世の土砂堆積や開発の少ない農地であったために考古学調査が遅れていた。その為、大規模集落などの存在はわかっていなかった。しかし、近年の圃場整備事業や九州新幹線の建設に伴う発掘調査によって、幾つかの、しかも大規模な集落の片鱗が現れた」（文献11ｐ153）

その一つが下流域の「安武遺跡群」（久留米市安武校区）であり、その中の「塚畑遺跡」だけで、弥生後期の掘立柱建物が二百二十棟、竪穴住居二百棟もあり、物見櫓《やぐら》もあるという。では、矢部川の南にある山門《やまと》の地はどうか。（図14）

「瀬高の地では、今まで人知れず眠っていた遺跡が発見された。みやま市（旧瀬高町）のまさに山門《やまと》という地名にある藤の尾垣添遺跡である。弥生時代全般にわたる住居跡が調査されたが、中でも弥生時代後期後半から古墳時代初頭にかけては大集落へと発展する。この遺跡は今年の大震災の翌日三月一二日に開通した九州新幹線建設に伴い発掘された遺跡である。遺跡は、矢部川の南岸の自然堤防上にあり、神籠石《こうごいし》で有名な女山《ぞやま》をすぐ東に仰ぎ見ることができる。調査区は新幹線のルート上の発掘なので、溝のように狭く細いが、それでも弥生時代後期後半から弥生時代の終末（古墳時代初頭）の住居が八十軒以上も発掘されている。残念ながら遺跡がどのくらい広がるか不明だが、一大集落の一角を掘り当てたことに違いない。遺跡からは長宜子孫《ちょうぎしそん》内行花文鏡系の破片や朱を入れる把手付広片口土器など、集落外との交渉を示す遺物が出土している。今後注目される遺跡になるであろう。

この藤の尾垣添遺跡を含め、かつてこの矢部川左岸の自然堤防に広がる遺跡は山門遺跡とされてきた。この由緒ある遺跡名に敬意を表しここでは山門遺跡群としておこう」（154）

私も何度か訪れたが、ここは平坦かつ広大な平野であり、自然堤防上に人は住み、住居に不適な湿潤地は水田として利用したであろうことは容易に想像できる。そこに隣接する山門の地でも多くの遺跡が発掘されてきた。片岡氏は次のように語る。

「この山門遺跡群の東一・五キロメートルの山の中腹に三船山遺跡がある。ここは標高四八メートルあって、眼下に山門遺跡群が開け、有明海も一望することができる。少しできすぎ

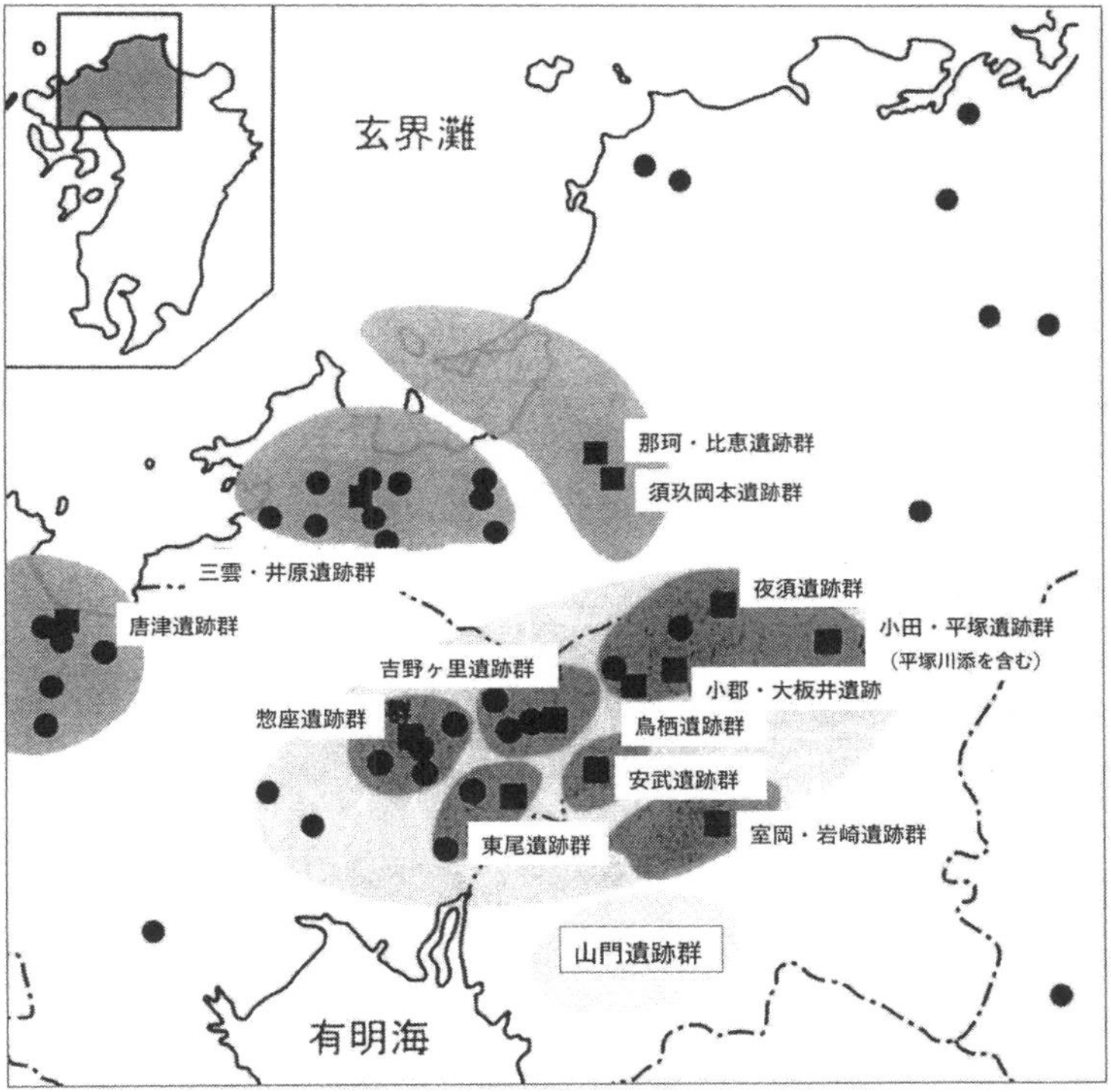

図 14　弥生時代後期のクニ想定図
■は主要遺跡、●は後漢鏡を出土した主な遺跡
（文献 11P73 を改変・加筆）

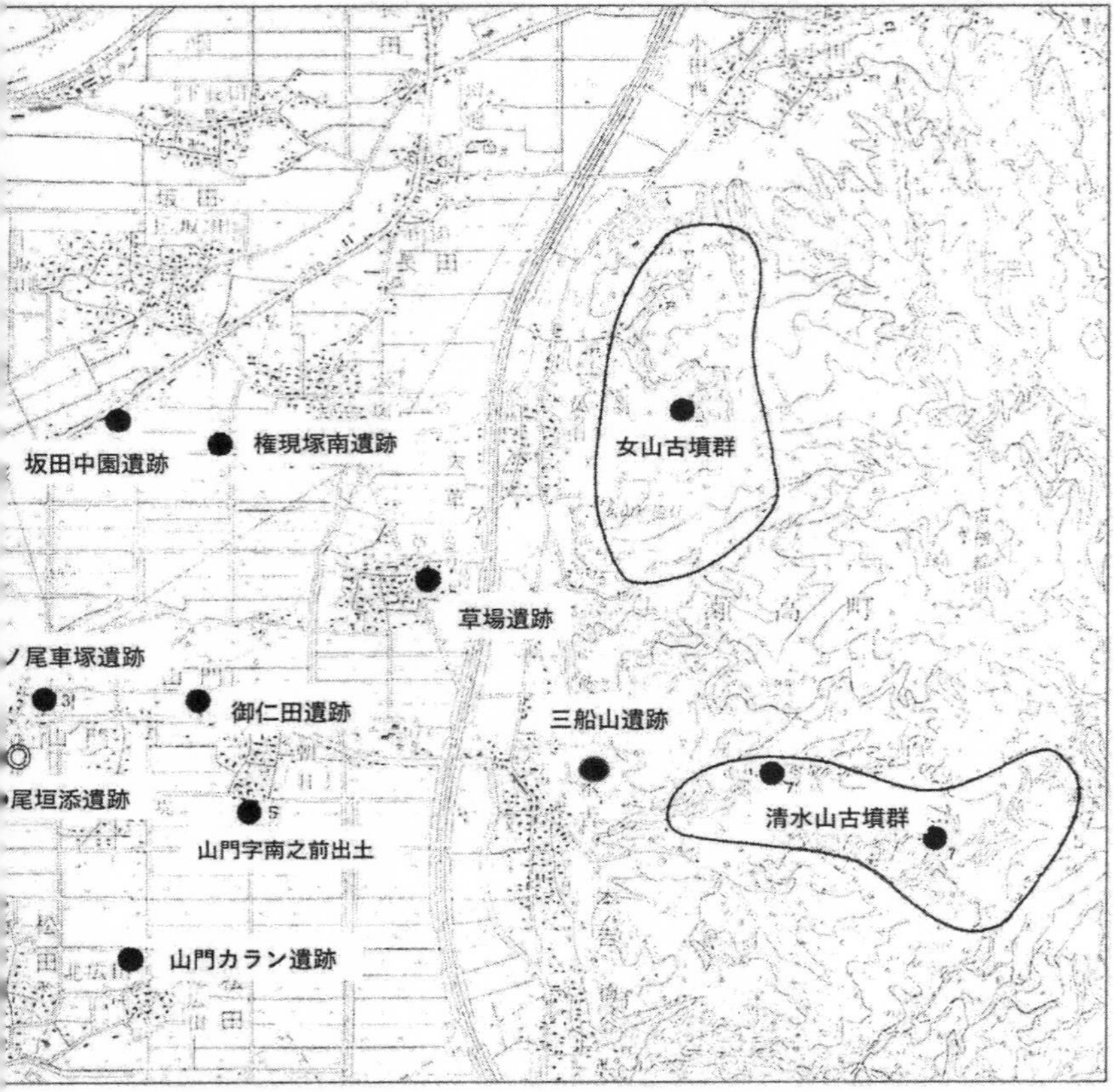
坂田中園遺跡
権現塚南遺跡
女山古墳群
草場遺跡
ノ尾車塚遺跡
御仁田遺跡
三船山遺跡
尾垣添遺跡
山門字南之前出土
清水山古墳群
山門カラン遺跡

図 15　山門遺跡群

写真８　藤の尾垣添遺跡・帯状発掘現場
（福岡県教育委員会［編］九州新幹線関係埋蔵文化財調査報告・藤の尾垣添遺跡より）

三船山遺跡近景（東から）

写真７　三船山遺跡及び遺跡近景
（福岡県教育委員会［編］観音山・向野・三船山遺跡より）

のような感じがするが、山門遺跡群の見張り場所ともいえる位置にある（中略）。考古学的に見るべきものはないと断じられてきた邪馬台国九州説の「聖地」に復活の可能性が出てきた。考古学的にもう一度検討する必要がでてきた」（155）

「山門遺跡群」や「三船山遺跡」は記録を残した後、全て埋め戻され、面発掘調査は行われなかったが、この地に大集落があったことは間違いない。（図15、写真7、8）

その南にある女山や清水山は、大宰府の大野城に類似した山門遺跡群を守る山城であったことが想像される。

「七万余戸あり」の意味

邪馬台国とは女王・卑弥呼の都だった。そして女王国とその支配区域とは、例えば女山山頂から見渡せる筑後平野に広がる地域の合計戸数となろう。（写真9、10）

女王国より以北、その戸数・道里は略記すべきも、その余の傍国は遠く交流もなく、詳《つまび》らかにできず。しかし略記してみると、斯馬《しま》国、己百支《いひゃくし》国、伊邪《いや》国、都支《つし》国、弥奴《みぬ》国、好古都《こうこつ》国、不呼《ふこ》国、姐奴《そぬ》国、対蘇《たいそ》国、蘇奴《そぬ》国、呼邑《こゆう》国、華奴蘇奴《かぬそぬ》国、鬼国、為吾《いご》国、鬼《き》

写真９　女山展望台

写真10　女山展望台から望む築後平野
（平野の先は背振山地、その先は末蘆、伊都、奴国である）

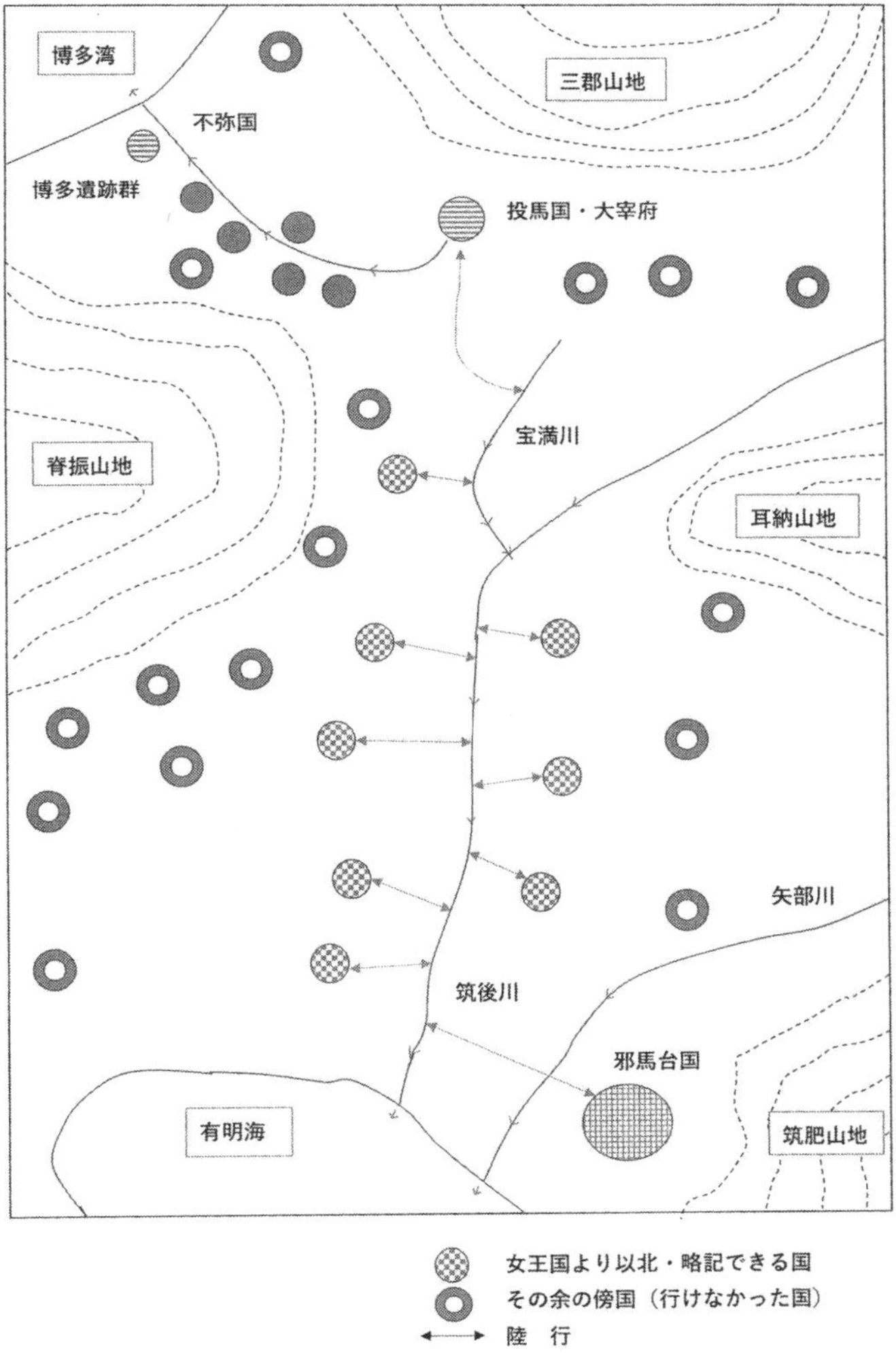

図 16　不弥国から邪馬台国への道（模式図）

奴《ぬ》国、邪馬国、躬臣《きゅうしん》国、巴利《はり》国、支惟《しい》国、烏奴《うぬ》国、奴国である。これ女王国の境界の尽くる所なり。

「女王国より以北、その戸数・道理はほぼ分かる」から、シナの使節は投馬国から南下しながら、陸行や水行の途中、主な国々に立ち寄ったことが分かる。しかし、八ヵ所程度と推測したように、全ての国に立ち寄れるはずもなく、その過程で収集した、より遠方にある女王国に含まれる国の名前を書き連ねたのが、ここにある二十一ヵ国である。

不弥国から邪馬台国までの記述を模式化すると（図16）のようになろう。

次に、最も脅威となっている隣国を挙げている。

その南に狗奴《くな》国あり。男子を王となす。その官に狗古智卑狗《くこちひく》あり。女王に属せず。帯方郡より女王国に至る距離、一万二千里なり。

理解不能な考古学者・歴史学者の解釈

では、「邪馬台国近畿説」の春成氏は何と答えるか、奈良の南なので、「和歌山辺り」と答えると思いきや、それは意外な場所だった。

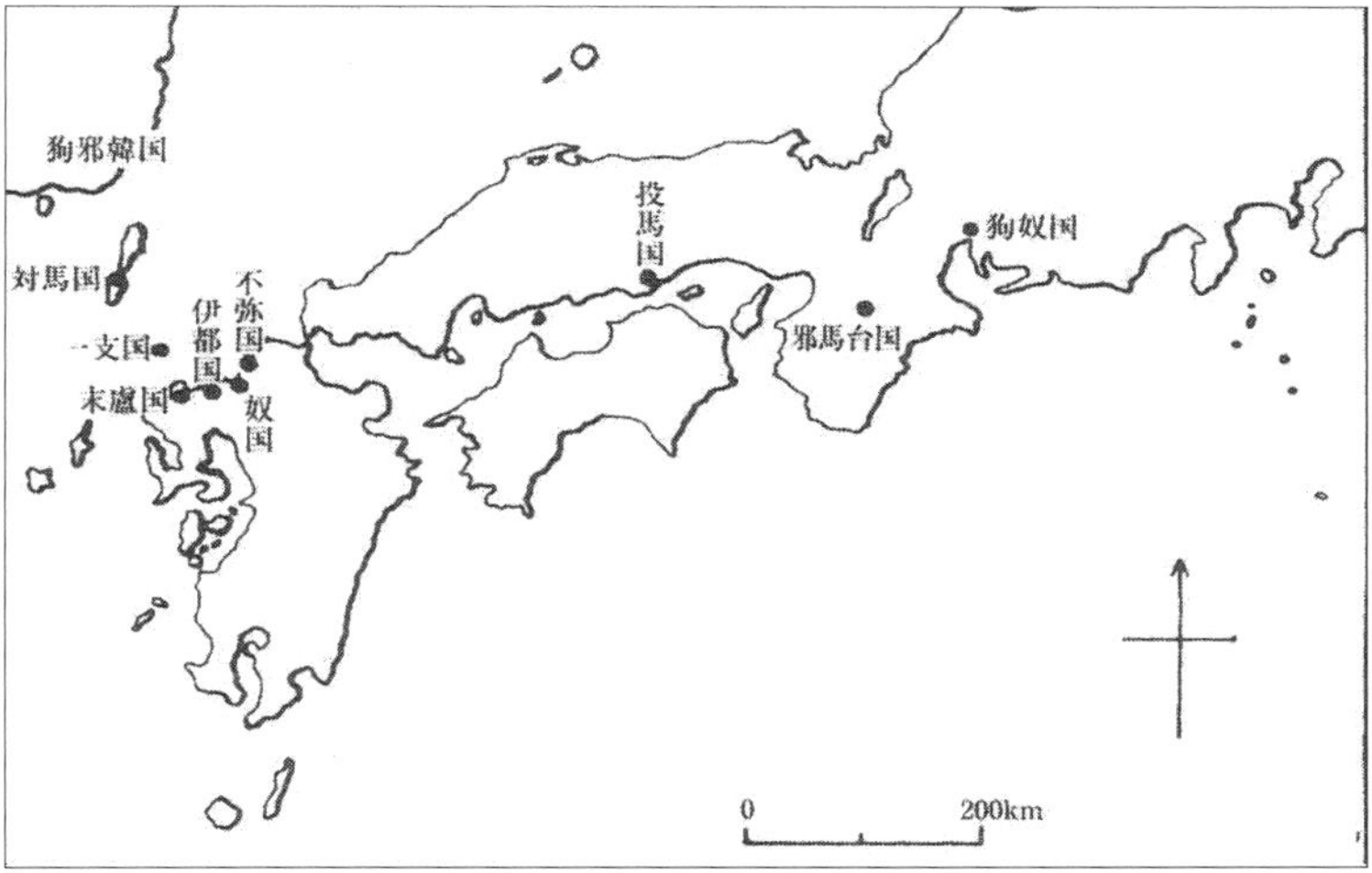

図 17　『三国志がみた倭人たち』の諸国推定位置

「近年は、狗奴国の位置を濃尾平野の中心付近にもって行く説が有力である」（文献12ｐ248）

「有力である」の根拠は不明だが、濃尾平野は奈良の北東方面にあり、誰が考えても南ではない。しかし、根拠を示すことなく「北東」と公言する。では氏は、邪馬台国などの位置関係をどう考えていたのか。それが図17にある（文献12ｐ229）。

これを見ると、不弥国の南にあるはずの投馬国は東にあり、投馬国の南にあるはずの邪馬台国も東にある。そして、女王国の南にあるはずの狗奴国は北東にある。どう考えてもこの文献無視は理解しがたい。

この本は春成氏一人が書いたものではなく、歴博の教授らが書いた書籍であり、共同執筆者の合意を得ての出版だったろう。その彼らの読み方を知れば、常識ある人は理解不能となろう。

森浩一氏も、狗奴国は熊本県としていたが、女王国の境界を次のように記していた。

「熊本市の南を流れる白川か緑川までが女王国の領域で、それより南の熊本県南部が男王の支配する狗奴国とみている」（文献9p141）

これでは、菊池地方は女王国の領域となり、「これ女王国の尽きる所なり。その南に狗奴国あり。その官に狗古智卑狗あり。女王に属せず」と相容れない。

「邪馬台国」山門説は揺るがなかった

福岡県と熊本県の県境に筑肥山地がある。その南に菊池平野が広がり、菊池川が流れ、そこに菊池市がある。従って、狗奴国とは今の熊本県、『記紀』に記載されている熊襲《くまそ》国を指し、狗古智卑狗《くこちひく》とは狗奴国の北部の菊池川流域を支配していた長、菊池彦を指すと考えられる。そして「女王に属せず」とあるから、狗奴国は女王国の支配下になかった。

「狗奴国を菊池地方、すでに内藤湖南以来の説で、取り立てて目新しいものではないが、狗奴国の男王、狗古智卑狗《くこちひく》の音「くくち」が『倭名類聚抄《るいじゅしょう》』に書かれた菊池の古い音「久々知《くくち》」に共通することも注目された」（文献11ｐ157）

『魏志』倭人伝の記述を忠実に辿って行けば、最後の一文、「帯方郡より女王国に至る距離、一万二千里」が決め手となり、距離からしても、方位からしても、狗奴国との相対的位置関係からしても、「邪馬台国は山門の地にあった」とならざるを得ない。

第四章　「倭人・倭国」の習俗

邪馬台国への道程が終わると、話は倭人や倭国の習俗へと移っていく。

男子は大小となく皆黥面文身す。古《いにしえ》よりその使者シナに至るや、皆自ら大夫と称す。かつて夏后少康《かこうしょうこう》（夏六代の王）の子、会稽《かいけい》（浙江紹興）に封ぜられ、断髪文身し、蛟竜《こうりゅう》の害を避《さ》く。いま倭の水人（海女）、好んで潜り魚蛤《ぎょこう》を捕らえ、文身し、以て大魚・水禽から身を守る。

後に次第に飾りとなる。クニ毎に文身異なり、或いは左に、或いは右に、或いは大きく、或いは小さく、尊卑に差異あり。

倭人＝日本人なる誤認

「黥面」とは顔への入れ墨のことであり、「文身」とは身体への入墨を指す。考古資料によれば、黥面習俗は縄文時代から古墳時代の後期まで行われていた。その時代、北部九州の武人は黥面の風習があったことが埴輪などからも確認できる。但し、日本の全てで行われた習慣ではなく、時代や地域による違いが顕著だった。（図18）

しかし、田中英道氏は「黥面文身」について疑念を持ち、次のように記していた。

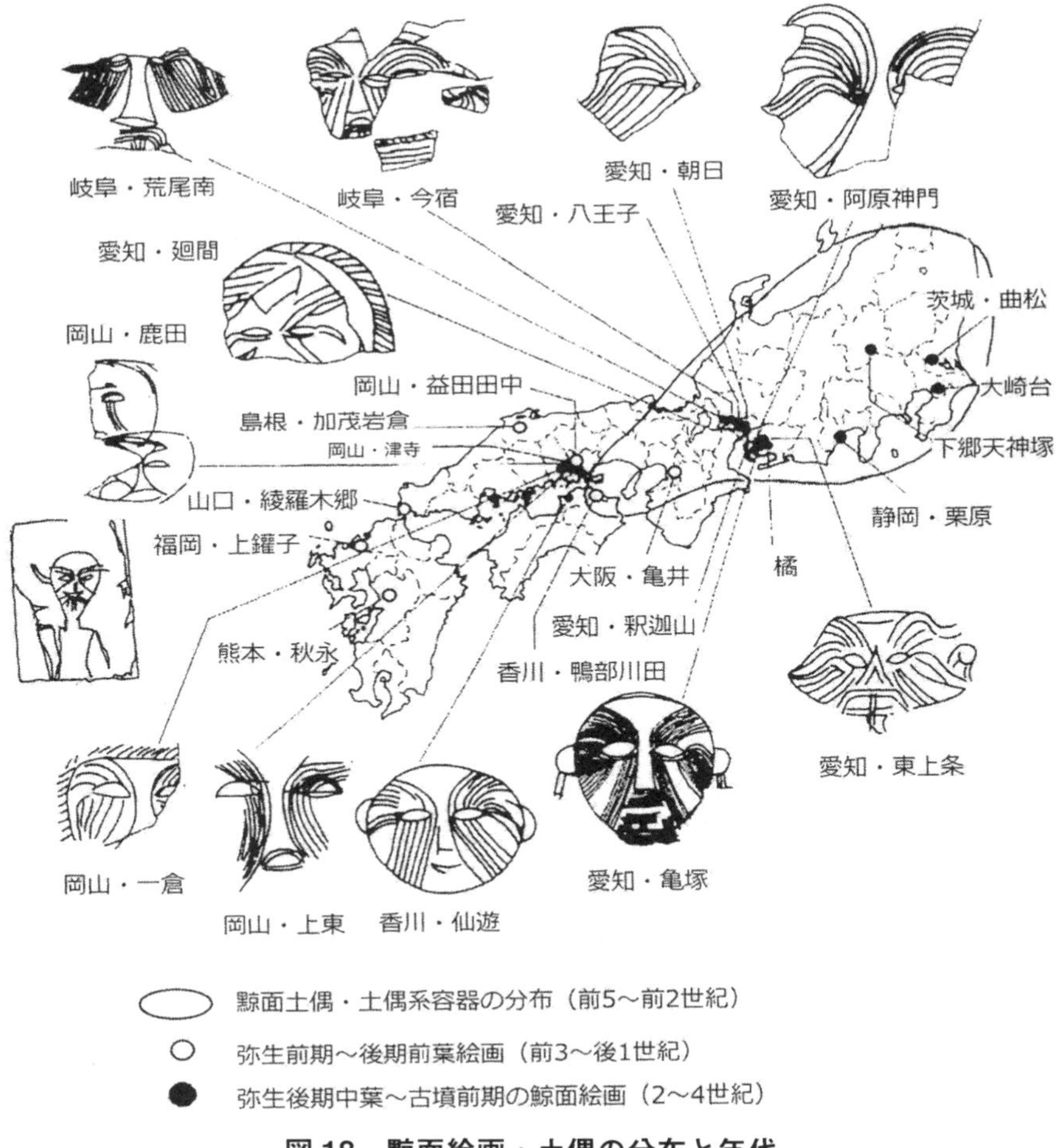

図 18　黥面絵画・土偶の分布と年代
（文献 12P77 に加筆・修正）

「『魏志倭人伝』には、有名な「黥面・文身」（顔や体の刺青）についての記述がある。男子は、大小に関わりなく、みな顔や身体に刺青をしている。（中略）日本人がこれを聴いても「みな」入れ墨をしているとは誰しも思わないであろう。しかし『魏志倭人伝』を支持する学者は、これについてあまり抗弁していない。『記紀』に記されていないからこそ貴重といわんばかりである。（中略）。

倭人の男性がすべて入れ墨していたということは、陳寿が「倭人」を蔑視する材料に使っていると取るべきであろう。当時の中国では、入れ墨は刑罰の一種であったらしいからである（設楽博己編『三国志がみた倭人たち――魏志倭人伝の考古学』山川出版社、二〇〇一年）。

このような記述によっても、「邪馬台国」は本来の日本と異なる地域のことを言っていると考えるべきであろう」（『高天原は関東にあった』勉誠出版 247）

確かに、『魏志』倭人伝に全幅の信頼を置いた古田武彦氏も、黥面文身にはほとんど触れなかった。むしろ、避け続けたと言って良いだろう。

私は、『三国志がみた倭人たち』の黥面文身の記述を読んで、「倭人伝は、その時代の実態を的確に描写している」と判断したが、田中氏は疑念を深め、次なる結論に至った。

「こうした習慣は東南アジアのことと考える以外にない」（254）

だが、その時代のシナ人は、『三国志』の弁韓と辰韓の条で「男女の風習は倭人のそれに近く、男女ともに入れ墨をしている」（文献6p92）と書いていた。即ち、倭人は入れ墨をしていたのだ。

この一文から分かる通り、氏は、「倭人＝日本人」と思い込んでいた。この時代のシナの史書にある倭人とは、「北部九州の人々が中心であり、京都・奈良以北の日本人は含まれていない」と解釈できたなら、このような結論に至らなかったと思われる。

『日本書紀』は入れ墨をどう捉えたか

日本には、黥面習俗が「ある地域」と「ない地域」があったことが、『古事記』に書き遺された次なる一文、神武天皇の気持ちを大久米命が伝えたときの会話からも窺い知れる。

「そこで大久米命が、天皇のお言葉をその伊須気余理比売《いすけよりひめ》（神武天皇の皇后になられる方）に告げ明かしたとき、ヒメは大久米命の入墨をした鋭い目を見て、不思議に思って歌っていうには（中略）どうして目尻に入墨をして、鋭い目をしているのですか」（文献5P47）

彼女は顔に入墨をする人を見たことがなかった。大久米命のみが特筆されていたから、神武天皇に入墨はなかったと思われる。時代が降り、大和朝廷が各地を平定した古墳時代中～後期になると、大和においても黥面埴輪が出土し始める。

「まったく線刻人面絵画がなかった近畿地方にも、五世紀後半以降、顔に線刻のある埴輪が登場する」（文献12p79）

『記紀』の記述から類推すると、この時代のイレズミは、①馬曳《うまひ》き　②武人　③力士　④男性に限られ、⑤冠をかぶる支配層には見当らない、という特徴がある。

これらを総合すると、ヤマトでは弥生時代になかった入墨習慣が五～六世紀の古墳時代になると顕在化してくるものの、それらは支配層や一般の人々の習慣ではなかった。そして設楽氏は次のように結論づけた。

「すでにみてきたように五～六世紀の黥面埴輪の表現は、二～四世紀の線刻人面絵画にさかのぼる。黥面埴輪の顔の線はイレズミであるから、弥生後期の線刻人面絵画もイレズミの表現とみるのが率直な理解だろう」（82）

かつて私が訪れた、八女市の岩戸山歴史文化交流館に展示してあった武人埴輪の顔にも刻線があった。二〜四世紀、この地には入れ墨習慣があったことを実感した次第である。

畿内説・設楽博己氏の論理破綻

最後に、設楽氏は邪馬台国時代の黥面文身について次のように締め括った。

「弥生時代の近畿地方に黥面絵画が見られたのは中期後葉までであった。後期には瀬戸内、伊勢湾地方などで黥面絵画が発達するが、それにはさまれた近畿地方では一切なくなる」

「こうした黥面の歴史をもってすれば、三世紀の黥面絵画の分布のかたよりは、邪馬台国を近畿地方に置き、その東西に狗奴《くな》国と投馬《つま》国を置いて考えたときに、初めて意味を持ってくるのである」(90)

だが、『魏志』倭人伝は、博多辺りを基点に「南、投馬国に至る」、「女王国の境界の尽くる所なり。その南に狗奴国あり」と書いてある。これは文献読解のイロハだが、根拠なく勝手に読み変えてはならない。にも拘わらず氏は、この原則を守っていない。(図17)

更に問題なのは、自らの論理破綻に気付かなかったことにある。

①氏は、『魏志』倭人伝に「倭人男子は大小となく皆黥面文身す」とあることを知っていた。
②「上鑵子遺跡《じょうかんすいせき》」から出土した絵画に注目し、これを定型化した黥面絵画の直前の一〜二世紀の資料であるとし、北部九州は黥面習俗発生の地であることを認めていた。
③更に邪馬台国と重なる二〜四世紀、「近畿地方からは黥面絵画が一つも出ていない」ことを考古資料で裏付け、古来よりヤマトには黥面文身習俗はなかったことを論証した。

然るに「邪馬台国を近畿地方に置き」なら、①からヤマトの男たち全員が顔や体に入れ墨をしていたことになり、この話は自らの研究結果、③により否定され、成立しない。話は逆であり、邪馬台国を北部九州に置いたとき、②との整合性が保たれ、且つ、①により裏付けられ成立し、③とも矛盾しない。

氏は、後に東京大学考古学研究室の教授になるのだが、こんな簡単なロジックが分からない方が東大教授になることを知り、いろいろと心配になった。

ご覧の通り、今まで多くの古代史作家や研究者が避けてきた「男子は大小となく皆黥面文身す」は、邪馬台国の位置を特定する上で不可欠な要素として浮上し、この事実が「邪馬台国畿内説」を打ち砕くことになった。

その道・里を計るに、当《まさ》に倭国は会稽《かいけい》、東冶《とうや》の東方にあり。

揚子江河口部の南、江蘇省から浙江省にかけて会稽郡があった。この辺りは昔から倭国と無縁ではなかったようであり、例えば、諏訪《すわ》春雄・学習院大学文学部教授は『日本人はるかな旅　④』で次のように記していた。

「中国の長江下流域には古来倭人と呼ばれる人たちが住んでいた。『山海経《せんがいきょう》』（前漢初期成立）、『漢書《かんじょ》』（一世紀成立）、『論衡《ろんこう》』（一世紀成立）その他の書物によると、長江南部のほかに、朝鮮半島南部、日本などにも倭人はひろがっていた」（152）

日本から、縄文人の子孫・倭人が朝鮮半島はもとより、江南《こうなん》地方にも住み、往来していたということであろう。文献のみならず、考古学的証拠もあるという。

「私は、上海市の上海博物館や上海県の文化館で、直接手に取ってこの土器を見せてもらったが、私の眼では、日本の縄文土器との区別がつかないほどよく似ている。日本の縄文土器は、馬橋《ばきょう》文化（紀元前二〇〇〇年から紀元前七〇〇年　引用者注）の出土品よりふるくさかのぼるが、日本の縄文時代と江南文化との交流は究めて興味深い研究課題である」（161）

北部九州と江南地方は近く、古来より人々は往来していた、と想像される。菜畑遺跡の水田稲作も、今まで畑作のイネ、熱帯ジャポニカ米を栽培していた縄文人が、江南地方から水田稲作を持ち込んだと考えると様々な点で辻褄が合うのだ。

その風俗淫《みだら》ならず。男子は何も被らず、鉢巻きし、一重の衣を体に巻き紐《ひも》で結ぶ。女性の髪はばらし、曲げて束ね、貫頭衣を着る。イネ、カラムシ（繊維をとる植物）を植え、蚕を飼い、細い麻、絹を織る。倭国には牛、馬、虎、豹、羊、鵲《かささぎ》なし。

倭人は、「一夫多妻」と書いてある。従って、ここに「淫らならず」とあるのは、一夫多妻を指しているのではない。一方、『三国志』高句麗には「その俗、淫らなり」（文献6 p48）とある。するとシナ人は、「倭人は淫らではない」が「高句麗人は淫らだ」と断じたことになる。この時代、シナでは儒教が社会規範となっており、その教義の一つが「同姓、同郷の男女の結婚禁止」、いわゆる族外婚だった。

族外婚を規範とした社会は、前史として近親婚を是認し、その弊害を知った故、族外婚に移行した。出自が北部シナであった韓（朝鮮）民族も、長らく近親婚を当然としていた。その為、『三国史記』の著者、高名な儒者であった金富軾《きんふしき》は、新羅の近親婚を厳しく批判していた。

「シナでは妻を娶《めと》るときに、同姓をとらず、姓の別を重んじている。それゆえに、姓が姫《き》氏の魯《ろ》公（昭公）が呉の国王の娘・姫氏を娶ったことや、姓が姫氏の晋侯（平公）に四人の姫氏の妃《きさき》があることを、陳の司敗《しはい》（刑罰を司る官職名）である鄭《てい》子産（公孫僑）が強く批判した。新羅の場合には同姓を娶るだけでなく、兄弟の娘や叔母および従姉妹などを正式に娶って妻としている。シナ以外の国ではそれぞれ独特の風習があるが、その風習をシナの礼法でもって批判すれば、大変間違ったことといわねばならない。匈奴で母と子が結婚するような場合は、これよりもさらにはなはだしい」（文献8の1p68）

古来より、シナには近親婚の習慣があった。北方民族の匈奴にも甚だしい近親婚があり、北方から南下してきた高句麗も近親婚の風習があったと推測される。この風俗を「淫ら」と書き、それがなかった倭国社会を「淫らならず」と記したと推察される。

また、「一重の衣を体に巻き紐《ひも》で結ぶ」とあるが、吉野ヶ里遺跡から糸で縫った衣類が出土しており、糸と針もあり、着衣を縫っていたことが明らかになっている。

ここに「細い麻、絹を織る」とあるのは、シナでは作れない肌触りの良い、細い糸で紡いだ織物を織っていたことを表している。また、「吉野ヶ里遺跡」ではアカニシ貝を使った紫の絹織物を生産していたが、これもシナでは作れない貴重品だった。

また、「牛、馬なし」とあることから、この時代、シナの使節はこの地で牛や馬を見かけなかったに違いない。この一文は、彼らの移動が人力に頼っていたことを表している。

兵には矛《ほこ》、楯《たて》、木弓を用う。木弓は下を短く上を長くし、矢は竹を用い鏃《やじり》は鉄、または骨を用う。その他は広東、海南島と同じもの産す。

この時代、奴国では勾玉、管玉、青銅器の他に鉄器が作られていた。この一文で注目すべきは、鏃に鉄が使われていたことだ。その時代、鏃は一つ一つ鍛造で作られるのではなく、一度に数十個の鏃を造る鋳型も発見されている（須玖岡本遺跡）。この時代、鏃の大量生産技法が確立されていたのだ。

その鉄は何処から入手したか。日本も古くから鉄を造っていたが、この時代、倭人は鉄を求めて半島に進出し、製鉄業を営んでいたことが『三国遺事』や『三国志』韓に書き記されている。

「弁辰の国々は鉄を産出し、韓・濊《わい》・倭の人々はみなこの鉄を取っている。いろいろな商取引にはみな鉄を用い、シナで銅銭を用いるのと同じである」（文献6ｐ92）

女王国は、倭人の住む半島南部の弁辰、即ち、弁韓と辰韓（新羅）で製鉄事業を営み、鉄素材として搬入し、各地で多種多様な鉄器に加工していた。だからこそ、この時代から消耗品たる鏃に鉄を使うことができた。

そして卑弥呼が新羅に使いを出したように、女王国は半島勢力と良好な関係を築き、豊富な鉄を入手していたからこそ強国であり、大和朝廷も簡単にこの地を併呑することは出来なかった。

倭の地は温暖、冬夏生野菜を食す。皆裸足。家に間仕切りあり。父母兄弟寝る処を異にす。

「冬夏生野菜を食す」とあるのは、この習俗が珍しく見えたからに違いない。

半島も同じだが、古来よりシナは、野菜の生食は厳禁の地だった。彼らは人糞や動物糞を畑に撒いてきたため、生野菜は寄生虫卵や病原菌で汚染されていたからだ。淡水魚や肉にも寄生虫が巣くっているリスクが高く、シナの料理は全て加熱後に提供されてきた。

今の中国も事情は同じで、水道水であっても絶対に飲めない。どんな水を使っているか分からないので氷も危ない。「大丈夫」と言われても平気でウソをつくので信用できない。

中国人は野菜を洗剤で洗ったりしているが、それは寄生虫以外に農薬で汚染されているからだ。だが、井戸水はもちろん、水道水も飲用不可なのだから、洗ったとて中国の野菜が安全とは言えない。中国から輸入されるカット野菜や冷凍食品も危険、食えた代物ではない。

水が汚いのだから、輸入されているマスクから発がん物質や有害物質が検出されるのも当たり前。それを中国人が素手で袋に入れているのだから、汚いこと限りない。オランダやカナダなどでは中国製マスクが廃棄処分となったとのこと。チャイナウイルスの検査キットも八十％以上が不良品で使い物にならなかったという。

ことほど左様に、彼らはいい加減なのだが、それと『魏志』倭人伝を混同してはいけない。

この時代、倭国では「家に間仕切りあり。父母兄弟寝るところが異なる」なる一文から、家庭内でもプライバシーは守られていたことが分かる。処が、例えば「吉野ヶ里遺跡」などで復元されている住居には間仕切りがない。即ち、これらの復元はいい加減なのだ。考古学者はいい加減であってはならない。文献に忠実に復元すべきである。

同時代の半島はどうか。

『三国志』韓には、「家の戸口は上にあって家族は全部その中で暮らしている。年齢や男女による区別はない」（文献6ｐ89）とある。

倭人が間仕切りのある部屋で暮らしていた時代、韓民族は竪穴住居で雑魚寝《ざこね》だったことをこの一文は教えてくれる。

朱丹《しゅたん》を体に塗る。シナで白粉《おしろい》を塗るようなものだ。食飲は高坏《たかつき》（竹木製）を用い手で食す。人が死ぬと棺《ひつぎ》に入れ土を盛って冢《つか》を作る。死んだとき亡骸《なきがら》を家に十日止め肉食わず。喪《も》主《しゅ》号泣するも客は歌舞飲酒す。墓に埋葬終われば家中の者沐浴《もくよく》に行く。海を渡りシナへ行くとき一人を選び、頭は梳《くしけず》らず、虱取らず、衣服は汚れたまま、肉食

わず、婦人を近づけず、死人のように扱う持衰《じすい》という風習あり。もし行った者が幸運なら持衰《じすい》した者に生口・財物を与え、もし疾病あり、暴風雨等に会えば、これを殺そうとする。持衰《じすい》した者が謹《つつし》まず、といえばなり。

この時代、この様な風習があったと云うことだ。次に倭国の産物に移っていく。

倭国は真珠・青玉を出す。山には丹砂・朱砂あり。木には、楠《くすのき》、ぼけ、クヌギ、すぎ、樫《かし》、山桑、楓《かえで》あり。竹には、篠竹、矢竹、桃支竹などあり。ショウガ、橘《たちばな》、山椒《さんしょう》、ミョウガあれど滋味を知らず。猿や黒キジもいる。

ここには倭国に対する羨望の眼差しが見て取れる。馬韓に対しては、「とりたてて珍しい宝はない」（文献６ｐ90）と冷淡だった。

行事するとき、旅するとき、骨を灼《や》きて吉凶を占う。その会同・座起、父子男女に別なし。その人の性酒を嗜《たしな》む。敬う人にあうと手を打って跪拝《きはい》の代わりにす。

各地の遺跡から、鹿や猪の肩甲骨を用いた卜骨《ぼくこつ》が出土しており、『記紀』にもこの種の話が載っている。それが『魏志』倭人伝で再確認されたことになる。また、儒教の影響下にあったシナのような厳しい男女や親子の身分制度がなかったようだ。

酒を嗜《たしな》むということは縄文以来の日本の習慣であり、それは同時に豊富な穀物などがとれたことを意味する。そして余剰穀物を使って酒をつくり、飲んでいた。

荒野から生まれたイスラム教が酒を禁じたのは、穀物は貴重品だったからだ。また、ヤギや羊は草だけで生きられたので家畜として飼育された。しかし、ブタは人間と同じ雑食、穀物も食べるためブタを禁じた。

食と云えば、シナ人や韓国・朝鮮人におぞましい迷信や食習慣があったことも知っておきたい。パク・テヒョク氏は次のように記す。

「中国人は食人種である。儒教の始祖である孔子も、日常、人肉を食べていた。だから孔子が説く仁義道徳はまやかしでしかない。孔子がもっとも愛していた弟子の子路は論争に負けて、相手に食われている（これは『論語』に書いてある　引用者注）。

『三国志』を読むとよい。劉備玄徳が地方の家に招かれて人肉を食べる生々しい場面が出てくる。韓国も残念なことに、中国のカーニバリズム（食人習慣）のあしき影響をたぶんにこうむってしまった」（『醜い韓国人』光文社187）

「『朝鮮王朝実録』のなかには、人肉として食べるために、人を殺した事件が多く記録され

ている。悪疾を治療するために、人間の肝や、指を食べるとよいという迷信が根を張っていた」(188)

一九六〇年代の大躍進時代のとき、中国で飢餓が起き、この蛮習が目を覚ました。長年にわたり人間同士が喰らいあったのだ。

今の中国人は、コウモリ、ネズミ、ハクビシン、ヘビ、犬、猫などを公然と食べている。その中にはコアラもいる。それらの動物のウイルスが人間に感染し、シナは様々な病原菌の発生源となって来た。チャイナウイルスもそうだが、古来よりシナが〝猖獗《しょうけつ》の地〟と云われてきた所以であり、これからも何が起こるか分からない。

一八六六年、大同江を遡ったアメリカのシャーマン号を李朝は拿捕《だほ》し、乗組員を捕らえ、全員殺害したのだが、彼らの内臓の一部は持ちさられていた。

だが倭人はこのような蛮習を受け入れなかった。価値観に合うものは受け入れ、合わない習慣、制度、文化、モノは受け入れなかった。それは縄文以来、強固な価値観・倫理観が確立していたことを意味する。

「手を打つ」とあるのは、今、私たちは神社で拝礼するときに柏手を打つが、それが古くからの習俗の名残なのかもしれない。

倭人は長寿、百年、あるいは八、九十年。その俗、国の大人は皆四、五婦、下戸もあるいは二、三婦。一夫多妻である。婦人淫せず、嫉妬せず、盗みをせず、訴訟少なし。法を犯すと軽き者、妻子没収、重き者、一家宗族滅す。上下の身分・秩序あり。税制あり。邸閣あり。国ごとに市場あり。物々交換し、大倭（監督官）をして監せしむ。

倭人の長寿は春秋年と見ている。即ち、実年齢はその半分となる。なぜなら、裴松之は『魏志』倭人伝に「注」を入れたからだ。

倭国は一夫多妻制であり、婦人は浮気をせず、嫉妬せず、とあるから円満に暮らしていたのだろう。泥棒も少なく、もめごとも少なかった。法制度も整っており、罪の軽重により、罰則が決められていたとある。秩序が保たれ、国を支える税制も整っていた。

邸閣、即ち、倉庫、邸宅、商店などが建てられ、国ごとに市場もあり、監督官もいた。これらを読むとその時代の習俗が生き生きとよみがえる。ただ、貨幣は流通していなかったようだ。

ではこの時代、シナ人は韓民族をどのように見ていただろうか。（文献６ｐ90）

「馬韓諸国の北部の、帯方郡や楽浪郡に近い国々では、やや礼儀をわきまえているが、両郡から遠い国々では、まさに囚人や奴婢が集まったに過ぎないような様子である」

これがシナ人の見た「倭国」と「韓」の違いだった。

女王国より北、一大率《いちだいそつ》をおき諸国を検察せしむ。諸国これを恐れ憚《はばか》る。その者は伊都国におる。倭王が使いを魏の都、帯方郡、韓に遣わすとき、或いは帯方郡の使いが来るとき、港で荷をあらため、文書、賜り物に誤りなきか確かめ、女王に差し出す。不足や食い違いは許されない。

女王国連合の対外窓口

七万戸を擁する女王国は卑弥呼が直接支配していた。しかし以北は、伊都国に一つの行政・軍事機関を置き、大きな権限を与え、統治させていた。ここに「港で荷をあらため」とあるから、先に紹介した「今宿五郎江遺跡」に一大率が置かれていたと思われる。

ここは女王国にとって交易の窓口になっていた。卑弥呼がシナや韓に使いを遣わすとき、この港から出航した。そしてシナの使節はしばしばここに上陸した。その際、物品の受け渡し書と物品は厳密に照合されていた。

末盧国、伊都国、奴国、不弥国などの記述は、倭国の主要国の位置関係を表したものであり、交易にあたってシナはこの港を使っていたようだ。

百済より早くから文字を書いていた！

ここに「文書」とあり、この時代から日本では文字を書き、シナと文書の交換を行っていた。日本海側の弥生遺跡から三点の硯《すずり》が発掘されていたが、この一文の正しさを証明するかのように、硯は、北部九州各地で発見され、その数、四十を上回っている。

福岡県の「薬師の上遺跡」からは、硯に墨が付着した状態で出土し、朝倉市の「下原遺跡」からは弥生中期中ごろの硯が発見された。「吉野ヶ里遺跡」からも硯が、そして木の板などに書いた文字を消すために削ぐ、鉄製の削刀《さくとう》が出土した。更に福岡市の「雀居《ささい》遺跡」からは、「案」の可能性がある多量の木片が出土した。

こうして、弥生時代の倭国では、文字を書くことが定着していたことが『魏志』倭人伝と考古史料により証明されたといって良いだろう。

処で、『三国史記』２（平凡社）に次なる一文がある。

「百済は開国以来まだ文字を用いて事柄を記述することができなかった。

この〔王代〕になって、博士の高興を得て、はじめて〔文字〕を書き、〔事を〕記すようになった。しかし、高興［の名前］は、いまだかつて、他書にあらわれたことがないので、どのような人かはわからない」(314)

この王代とは、第十三代・近肖古王（三四六〜三七五）であり、百済では三四六年以後に文字で記録を書き始めた、となる。すると、「日本は百済より三百年以上早くから文字を書いていた」となり、「百済が日本へ文字を伝えた」は「誤」が確定した。

話は逆で、日本から百済へ文字を教えた可能性すら浮上したのだ。

身分の低き者が高い者に道で会うとき、道の脇によけ、話しを聞くとき、両手をつき、跪《ひざまず》き恭敬を表す。対応は〝はい〟と答える。わが国（シナ）で〝然諾《ぜんだく》〟というようなものだ。

倭国では上下の身分があり、その秩序が守られている様子が書かれている。これは古くから続いた様式だったようで、時代劇にもその様子が見てとれる。

この国はかつて男子を王とし、往《とど》まるところ七〜八十年。倭国乱れ、相攻伐すること歴年。そこで一女子を共立して王となす。名は卑弥呼。鬼道に仕え（占い）人を心服さす。年、長大なるも夫なく、弟あり。彼が補佐し国を治む。卑弥呼が王になって後、見たもの少なく、千人もの女官が仕えている。ただ男子一人が飲食を給し、取り次ぎのため居所に出入りす。宮室・楼観・城柵、厳かに設け、兵をもって守衛す。

ここにある「倭国乱れ」を日本中で騒乱が起きた、と解釈する向きもあるが、そうではない。これは北部九州での話である。

この地に男王がいたが、覇権を巡って長らく戦乱が続いた。ここに多くの環濠集落があることがその根拠と云えよう。戦えど決着がつかず、国々の長が集まり、卑弥呼を女王として戴くことで戦は止み、平和が訪れた。卑弥呼は占い、神意を聴き、政治的決断を行い、国々の長もそれに従っていたとある。

次に卑弥呼の私生活に移る。彼女は独身のまま高齢になり、弟が政務を補佐していた。しかし女王になって以来、卑弥呼は宮殿の奥で多くの女官と共に暮らし、めったに姿を見せなかった。ただ男子が一人いて、飲食の世話をし、卑弥呼の所へ行き、連絡のために出入りしていた。

卑弥呼の住むところは、宮殿・楼観（物見櫓《やぐら》）・城柵（木の柱を立て、並べて作った砦《とりで》）で堅固に造られ、兵が警護していた。

北部九州には、神護石《こうごいし》と呼ばれる比較的大きな石で囲まれた山地が点在している。この石の配列は、斜面の崩落防止ではなく、山城を守る柵の基礎として使われたのではないか。この神護石で囲まれた山地は西日本中心に、矢部川左岸の高良山、女山《ぞやま》などに残っている。

女王国の東、海を渡る千余里、また国あり、みな倭種なり。

陳寿は、女王国から東に行くと瀬戸内海があり、その先に倭人と同種の人々が住む国々があることを聞き及んでいた。それが紀元前七〇年に建国した大和朝廷に服属した国々であり、女王国方面に向かって勢力を扶植していたのだ。（図19）

女王国が纏向にあったのなら、その東、海を千余里行っても太平洋上となり、国はない。邪馬台国畿内説はここでも合理性を失う。（図17）

なぜ、『魏志』倭人伝に大和朝廷が登場しないのか、という疑問もある。それはこの時代、魏と大和朝廷との外交関係はなかったからであり、今も昔も交流のない国は〈参問〉するしかない。

従って、『魏志』倭人伝を素直に読めば、邪馬台国は北部九州とならざるを得ない。

また侏儒がその南にあり。この国の人の背丈は三～四尺で女王国から四千余里にあり。
また、裸国や黒歯国が更に南にあり。そこへは船旅で一年かかる。
倭の地を聴き描くと、そこは海の中にあり、時に絶え、時に連なり、周囲は五千里なり。

その時代のシナ人は遠方まで聞き及んでいた。しかしこれらは倭国との関係はなく、場所も特定できず、信憑性も高いものではなかった。

図 19　弥生中期から後期の九州勢力図

第五章　なぜ魏に助けを求めたか

次いで話は女王国と魏との関係に移っていく。

景初二年（二三八年）六月、倭の女王、大夫《たいふ》難升米らを遣わし帯方郡にまいり、天子にあって朝献したい、と求む。郡の太守《たいしゅ》劉夏、役人を付け、難升米らを都（洛陽）に送る。

卑弥呼は使者を帯方郡に遣わし、「魏の都に行き、天子に朝貢したい」と願い出た。すると帯方郡の太守は役人を同道させ、倭の使者を洛陽まで送った。これは大和朝廷ではなく、女王国の話だ。読み進めると、その訳も明らかになってくる。

その年の十二月、魏の皇帝から卑弥呼に詔が出された。

「親魏倭王卑弥呼に詔《みことのり》す。帯方の太守劉《りゅう》夏《か》が送り届けた汝《なんじ》の正使・難升米、副使の都市牛利らが、汝の献上品である男奴隷（生口）四人、女奴隷（生口）六人、斑織《まだらお》りの布二匹二丈を持って到着した。汝《なんじ》の住むところは海山を超えて遠く、それでも貢献するのは汝の真心であり、余は甚だ汝を健気《けなげ》に思う。今汝を親魏倭王として金印・紫綬《しじゅ》を与える。封印して帯方の太守に託《ことづけ》、汝に授ける。国の民を安んじ、余に孝順を尽くせ。汝の使い、難升米・都市牛利他は遠路苦労して来たので、難升米を率善中郎将《そつぜんちゅうろうしょう》、都市牛利を率善校尉とし、銀印・青授を与え、余が会って労《ねぎら》い、賜《たまわ》りものを与えて送り返そう。

深紅の地の交竜模様の錦五匹、深紅地のちぢみの毛織十枚、茜色《あかね》の絹五十匹、紺青《こんじょう》の絹五十匹で、汝の献じてきた貢ぎ物に報いる。

他に、特に汝に紺の地の小紋の錦三匹と、細かい花模様の毛織物五枚、白絹五十匹、金八両、五尺の刀二振り、銅鏡百枚、真珠・鉛丹を各々五十斤《きん》、みな封印して、難升米・都市牛利に持たせるので、着いたら受けとるように。その賜りものを汝の国人に見せ、汝を慈《いつく》しんで、汝に良きものを賜ったことをしらせよ」

これは、卑弥呼の使者が帯方郡から洛陽まで行き、朝献した記録だが、以前から北部九州の有力国がシナに朝貢しており、『後漢書』「東夷列伝・倭」には次のようにある。

「建武中元二年、倭の奴国〔の使者〕、貢《みつぎ》を奉《ささ》げて朝賀《ちょうが》す。使人は自ら太夫《たいふ》と称《とな》う。〔倭の奴国は〕倭国の極南界なり。光武帝は賜《たま》うに印綬《いんじゅ》をもってす。安帝の永初元年、倭国王帥《すい》升《しょう》等、生口《せいこう》百六十人を献じ、願いて見《まみ》えんことを請う」（文献6ｐ27）

後漢・光武帝の世、西暦五七年、奴国はシナに貢献した。「奴国は倭国の極南界」とあるのは、その時代、シナ人の理解する倭人の居住域は、「半島南部から九州北部まで」だったことがこの一文でわかる。博多辺りを極南界と認識していたからだ。

これに対し光武帝は「印綬をもってす」、即ち、身分を与え、印と身に着ける「組紐」を与えたと書いてある。この印が、江戸時代の天明二年（一七八四）に、福岡市の志賀島《しかのしま》で発見された金印だった。そして一九七八年、「漢委奴《かんのわなの》国王」と刻まれたこの金印は、筑前藩主だった黒田家から福岡市へ寄贈された。

「委」は「い」か「倭」の減筆文字なのかは議論の分かれるところだが、私は、その発見地からして、森浩一氏の説に従い、倭の減筆文字説をとっている。

だが、同じ日本人を物品のようにシナに贈り、シナに朝貢する行為が大和朝廷の価値観と相容れず、消し難い対立感情を抱かせたことが後の大和朝廷の行動から判断できる。

正始元年、帯方郡の太守・弓遵《きゅうじゅん》は建中校尉《けんちゅうこうい》・梯儁《ていしゅん》らを遣わし、先の詔と印綬を持参し、卑弥呼を倭王に任命す。更に黄金・白絹・綿・毛織物・刀・鏡、その他の贈物を与う。そこで卑弥呼は使いに託して上奏文を奉り、詔に答礼す。

二四〇年、魏の使いが帯方郡からやってきた。彼らは、魏の皇帝が卑弥呼を倭王と認めた印綬や多くの下賜品を持参し、卑弥呼に渡した。それに対し、卑弥呼は、魏の使者が帰国する時、答礼の文書を託した、とある。倭国とシナとで文書の交換が行われていたのだ。

正始四年（二四三年）、**倭王卑弥呼は、再び大夫の伊声耆《いとぎ》・掖邪狗《やざく》ら八人を使いとし、奴隷・倭錦、赤・青の絹、綿入れ、白絹・丹木・木の小太鼓・短弓と矢を献上す。掖邪狗《やざく》ら八名は率善中郎将の印綬を受く。**

正始六年（二四五年）、**倭の難升米に、黄幢を帯方太守を通して与う。**

二四三年、倭王卑弥呼は八人の使者に奴隷や様々な貢を持たせて魏に貢献し、八名は魏から印綬を受けた、とある。

二四五年、魏は卑弥呼に対して帯方郡の太守を通して黄色の垂《た》れ旗を与えることにした。これは、女王国連合のバックにはシナがついている証となったのだろう。卑弥呼がそれを求め、魏が与えたのには訳があった。

正始八年（二四七年）、**帯方郡の太守、王頎《おうき》が着任す。倭の女王卑弥呼は狗奴国の男王卑《ひ》弥弓呼《めくこ》と素《もと》より和せず。卑弥呼は倭の載斯《そし》・烏越《うお》らを帯方に遣わし、相攻撃の様《さま》を説明す。帯方郡では、国境守備の属官・張政等を遣わし、詔と黄幢をもたらし、難升米に渡し、檄を木板に書いて読み上げ、卑弥呼に告諭した。**

険悪な関係にあった女王国と狗奴国は戦を始めた。卑弥呼は使者を帯方に遣わし、戦況報告を行った。援軍を求めたのかも知れない。だが、周辺国と緊張関係にあった魏は援軍を送らず、張政を長とする軍事顧問団を送った。

倭国に着任した張政等は、持参した皇帝の詔と背後に魏がいる証、黄色の垂《た》れ旗を難升米に渡し、女王国の軍を激励する文を読み上げ、奮闘するよう告げ諭した。

以《もっ》て卑弥呼は亡くなった。大きな径百歩の冢《つか》を造る。殉葬《じゅんそう》する者、奴婢百余人。

なぜ卑弥呼は亡くなったか

「以て」とは「卑弥呼は亡くなった」理由があったことを意味する。だが、書いていないので、原因を推理してみたい。

先ず検討すべきは、正始八年（二四七年）、卑弥呼は何歳になっていたか、である。実は『三国史記』新羅本記1に卑弥呼の記述がある。

「（一七三年）夏五月、倭の女王卑彌呼（ひみこ）が使者を送って来訪させた」（文献8p41）

これは、邪馬台国にとっての鉄の供給源である弁韓、辰韓（新羅）に対し、「倭国王に卑弥呼が共立された」と通告する目的での訪問であったと解せる。そして、卑弥呼が女王になった年を壱与と同じ十三歳とすると、二四七年には八十七歳になっていたことになる。当時としては、相当な高齢である。

即ち、高齢の卑弥呼は余命いくばくだったのではないか。そして老衰か何かで遂に亡くなったことを「以て」と表現した、と私は見るようになった。

仮に、女王国連合が狗奴国に敗れたのなら、最南部に位置する女王の都、邪馬台国は、真っ先に蹂躙されたはずである。そうなら、その後、女王国の人々が、長い時間と労力を使って「大きな径百歩の冢《つか》を造る」や、「殉葬する者、奴婢百余人」も考えづらいからだ。

従ってこの時点で、女王国連合は狗奴国に敗北せず、戦いは筑肥山地を超えることはなかった、となる。

卑弥呼は何処に葬《ほうむ》られたか

弥生時代、北部九州では巨大な古墳は作られていなかった。前方後円墳は大和朝廷と関連のある墳墓形式であり、この形式の古墳は卑弥呼の墓ではない。

卑弥呼の墓として、久留米市の「祇園山古墳」（方墳）をあげる人もいる。この墳墓は古墳時代初頭と云われ、一辺が約二十三メートルであり、行ってみると北面は高速道路で削り取られていたが、山頂には蓋のない石棺が残っていた。周囲に埋葬跡もあったと云うが、以下の理由で私はこの説をとらない。

先ず、「径百歩の冢（つか）を造る」の「径」から円墳であると想像される。また「百歩」から、森浩一氏は「一歩は六尺＝一・四メートル」（文献9p165）としていたが、これでは直径百四十メートルの大円墳となる。狗奴国との戦いの最中、労力を割き、この様な大工事を行ったとは考えづらい。加えて、この時代に築造された、そのような大円墳は北部九州に見当たらない。

その為、氏は、「墓域であろう」としたが、「冢《つか》」とは「〝築く〟から出た言葉で、高く築いた場所を指しており、人工的に土を丘状に盛った場所をいう」（ブリタニカ国際大百科事典）であり、氏の解釈には無理がある。

しかし、シナの使者が卑弥呼の墓を「径百歩の冢」と聞いたことは間違いないと思う。見たのではなく、聞いたのだ。すると倭人の言った「一歩」とは、文字通りの「一歩」、人の歩幅だったのではないか。距離の概略を知りたいとき、昔の人は歩数で測っていたからだ。

その時代、倭人がシナの尺度を使って長さを表していた証拠は見当たらない。それなのに、シナの尺度が使われていた、と解釈するから話は分からなくなる。こう考えると、「径百歩の冢」とは歩幅で百歩、即ち、直径五十メートル前後の円墳となる。

では、これに該当する円墳はあるか、と云えばある。

それが、山門の地、女山にほど近い畑の中にある「権現塚古墳」である。この古墳は調査未了ながら、現在は直径約四十五メートル、高さ五・七メートルの円墳であり、立て看板に「周

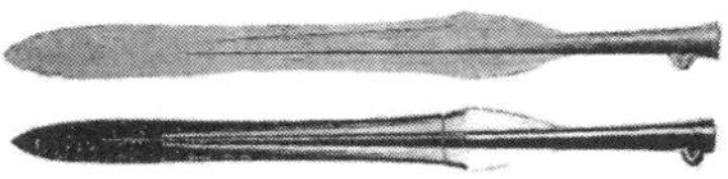

女山から出土した中広銅矛。長さ上83cm,下78.5cm

女山出土の首飾り

瀬高町にある権現塚古墳　未調査のため詳細は不明

写真11　山門遺跡群
（ネット「歴史倶楽部・ANNEX」「消えて行く邪馬台国」より）

囲には多くの埋葬跡もあった」と書いてあった。（写真11）

狗奴国との緊張関係の最中であっても、この程度の墳墓なら築けたのではないか。行けばがっかりするような小さな冢《つか》だが、私はここが卑弥呼の墓ではないかと思っている。

この地域には未発掘遺跡も多く（写真8、図15）、それでも多くの遺物が出土している。周辺からは、祭祀に用いられた中広銅矛が出土し、弥生中期から後期にかけての甕棺墓、土こう墓、石棺墓などの墓地群もあり、鉄剣、鉄斧、方製鏡も出土したという。また、女山からは女性が使ったと思われる秀麗な首飾りなどの遺物が出土している。

この近くに「塚原巨石群」がある。行っ

てみるとそのエリアは、ほとんど住宅地になっていた。周囲を尋ね歩いたが、平日の日中、人は見あたらず、たまたま巡り合った老婆に場所を聞くと親切にも案内してくれた。

そこには、それほど大きな石があったわけではないが、石の密集した地域が遺されていた。序《ついで》に尋ねると、「昔、この辺りに卑弥呼神社があったと聞いたことがある」とのことだった。神社は、祀る人が居なくなれば、やがて朽ち果て、消え去ってしまうのだ。

第六章

卑弥呼の死後、邪馬台国はどうなったか

混乱から壱与の共立へ

その後のことは、『魏志』倭人伝に書いてある。

更に男王を立てたが国中服せず。更に相《あい》誅殺し、当時千余人死す。然して再び卑弥呼の同族の娘・壱与《いちよ》、年十三を王となし、国中遂いに定まる。

その後、男性が王となった。しかし卑弥呼を共立する前の状況に戻ってしまった。葬儀が一段落すると内紛が起き、多くの犠牲者を出すも、決着はつかなかった。そこで卑弥呼の縁者である十三歳の壱与を王とすることで、国中が定まった。

「国中」とあるから、女王国は狗奴国に滅ぼされなかったし、そのような記録もない。そして次なる記述で『魏志』倭人伝は終わる。

張政らは檄を以て壱与に告諭す。壱与は倭の太夫、率善中郎将・掖邪狗《やざく》ら二十人を遣わし、張政らを帯方に送らしむ。更に洛陽まで行き、男女の奴隷（生口）三十人、白珠五千孔・青大勾玉二枚・異文雑錦《いもんざつにしき》二十匹を献上す。

何かを契機に、女王国と狗奴国との間に停戦協定が結ばれ、平和が訪れたと思われる。その時期は不明だが、卑弥呼が亡くなったのを機に協定が結ばれたのかも知れない。なぜなら、内乱が起きても狗奴国が介入した様子がないからだ。

なぜ、内乱という絶好の機会に狗奴国は介入しなかったか。この協定に張政らが関与し、目を光らせていたからではないか。

そして壱与を共立し、内乱が収まって後、張政ら魏の軍事顧問団はシナに帰ることになったのは、役目を終えたからであろう。戦いが続いていたら、彼らは帰国しなかったはずだ。この時代、魏は崩壊（二六五年）まぢかであり、帰国命令が出ていたのかも知れない。

帰国に先立ち、張政らは、「檄を以て壱与に告諭す」とあるから、壱与のために何らかの文書を記して激励し、国の運営方針を教え諭したのではないか。そこで壱与は、重臣ら二十人を従者として従わせ、張政らを帯方郡に送り届けた。更に、長年にわたる支援の礼として、洛陽まで行き、男女の奴隷、他、様々な品物を献上した。

ここで『魏志』倭人伝は終わるが、倭人とシナとの関係は魏を滅ぼした晋《しん》の時代へと続く。

晋が魏を滅ぼした後、二六六年に「倭人来たりて様々なものを献上す」とあるが、それが壱与が、覇権を握った晋を頼っての朝貢である可能性が高く、この頃まで邪馬台国は存続し、同時に、これを最後にシナの文献から邪馬台国の記録は消える。

邪馬台国東遷説の虚妄

シナ王朝が、魏（二二〇～二六五）から晋に代わっても邪馬台国は命脈を保っていた。そこで、その後の邪馬台国の動静につき、様々な仮説が登場した。

代表例が、和辻哲郎が言い出した邪馬台国東遷説である。それを神武東征と結びつけるから古代史は分からなくなる。例えば、井沢元彦氏は次のように記していた。

「私は、邪馬台国東遷説をとる。九州にあった邪馬台国が東へ移動し、近畿の地方政権（水野祐氏の言う「原大和国家」）を倒して、大和朝廷となったと考えるのである」（文献10 p347）

だが、この仮説は根拠ゼロ。『魏志』倭人伝や『記紀』には、そのようなことは書いていない。

続けて井沢氏は百田尚樹氏が借用した説に言及した。

「水野氏は、東遷したのは邪馬台国ではなく、邪馬台国を滅ぼした狗奴国だとする」（348）

これも根拠ゼロ。単なる空想であり、この様な文献を見たことがない。

森浩一氏は「卑弥呼の後継者、台与（＝壱与）が東遷した」とした。

「台与はヤマトに都を遷すことで政治的な安定と倭国の支配に集中できた。泰始二年（二六六年　引用者注）の晋への遣使のあと百年あまり、中国とくに華北の国との外交関係は中国史料のうえからはなくなった。国内の統治に邁進できたのである」（文献9p184）

これも根拠ゼロ。事程左様に、邪馬台国九州説をとる学者は、「畿内へ東遷した」と主張したがるが、この話しは、『記紀』、『魏志』倭人伝や他のシナ、朝鮮の文献に記載されていない。

卑弥呼が亡くなった後とは、表2・1にあるように、垂仁天皇から景行天皇の御代であり、この間に外部勢力が畿内に侵入した、など何処にも書いていないし、考古学的証拠もない。

では、邪馬台国はその後どうなったのか。

吉備津彦に託した大和朝廷の方針

『記紀』を読めば分かる通り、九州で大和朝廷と所縁《ゆかり》の深い地方は、薩摩、大隅、日向、豊前、豊後である。

日向・薩摩は「天孫降臨」の地であり、神話の舞台でもある。特に日向は、大和朝廷の故地であり、神武天皇の末子、岐須美美《きすみみ》命はこの地に留まり、ここから天孫族の血統が絶えたわけではない。前方後円墳が抜群に多いことからも、大和と強い絆で結ばれていた、と推定される。

神武東征の砌《みぎり》、宇佐を離れた神武一行は、「其処《そこ》より遷移《うつ》りまして、竺紫《つくし》の岡田宮に一年《ひととし》坐《いま》しき」（文献5ｐ19）とあるように、遠回りをして遠賀川《おんががわ》河口、岡水門《おかのみなと》に立ち寄ったのはなぜか。

ここは遠賀郡の豪族、熊族が治めており、岡田宮は熊族の祖先を祀った社《やしろ》である。その元宮、一宮神社には神武天皇が祭祀を行った祭場跡「磐境《いわさか》」が残っている。熊族の「熊」とは「鰐《わに》（サメ）」を意味し、神武天皇はこの地の海上勢力との絆を確実なものとした。加えて、女王国連合に隣接する宗像《むなかた》族とも手を結んだと考えられる。

神武天皇亡き後、代々の天皇は各地の豪族と姻戚関係を結んでいく。九州に関して云えば、綏靖《すいぜい》天皇の兄は、火君《ひのきみ》（火＝肥であり、長崎か熊本にちなむ氏族）、阿蘇君（熊本阿蘇郡の氏族）、三家連（福岡県那賀郡三宅郷にちなむ氏族）と姻戚関係を結ぶ。

阿蘇神社のご祭神は、「大和で生まれた神武天皇の次男、神八井耳命《かむやいみみ》の子である健磐龍命《たけいわたつ》であり、阿蘇地方を開拓した」と社伝にある。神武天皇の長男、日子八井命《ひこやい》も阿蘇神社の御祭神であり、この地も皇室との縁が深いのだ。

孝霊天皇は国前臣《くにさきのおみ》（豊後《ぶんご》の国　国埼《くにさき》郡を本拠とした氏族）と姻戚関係を結ぶ。

そして崇神《すじん》天皇の御代（二〇八～二四二）に「四道《しどう》将軍」の話が出てくる。

「(十年) 九月九日、大彦命を北陸に、武渟川別《たけぬなかわわけ》を東海に、吉備津彦《きびつひこ》を西海《さいかい》に、丹波道主命《たにわみちぬし》を丹波に遣わされた。詔《みことのり》して〈もし教えに従わない者があれば兵を以て討てといわれた〉。それぞれ印綬を授かって将軍となった」(文献1p126)

彼らは各地に遠征し、その八～九ヵ月後に復命したという。

「十一年夏四月二十八日、四道将軍は地方の敵を平らげた様子を報告した。この年異俗の人たちが大勢やってきて、国内は安らかとなった」(129)

「十一年夏」とは西暦二一四年頃であり、西海《さいかい》(九州) に遣わされた吉備津彦もその成果を崇神天皇に報告したはずである。

各地の豪族が大和朝廷に服属し、大和に様々な習俗の人々がやって来るようになり、彼らの生活の場として建設され始めたのが纏向の都だった。纏向は崇神天皇の宮 (奈良県桜井市金屋付近) の北方に位置する。

そして、各地の豪族が大和朝廷に帰順することで、大和の男たちの出征が少なくなったことを、「国内は安らかとなった」と表現したと思われる。

吉備津彦・九州遠征の目的とは

では、吉備津彦はどのような報告を行ったのか推理してみたい。

崇神天皇の詔に、「もし教えに従わない者があれば兵を以て討て」とあったように、話し合いを第一とし、従わなければ「討て」だった。では「教え」とは何か。『日本書紀』は弥生時代中期前葉（前一〇〇年頃）の神武天皇の時代認識を次のように記していた。

「世は太古の時代で、まだ明るさも十分ではなかった。その暗い中にありながら正しい道を開き、この西のほとりを治められた。代々父祖の神々は善政をしき、恩沢が行き渡った。天孫が降臨されてから、百七十九万二千四百七十余年になる。しかし遠い所の国では、まだ王《きみ》の恵みが及ばず、村々はそれぞれの長があって、境を設けて相争っている」（文献1p90）

確かに、神武天皇が東征を決意した弥生時代中期初頭、西日本を中心に高地性集落や吉野ヶ里のような環濠集落が造られていたが、それは各豪族が相争っていたことを物語っていた。では如何《いか》なる国にしたいと思ったのか。大和平定後、天皇は次のように語ったとある。

「天神の勢威のお陰で兇徒は殺された。しかし周辺の地はまだ治まらない。残りのわざわいはなお根強いが、内州《うちつくに》の地は騒ぐものもいない。（中略）山林を開き払い、宮室を造って謹んで尊い位につき、人心を安ずべきである。上は天神の国をお授け下さった御徳に答え、下は皇孫の正義を育てられた心を弘めよう。その後国中を一つにして都を開き、天の下を掩《おお》いて一つの家とすることはまた良いことではないか」（107）

即ち、①人心を安んじ、②正義を育て、③天の下を掩いて一つの家となす　ことだった。しかし女王国は、①何かにつけて互いに殺し合い、②同胞を奴隷とし駆り集め、③シナに朝貢するたびに献上していた。これは大和朝廷の政治理念に反する行為だった。

そこで、女王国に対し、政策・外交方針を改め、大和朝廷に帰順すべく吉備津彦は交渉を行ったが決裂したと思われる。その後も女王国は魏への朝貢を繰り返したからだ。

狗奴国（熊襲）が背《そむ》いたわけ

そこで吉備津彦は、大和朝廷に縁《ゆかり》が深く、姻戚関係にもあった遠賀《おんが》郡、豊前《ぶぜん》、豊後《ぶんご》、日《ひ》向《むか》、薩摩、大隅に加え、阿蘇の勢力を介して狗奴国と何らかの約束をし、女王国連合との戦いの前面に立たせたのではないか。ある時期から、熊襲（狗奴国）は大和朝廷に貢《みつぎ》を納めるようになったからだ。

本国」であり、「倭国」ではないと主張した。なぜなら、「日本国が倭国の地を併せたり」、即ち、併合したことを伝えたのだ。

以後、シナ正史におけるわが国の名称は「日本」で統一されることになる。

なぜ、邪馬台国は「生口」を献上したか

シナの史書に貢物として「生口《せいこう》」が登場する。奴国も女王国も、倭人をシナに献上していたということだ。

『後漢書』倭伝には、「倭の国王帥升ら、生口百六十人を献じ面会を求めた」とある。

『魏志』倭人伝にも次のようにある。

「倭の女王、大夫難升米らを遣わし帯方郡に詣り、天子に詣りて朝献せんことを求む……」。

献上品は「男生口四人・女生口六人」だった。

「その四年（二四三年）、倭王、また使いを送り……生口……を上献す」とある。

卑弥呼の死後、壱与は晋に「……男女生口三十人を献上し……」とあるように生口を献上し続けた。

彼らは「献上品」ゆえ、物品として扱われた。「奴隷」と解釈した理由である。男なら文

あとがき

これで『魏志』倭人伝についての記述は終えた。かつて訪れた対馬、壱岐、唐津、平原古墳、博多、大宰府、宝満川、筑後川、筑後平野、矢部川、山門、女山、権現塚古墳などを思い浮かべ、弥生中期から四世紀初頭まで、この地で壮大なドラマが繰り広げられたことに思いを巡らせた。

本は言論である。言論は自由だが、ウソ（真実でないこと）を書いてはいけない。間違いは正さなければならない。これは公理の如く当たり前のことだ。

例えば、井沢氏や百田氏などの論を評論したように、井沢氏が『逆説の日本史1　古代黎明編』で二十五年間もウソを垂れ流すと、それを読んだ多くの人はウソを頭に注入してしまう。百田氏も被害者の一人だった。

氏は、井沢氏の影響を強く受け、『日本国紀』の古代史部分を書いたことが読み取れるからだ。井沢氏のウソに百田氏が感染し、この本は六十万部も売れたとのことだから、今度は百田氏が汚染源となり、六十万人もの読者にウソをばら撒いたことになる。

ウソは、精神に対するペストやチャイナ・ウイルスのようなものだ。何人犠牲者が出たかは分からないが、百万人以上の読者の頭にウソが注入されたのではないか。

では、なぜこんな悲劇が起きたのか。それは誰も井沢氏のウソを見抜けなかったし、誰も正そうとしなかったからだ。

ウソを駆除するため、誰もやらないから私がやらせて頂いた。だからこの本は特効薬であり、井沢氏や百田氏、それに彼らの読者から感謝されると信じている。歴博に象徴される歴史学者や考古学者もヒドイものだった。それは読んでの通りだが、この本は彼らにとっても良薬となり、感謝されるに違いない。

私は、自著やユーチューブのレビューに目を通している。彼らの評論を通して自分の間違いを知るためだ。その過程で、私が行う評論を嫌う方が一定割合いることを知った。

彼らは、どんなウソや偽りであっても、犠牲者がいくら増えても、見て見ぬふりをせよ、と言っている。だがそれは冷酷で無責任。本や電波を通じて、日本中にウソがバラ撒かれているのを知りながら防ごうとしないからだ。理系では間違いの放置は認められない。それを正さねば不良品の山となるからだ。

言論や歴史の世界にもウソというチャイナ・ウイルスは猛威を振るっており、犠牲者も出ている。長年ウソを放置したため既に閾値を超え、日本はおかしくなっているではないか。

私が古代史に足を踏み入れたとき、この世界は暗黒の中にあった。如何に探せど光は見えなかった。そこには、奇論・珍論が蔓延《はびこ》り、自由な研究を拒み、真っ当な研究を殴殺していた。晩年の森浩一氏の著作にこのことが垣間見える。

戦後、特に『日本書紀』は、アカデミズムや古代史関係者から不可触賤民の如く忌避され続けた。見ての通り、古代史を語る日本人全員が無自覚のまま『日本書紀』にケチをつけ、平然と自国の歴史を貶《おとし》めていた。『魏志』倭人伝も、時に偽書呼ばわりされ、適当に改竄されて読まれ、不当な扱いを受けてきた。

私はこの不当な差別に義憤を覚え、一言も反論できないこれらの書が不憫でならなかった。この差別と偏見に抗し、『日本書紀』や『魏志』倭人伝などを素直に読むことで、「私の中の邪馬台国論争」に終止符を打つことができた。

無論、本書とて言論である。今まで通り、出版社にお寄せいただいた疑問、批判、反論には、全て回答させて頂くつもりだ。そして運よく増刷になったら間違いは必ず修正させて頂く。

ここに至れたのも諸先輩のお陰であった。また出版を快諾して下さった展転社に、衷心より感謝申しあげたい。

令和二年六月　　チャイナ・ウイルス禍から世界が救われることを願いつつ

長浜　浩明

『魏志』倭人伝　漢文

〔『三国志』選者・陳寿（晋）　注釈者・裴松之（宋）〕

倭人。在帶方東南大海之中。依山島爲國邑。舊百餘國。漢時有朝見者。今使譯所通三十國。從郡至倭。循海岸水行。歷韓國。乍南乍東。到其北岸狗邪韓國七千餘里。始度一海。千餘里至對馬國。其大官曰卑狗。副曰卑奴母離。所居絶島。方可四百餘里。土地山險多深林。道路如禽鹿徑。有千餘戸。無良田。食海物自活。乘船南北市糴。又南渡一海。千餘里。名曰瀚海。至一大國。官亦曰卑狗。副曰卑奴母離。方可三百里。多竹木叢林。有三千許家。差有田地。耕田猶不足食。亦南北市糴。又渡一海。千餘里。至末盧國。有四千餘戸。濱山海居。草木茂盛。行不見前。人好捕魚鰒。水無深淺。皆沈沒取之。東南陸行五百里。到伊都國。官曰爾

支。副曰泄謨觚柄渠觚。有千餘戸。世有王。皆統屬女王國。郡使往來常所駐。東
南至奴國百里。官曰兕馬觚。副曰卑奴母離。有三萬餘戸。東行至不彌國百里。
官曰多模。副曰卑奴母離。有千餘家。南至投馬國。水行二十日。官曰彌彌。副曰
彌彌那利。可五萬餘戸。南至邪馬壹國。女王之所都。水行十日。陸行一月。官有
伊支馬。次曰彌馬升。次曰彌馬獲支。次曰奴佳鞮。可七萬餘戸。自女王國以北。
其戸數道里可得略載。其餘旁國遠絶。不可得詳。次有斯馬國。次有已百支國。
次有伊邪國。次有郚支國。次有彌奴國。次有好古都國。次有不呼國。次有姐奴
國。次有對蘇國。次有蘇奴國。次有呼邑國。次有華奴蘇奴國。次有鬼國。次有爲
吾國。次有鬼奴國。次有邪馬國。次有躬臣國。次有巴利國。次有支惟國。次有烏
奴國。次有奴國。此女王境界所盡。其南有狗奴國。男子爲王。其官有狗古智卑
狗。不屬女王。自郡至女王國萬二千餘里。男子無大小。皆黥面文身。自古以來。
其使詣中國。皆自稱大夫。夏后少康之子。封於會稽。斷髮文身。以避蛟龍之害。

渡海千餘里。復有國。皆倭種。又有侏儒國在其南。人長三四尺。去女王四千餘里。又有裸國。黑齒國。復在其東南。船行一年可至。參問倭地。絕在海中洲島之上。或絕或連。周旋可五千餘里。景初二年六月。倭女王遣大夫難升米等詣郡。求詣天子朝獻。太守劉夏遣吏將送詣京都。其年十二月。詔書報倭女王曰。制詔親魏倭王卑彌呼。帶方太守劉夏。遣使送汝大夫難升米。次使都市牛利。奉汝所獻男生口四人。女生口六人。班布二匹二丈以到。汝所在踰遠。乃遣使貢獻。是汝之忠孝。我甚哀汝。今以汝爲親魏倭王。假金印紫綬。裝封付帶方太守假授。汝其綏撫種人。勉爲孝順。汝來使難升米牛利涉遠。道路勤勞。今以難升米爲率善中郎將。牛利爲率善校尉。假銀印靑綬。引見勞賜遣還。今以絳地文龍錦五匹。臣松之以爲。地應爲綈。漢文帝著皂衣。謂之弋綈是也。此字不體。非魏朝之失。則傳寫者誤也。絳地縐粟罽十張。蒨絳五十匹。紺靑五十匹。荅汝所獻貢直。又特賜汝紺地句文錦三匹。細班華罽五張。白絹五十匹。金八兩。五尺刀二口。銅鏡百枚。眞珠鉛丹各五十斤。皆裝封付難升米牛利。還到錄受。悉可以示汝國中人。使知國家哀汝。故鄭重賜汝好物也。正始元年。太守弓遵。遣建中校尉梯儁等。奉詔書印綬。詣倭國。拜假倭王。并齎詔賜金帛錦罽刀鏡采物。倭王因使上表。答謝恩詔。其四年。倭王復遣使大夫伊聲耆掖邪狗等八人。上獻生口倭錦絳青縑緜衣帛布丹木拊短弓矢。掖邪狗等壹拜率善中郎將印綬。其六年。詔賜倭難升米黃幢。付郡假授。其八年。太守王頎到官。倭女王卑彌呼。與狗奴國男王卑彌弓呼素不和。遣倭載斯烏越等。詣郡說相攻擊狀。遣塞曹掾史張政等。因齎詔書黃幢。拜假難升米。爲檄告喩之。卑彌呼以死。大作冢。徑百餘歩。狥葬者奴婢百餘人。更立男王。國中不服。更相誅殺。當時殺千餘人。復立卑彌呼宗女壹與。年十三爲王。國中遂定。政等以檄告喩壹與。壹與遣倭大夫率善中郎將掖邪狗等二十人。送政等還。因詣臺獻上男女生口三十人。貢白珠五千孔青大句珠二枚。異文雜錦二十匹。

長浜浩明（ながはま　ひろあき）

昭和22年群馬県太田市生まれ。同46年、東京工業大学建築学科卒。同48年、同大学院修士課程環境工学専攻修了（工学修士）。同年4月、(株) 日建設計入社。爾後35年間に亘り建築の空調・衛生設備設計に従事、200余件を担当。主な著書に『文系ウソ社会の研究』『続・文系ウソ社会の研究』『日本人ルーツの謎を解く』『古代日本「謎」の時代を解き明かす』『韓国人は何処から来たか』『新文系ウソ社会の研究』（いずれも展転社刊）『脱原発論を論破する』（東京書籍出版刊）『日本の誕生』（ＷＡＣ）などがある。
［代表建物］
国内：東京駅八重洲口・グラントウキョウノースタワー、伊藤忠商事東京本社ビル、トウキョウディズニーランド・イクスピアリ＆アンバサダーホテル、新宿高島屋、目黒雅叙園、警察共済・グランドアーク半蔵門、新江ノ島水族館、大分マリーンパレス
海外：上海・中国銀行ビル、敦煌石窟保存研究展示センター、ホテル日航クアラルンプール、在インド日本大使公邸、在韓国日本大使館調査、タイ・アユタヤ歴史民族博物館
［資格］
一級建築士、技術士（衛生工学、空気調和施設）、公害防止管理者（大気一種、水質一種）、企業法務管理士

最終結論 「邪馬台国」はここにある

令和二年七月二十日　第一刷発行
令和三年十一月十五日　第三刷発行

著　者　長浜　浩明
発行人　荒岩　宏奨
発　行　展　転　社

〒101-0051 東京都千代田区神田神保町2-46-402
ＴＥＬ　〇三（五三一四）九四七〇
ＦＡＸ　〇三（五三一四）九四八〇
振替〇〇一四〇―六―七九九九二
印刷製本　中央精版印刷

ISBN978-4-88656-509-9